KB237343

드래곤
체이서

드래곤 체이서 2부 6
최영채 판타지 장편 소설

초판 1쇄 찍은 날 § 2007년 3월 12일
초판 1쇄 펴낸 날 § 2007년 3월 27일

지은이 § 최영채
펴낸이 § 서경석

편집장 § 문혜영
편집 § 서지현 · 심재영

펴낸곳 § 도서출판 청어람
등록번호 § 제1081-1-89호
등록일자 § 1999. 5. 31
어람번호 § 제1-0807호

주소 § 경기도 부천시 원미구 심곡1동 350-1 남성B/D 3F (우) 420-011
전화 § 032-656-4452 팩스 § 032-656-4453
http://www.chungeoram.com
E-mail § eoram99@chollian.net

ⓒ 최영채, 2005

ISBN 978-89-251-0593-2 04810
ISBN 89-5831-661-6 (SET)

※ 파본은 구입하신 서점에서 교환하여 드립니다.
※ 저자와 협의하여 인지를 붙이지 않습니다.

드래곤 체이서

2부

DragonChaser

6

최영채 판타지 장편 소설

[완결]

대단원(大團圓)

도서출판 청어람

Contents

제1장
천재지변

이스턴 대륙 전역을 강타한 화산 폭발과 지진, 그리고 해일은 말 그대로 천재지변을 넘어 재앙, 그 자체였다.

가장 먼저 이스턴 대륙을 덮친 것은 천하를 뒤덮은 칠흑 같은 어둠이었다.

먹구름에 뒤덮여 태양이 천공에서 사라지자 불과 1미터 앞도 보이지 않을 정도의 어둠이 사람들의 시야를 완전히 빼앗아 버렸다. 불안해하던 사람들에게 그 다음 찾아온 것은 어지러움을 느낄 정도로 격렬한 대지의 몸부림이었다.

그런 후 사람들이 발견한 것은 지금껏 자신들이 수도 없이 찾았던 뒷산 정상에서 하늘로 솟구쳐 오르고 있는 붉은색 불기둥이었다. 그리고 동시에 들려온 것은 귓전을 찢을 듯한 천둥소리였다. 다름 아닌 화산 폭발이었다. 이스턴 대륙에 존재하는 거의 모든 화산들이 폭발한 것이다.

산 정상을 붉게 물들이며 흘러내린 용암은 산에 있던 모든 나무를 숯덩이로 만든 채 산 아래를 향해 흘러내렸다. 산에 살던 동물들은 본능적으로 위험을 느끼고는 안전해 보이는 평지를 향해 무조건 달려갔다.

평소에는 좀처럼 볼 수 없던 갖가지 동물들은 물론 인간까지 위험을 피해 평지로 모여든 것이다. 이런 상황만 아니었다면 서로 죽고 죽이느라 정신이 없었을 테지만 지금은 화산 폭발과 흘러내리는 용암에 대한 두려움 때문에 상대에게는 신경도 쓰지 못하고 달아나는 데 정신이 없었다.

끝없이 용암을 토해내던 화산들이 그 격렬한 몸부림을 멈춘 것은 하루가 꼬박 지난 다음이었다. 용암의 불길 속에서 살아남은 사람과 동물들은 그제야 안도의 한숨을 내쉬었지만 이스턴 대륙에 닥친 재앙은 아직 끝난 것이 아니었다.

불안해하던 인간들은 전날처럼 다시 대지가 흔들리는 것을 느끼고는 또다시 공포에 떨어야만 했다. 하지만 이번에는 간단히 멈추지 않았다. 대지의 흔들림은 시간이 지날수록 점점 더 강해졌고, 종내에는 대지의 균열로 이어졌다.

지금까지 자신들을 단단하게 받쳐 주었던 대지가 찢기고 뒤틀리는 것을 지켜본다는 것.

나약한 인간으로서 할 수 있는 일은 아무것도 없었다. 그저 대지의 분노를 피해 조금이라도 안전해 보이는 곳으로 대피하는 것이 전부였다. 하지만 그것만으로는 부족했다.

몇십에서 몇백 미터로 벌어진 대지의 균열은 온갖 살아 있는 것과 인간들이 만든 건축물, 그리고 자연이 만들어낸 모든 생명들을 무자비하게 삼켜 버렸다. 눈 깜빡할 사이에 이스턴 대륙에 수천 개의 협곡을 만들어낸 지진은 발생했을 때처럼 순식간에 사라졌다.

하지만 불과 10여 분 동안의 지진 때문에 발생한 피해라고는 믿을 수 없을 정도로 그 피해는 극심했다. 지진이 끝난 후 지상에는 온전히 서 있는 건물은 거의 없을 정도였다. 게다가 격렬한 대지의 뒤틀림은 지면의 융기와 침강을 불러왔고, 수많은 절벽과 균열을 만들어냈다.

지진이 멈췄을 때 사람들은 자신이 아직 살아 있음에 진심으로 감사했고, 가족과 친척들을 찾았지만 돌아오는 대답은 어디에도 없었다. 망연자실해 그 자리에 주저앉았지만 재앙은 아직 끝난 것이 아니었다.

이스턴 대륙의 모든 해안에 해일이 강타한 것이다.

수십 미터까지 치솟은 해일은 그대로 해안을 강타했고, 존재하는 모든 것을 휩쓸었다.

내륙 100여 킬로미터까지 습격한 해일이 물러갈 때쯤 이스턴 대륙의 동해안과 남해안도 해일의 급습을 받아야만 했다. 옹기종기 모여 있던 작은 어촌들이 흔적도 없이 사라진 후 보이는 것은 오직 모래사장과 푸른 바닷물뿐이었다.

카렌이 제갈효에게 알리고 전문가들과 일식의 날짜를 알아내기 위해 노력하는 동안 제갈효는 카렌이 자신에게 알린 사실을 각국의 국왕들에게 알렸다. 백성들을 안전한 곳으로 대피시켜야 한다고 몇 번이나 강조했지만 제갈효의 말을 믿지 않는 국왕들이 더 많았다.

지난 몇백 년 동안 이스턴 대륙에서 지진이나 화살 폭발이 있었던 적이 없다는 것이 그 이유였다. 제갈효는 시간이 날 때마다 국왕들을 설득했고, 안전한 지역이라고 밝혀낸 지역으로 백성들을 대피시키기 시작했다. 그럼에도 불구하고 엄청난 인명 피해가 발생했다. 또한 막대한 재산상의 피해도 발생했다.

인간이 만들어놓은 거의 모든 것들이 파괴되다시피 했다.

이 모든 사실은 카렌도 후일 제갈효에게 들어서 알게 된 것이었다.

지진을 만나 황급히 대피를 했던 카렌과 철혈대는 다행히도 별다른 피해를 입지 않을 수 있었다. 하지만 논바닥처럼 갈라진 대지 때문에 상당히 먼 길을 돌아서 북진해야만 했다.

"피해가 크지 않아야 될 텐데…… 솔직히 걱정이군요."

"군사님께서 알아서 조치를 취하셨으니 피해가 그리 크지는 않을 겁니다. 전혀 없지는 않겠지만 말입니다. 카렌님, 그러니 걱정하지 마십시오."

철혈대주의 말에 카렌은 고개를 끄덕이면서도 여전히 어두운 표정을 지우지 못하고 있었다. 애써 그런 기분을 털어버리려는지 세차게 고개를 내저은 카렌은 질문을 던졌다.

"이번에 우리가 찾아가야 할 곳은 어딥니까?"

"제가 받은 명령서에 의하면 적의 지부 가운데 상당한 규모를 가진 곳이라고 합니다. 만약 저희만으로 부족하다고 느껴 지원을 요청하면 추가 지원을 해주겠다고 했습니다."

"추가 지원을 약속했다면 적의 규모가 상당한 모양이군요."

"직접 확인을 해봐야겠지만 상황이 좋지 않은 것 같습니다."

"집검련의 총단에 큰 피해가 없었어야 할 텐데…… 걱정이군요."

"카렌님이 군사께 주의를 주셨으니 아마도 안전한 곳으로 대피했을 겁니다. 그렇지 않아도 조금 전에 전서구를 날렸으니 곧 연락이 있을 겁니다."

철혈대주의 말에 카렌은 고개를 끄덕이고는 철혈대원들의 안위에 대해 물었다.

"철혈대에는 피해가 없습니까?"

"다행히도 심하게 다친 대원은 없습니다. 지진 때문에 놀란 말에서 떨어진 대원이 몇 있긴 하지만 모두 경상이라 임무 수행에는 지장이 없습니다."

"경상이라니 다행이군요. 그럼 출발하는 것이 어떻겠습니까?"

"알겠습니다. 그럼 저와 철혈대가 앞장을 서겠습니다."

철혈대가 앞장을 서고 카렌과 친구들이 뒤를 따랐다.

그들이 목표로 했던 흑신교단의 지부로 가는 동안 곳곳에서 발견한 처참한 광경에 일행들은 할 말을 잃을 수밖에 없었다.

특히 용암과 화산재가 휩쓴 곳 가운데 간간이 드러난 곳에는 용암이나 화산재에 타 죽거나 질식사한 시체를 어김없이 발견할 수 있었다. 그들의 얼굴에는 죽는 순간까지 얼마나 고통스러웠는지 충분히 짐작할 수 있을 정도로 표정이 일그러진 채 죽어 있었다. 때로는 홀로, 또 때로는 수십 명씩 죽어 있는 모습을 보며 일행들은 수십 센티미터 높이로 쌓여 있는 화산재를 헤치며 전진했다.

마침내 도착한 흑신교단의 지부는 의외로 이스턴 대륙의 뇌신으로 알려진 제석천의 신전이었다.

지진의 피해를 입은 듯 신전의 일부가 무너졌지만 나머지는 본래의 모습을 고스란히 간직하고 있었다. 신전은 산 아래에 있었지만 다행히도 용암이 흘러내리는 방향과는 반대쪽에 위치한 탓에 별로 피해를 입지 않은 것 같았다.

"저곳입니까?"

"아무래도 그런 것 같습니다. 주위에는 작은 마을들뿐이었지만 모두 화산과 지진의 피해를 입어 온전한 곳이 없지 않습니까? 비록 신전이 온전하지는 않지만 저 정도 규모라면 적지 않은 적들이 숨어 있을 것 같습니다."

그때 철혈대주의 말을 증명이라도 하듯 신전의 문이 열리며 언젠가 보았던 실혼인들이 예의 그 흐느적거리는 걸음걸이로 쏟아져 나왔다.

잔뜩 긴장한 일행이 있는 곳을 향해 실혼인들이 일직선으로 다가왔다.

"들켰다. 모두들 전투 대형으로!"

철혈대주의 말에 뒤쪽에서 대기하고 있던 철혈대원은 일제히 말에서 내려 집단 전투 준비를 했다.

그런 그들의 왼쪽 팔에는 이전까지는 볼 수 없었던 작은 쇠붙이가 붙어 있었다. 소형 방패였다.

물론 방패는 처음부터 철혈대에 지급된 것이 아니었다. 하지만 흑신 교단의 실혼인들과 몇 번의 교전을 거치는 동안에 발생한 피해 때문에 카렌이 건의해 철혈대주가 받아들임으로서 새롭게 변하게 된 모습 가운데 하나였다. 또 철혈대의 변한 모습 가운데 하나는 그들의 동작이 철저히 실전적으로 변했다는 것이다.

이전까지의 크고 화려한 동작은 모두 사라지고 철저히 실전적이고 간소한 동작으로 바뀌었다. 이렇게 바뀌기까지 카렌과 러쎌, 알리샤의 조언과 대련이 큰 도움이 되었음은 말할 필요도 없다. 하지만 막상 실전을 치르기는 이번이 처음이었다.

흐느적거리는 수백 명의 실혼인들 뒤로 얼굴을 복면으로 가린 자들이 모습을 드러냈다.

일정한 숫자의 실혼인 뒤에 위치한 복면인들은 작은 호각으로 신호만 보낼 뿐 특별한 움직임을 보이지는 않았다. 40명에 불과한 철혈대가 막아내기에는 실혼인들의 숫자가 너무 많았다.

흐느적거리며 오는 800명 가까운 실혼인들이 화산재를 풀풀 날리며 다가오는 모습은 철혈대원들에게는 그야말로 살 떨리는 광경이었다.

무기로 치명상을 입혀도 아랑곳하지 않은 채 거침없이 공격해 오는 실혼인들의 모습은 아직 검기를 제대로 사용할 수 있는 대원들의 숫자가 적은 철혈대에게는 그야말로 두려움의 대상이 아닐 수 없었다. 때문에 고심 끝에 마련한 대책이 바로 방패를 이용하는 것이었다.

이스턴 대륙의 무인들 가운데 방패를 사용하는 무인들은 전무하다시피 했다.

방패를 사용하는 곳은 오직 군대뿐이었다. 지금에 와서 새롭게 방패를 사용하는 방법을 익힐 수도 없는 일이기에 철혈대원들은 단순히 실혼인들의 공격을 막는 데 사용할 뿐이었다.

방패를 앞세운 채 잔뜩 긴장하고 있는 철혈대원들을 발견한 카렌은 자신이 조금 무리를 해서라도 실혼인들의 숫자를 줄여줄 필요가 있음을 깨달았다.

천천히 앞으로 나선 카렌은 우선 라이덴을 소환해 샤이닝 블레이드에 깃들도록 하고는 연환상충폭뢰기를 극한까지 끌어올렸다. 전신이 쩌릿쩌릿해지는 것을 느끼며 카렌은 두 자루의 도를 힘차게 휘둘렀다.

"혈뢰삼인!"

"혈뢰십방참!"

두 차례의 공격에 밀려오던 실혼인들의 전열이 대부분 숯덩이가 되어버렸다.

남은 마나량을 확인하며 실혼인들 틈으로 파고든 카렌은 그대로 제3초를 펼쳤다.

"혈뢰만천!"

순간 무시무시한 수백, 수천 줄기의 번개가 천공에서 지상으로 쏟아져 내리며 실혼인들을 무자비하게 휩쓸기 시작했다.

엄청나게 마나를 소모한 카렌은 이번 한 번의 공격으로 최소한 전진하던 실혼인들의 절반은 쓰러뜨릴 수 있을 것이라 생각했다. 하지만 그것은 카렌의 오판이었다.

실혼인들이 들고 있던 무기 가운데 일부는 상당히 길어 지면에 닿아 있었기에 그들을 감전시켰던 뇌전지기가 그대로 지면으로 흘러가 충격을 상당히 줄여 버린 것이다. 카렌의 공격에 쓰러진 실혼인들의 숫자는 오히려 첫 번째 공격보다 적었다. 라이덴의 라이트닝 포스와 연환상충폭뢰기의 가공할 파괴력을 합쳤음에도 불구하고 쓰러진 자들이 얼마 되지 않았지만 이미 가진 마나는 거의 다 소모하고 말았다.

카렌이 갑자기 지친 모습을 보이자 러쎌과 알리샤는 누가 먼저랄 것도 없이 카렌의 앞을 가로막으며 실혼인들에게 무기를 휘둘렀다.

한편, 비록 카렌이 생각한 만큼의 실혼인들을 쓰러뜨리지는 못했지만 적지 않은 수의 실혼인들이 쓰러지자 실혼인들을 조종하던 복면인들은 찔끔하며 놀라지 않을 수 없었다.

지금껏 많은 전투를 경험한 복면인들이지만 실혼인들이 이렇게 무기력하게 쓰러지는 모습은 처음 봤다. 물론 실혼인들이 무적이라고 생각해 본 적은 없지만 고통을 느끼지 않는 데다 보통 인간들을 훨씬 능가하는 힘을 가지고 있기에 뛰어난 실력을 가진 무인들이 아니면 결코 상대할 수 없음을 잘 알고 있었기 때문이다.

복면인들의 입장에서는 조금 전의 카렌이나 지금 무자비하게 실혼인들을 도륙하는 러쎌과 알리샤도 신경 쓰였지만 무기와 방패로 무장한 채 조금씩, 그리고 끊임없이 다가오고 있는 철혈대원들이 더욱 신경 쓰였다.

삐— 삐— 삐익!

우두머리의 호각 신호에 복면인들이 우두머리 주위로 모여들기 시작했다. 그에게 지시를 받은 복면인들은 일제히 실혼인들에게 신호를 보냈다.

호각 신호를 들은 실혼인들은 예의 그 흐느적거리는 걸음걸이로 다가오고 있었는데 그런 그들의 손에는 장창, 언월도(偃月刀), 부월(斧鉞) 같은 장병기가 들려 있었다.

알리샤와 러쎌은 철저히 자신들만의 공격 거리를 유지한 채 실혼인들을 상대했다.

느릿하기만 한 실혼인들의 공격을 최소한의 동작으로 피하며 공격해 가던 러쎌은 순간 멍한 시선으로 무기를 휘두르고 있는 상대가 인간이라는 사실을 깨달았다. 동시에 지금껏 적이라고 생각해 왔던 자들도 모두 인간이라는 사실을 깨닫자 러쎌의 동작은 멈칫거렸고, 그런 러쎌에게 실혼인들의 무기가 쏟아졌다.

"피해!"

조금 떨어진 곳에서 실혼인들을 상대하고 있던 알리샤가 외치고는 그대로 몸을 날려 다크문을 휘둘렀다. 알리샤의 외침에 조금 떨어진 곳에서 소모된 마나를 보충하고 있던 카렌의 시선도 러쎌에게로 향했다.

러쎌은 생각할 것도 없이 지면을 박차고는 뒤로 몸을 날렸다. 동시에 실혼인들의 공격이 조금 전 러쎌이 서 있던 곳을 강타했고, 그런 실혼인들의 머리 위로 다시 알리샤의 공격이 쏟아졌다.

그녀의 공격은 치명적인 급소만을 골라 사정없이 파고들었다.

허공을 물들이며 숫구치던 피가 기이한 곡선을 그리며 다크문으로 빨려들었지만 알리샤는 신경도 쓰지 않았다. 무더기로 쓰러지는 실혼인들을 밟으며 알리샤는 연속적으로 다크문을 휘둘렀다.

사령마겸의 구결을 운용하며 다크문을 휘두른 알리샤는 실혼인을 한 명 쓰러뜨릴 때마다 조금씩 자신이 강해지는 것을 느낄 수 있었다. 피부를 통해 부정적인 기운이 밀려드는 것은 물론 다크문을 통해 마기와 약간의 생명력이 유입되어 혈맥을 통해 단전에 자리 잡는 것을 느꼈다. 동시에 뭔가가 혈관을 통해 흐르는 것을 깨달으며 기이한 감동을 느끼지 않을 수 없었다.

지금처럼 죽은 몸(?)이 된 이후 그녀의 피는 흐른 적이 없었다. 심장이 뛰지 않으니 혈액이 흐를 리 없었다. 그런데 지금 혈관에서 뭔가가 흐르는 것이 느껴진다는 것은 다시 심장이 뛴다는 것을 의미하는 것이었다.

그런 사실을 깨닫는 순간 알리샤는 가벼운 흥분을 느꼈다. 아마도 이런 감정을 느낀 것은 자신이 키메라가 된 후로 처음이 아닌가 싶었다.

실혼인들의 수가 절반쯤으로 줄어들었을 때 철혈대가 실혼인들의 측면을 덮쳤다.

방패를 소지한 이후로 처음 겪는 전투라 철혈대원들의 몸놀림은 어색하기 이를 데 없었다. 그러나 실혼인들과의 전투가 이어질수록 그들의 몸놀림은 점점 안정을 찾았고, 그 결과 이전까지와는 달리 일방적인 상황이 계속되었다.

어느 정도 마나를 보충시킨 카렌은 싸움에 개입을 하려다 일단은 상황을 지켜보기로 했다. 그러면서 조금 전 러셀이 왜 그런 모습을 보였는지 너무나도 궁금했다. 지금껏 러셀이 그런 행동을 하는 것을 한 번도 본 적이 없었기에 궁금함은 더할 수밖에 없었다.

그러는 사이 실혼인들은 모두 전멸해 버렸고, 그때까지 지켜보고만 있던 복면인들이 드디어 개입하기 시작했다. 그러자 상황이 반전되었다.

둥글게 원진(圓陣)을 만들어 수비를 두텁게 한 철혈대는 방패로 철저히 자신을 보호하면서 복면인들을 공격했다. 하지만 철혈대의 공격에 쓰러진 복면인들은 한 명도 없었다.

다만 공격을 당한 복면인들 가운데 일부의 복면이 찢어지며 비늘로 뒤덮인 커다란 구렁이의 모습이 드러났다. 물론 철혈대원들도 철혈대주에게 들어서 사인(蛇人), 즉 사두용인이 어떻게 생겼는지 알고 있었다. 그러나 들어서 알고 있던 것과 직접 자신의 눈으로 봐서 알게 되는 것은 차원이 다른 문제다.

그런 탓에 깜짝 놀라는 철혈대원들도 적지 않았다. 그러나 가장 큰 문제는 철혈대원들의 공격에 쓰러지는 사두용인이 한 명도 없다는 사실이었다.

철혈대원의 검은 사두용인들의 비늘에 가로막혀 맥없이 튕겨나올 뿐이었다.

사두용인들의 무기는 도마뱀의 발처럼 변한 손이었는데 강철을 덧씌운 방패와 부딪칠 때마다 깊은 흔적을 남겼다.

철혈대원들이 그렇게 사두용인들과 싸우고 있을 때 알리샤는 다크문을 휘두르며 사두용인들을 쓰러뜨리고 있었다. 검기로 다크문을 감쌌기 때문에 다크문과 부딪친 사두용인들의 손톱과 비늘로 덮인 팔은 삶은 호박 잘리듯 소리도 없이 잘려 나가 버렸다. 그럼에도 불구하고 사두용인들은 조금의 물러섬도 없었다.

피와 생명력을 강제로 빼앗긴 실혼인들과는 달리 사두용인들은 비록 상처를 입었을망정 목숨을 강제로 빼앗기지는 않았다. 계속해서 몰려드는 사두용인들을 알리샤 혼자 처치하기란 지극히 힘든 일이었다.

그때 러쎌이 사두용인들 사이로 뛰어들어서는 사정없이 그레이트 엑스를 휘둘렀다. 웬만한 어른의 상체 크기만 한 그레이트 엑스가 자신들에게 날아드는 것을 보고 사두용인들은 도마뱀의 앞발처럼 변한 손을 휘둘렀다.

챙!

사두용인의 손과 그레이트 엑스가 부딪치며 날카로운 금속음과 함께 불똥이 튀었다.

자신의 공격에 사두용인의 팔이 단번에 잘려 나갈 것이라 생각했던 러쎌의 예상과는 달리 사두용인의 팔은 멀쩡했고, 오히려 그레이트 엑스에 금이 가버렸다. 처음부터 마나를 주입해서 휘두를걸, 하고 잠시 후회한 러쎌은 그대로 그레이트 엑스를 집어 던지고는 과거 네로브에게 선물을 받았던 작은 핸드 엑스 두 자루를 뽑아 들고는 그대로 휘둘렀다.

스슥.

들리지도 않을 만큼의 작은 소리와 함께 사두용인들의 팔과 목이 단숨에 잘려 나갔다. 하지만 알리샤의 다크문에 피를 빼앗긴 경우와는 달리 러쎌의 경우에는 잘린 부분에서 붉은 선혈이 흘러나왔다. 동시에 잘린 상처로 신성력이 스며들며 사두용인들의 육체가 붕괴를 일으키기 시작한 것이다.

결국 잠시 쉬고 있던 카렌까지 개입한 후 싸움은 얼마 가지 않아 사두용인들의 몰살로 끝을 맺었다.

마지막 사두용인의 목이 샤이닝 블레이드에 잘려 하늘로 치솟는 순간 누가 먼저라고 할 것도 없이 일행들은 하나같이 땅바닥에 그대로 주저앉았다. 아무것도 묻은 것이 없건만 습관처럼 핸드 엑스를 닦고 있는 러쎌 곁으로 다가간 카렌이 조금 전 일에 대해 물었다.

"무슨 일 있어?"

"어? 무슨 말이야?"

"조금 전에 말이야. 공격을 하다가 갑자기 멈췄잖아. 위험하게 왜 멈춘 거야?"

카렌의 질문에 러쎌은 잠시 움찔하다가 다시 핸드 엑스를 닦기 시작했다.

러쎌의 입이 열린 것은 한참의 시간이 지난 다음이었다.

"갑자기 말이야…… 내가 사람을 죽이고 있다는 것을 깨달아서 말이야."

"……?"

생각지도 못했던 러쎌의 대답에 카렌은 아무런 말도 못한 채 멍하니 친구의 얼굴만 쳐다보았다.

"그게 무슨 말이야?"

"지금까지는 단순하게 나를 공격하거나 자신을 지킬 힘이 없는 인간들을 공격하는 모든 생명체를 적으로 간주했었어. 사실 대부분이 몬스터였지. 그러다 이스턴 대륙에 와서 저 실혼인이라는 자들을 만났는데, 그들의 이상한 움직임이나 인간으로서는 가질 수 없는 능력을 보고 인간이 아니라고 여겼기 때문에 망설이지 않고 공격을 할 수 있었어. 그러다 조금 전에 갑자기 저들이 인간이라는 사실을 깨닫게 된 거야.”

“그게 문제가 되는 거야?”

“그럼 카렌, 너는 아무렇지도 않아?”

반문을 하는 러셀의 얼굴에는 짙은 그림자가 그리워져 있었다.

“솔직히 말하자면 기분이 좋지는 않아. 그렇지만 그들에게 목숨을 잃을 뻔한 사람들을 구할 수 있어서 정말 다행이라고 생각해.”

“물론 그렇게 생각하면 그렇지만… 실혼인들도 혼을 잃기 전까지는 다른 사람들과 같은 인간이었을 거라는 생각은 안 해봤어?”

“…….”

러셀의 말에 카렌은 고개를 갸웃거리다가 금세 충격을 받지 않을 수 없었다.

자신과 같이 웃고 떠들던 동료들과 실혼인들이 같은 인간이라는 생각이 드는 순간 자신의 손뿐만이 아니라 전신이 그들의 피로 얼룩졌다는 생각을 피할 수 없었던 것이다.

사람을 죽였다? 그럼 자신이 살인을 했단 말인가?

카렌은 지금껏 자신이 알고 지켜왔던 모든 것들이 무너져 내리는 것을 느꼈다. 그리고 삶의 목표 또한 사라졌다.

뮤란 대륙에 닥친 위험과 이스턴 대륙에 드리운 암운을 해결하기 위해 지금껏 노력하고 또 노력하며 살아왔다. 다시 말하면 양쪽 대륙에 사는 인간들을 구하기 위해 지금껏 수도자보다 더한 절제와 병사들도 울고 갈 정도의 훈련을 해왔는데, 그렇게 해서 가지게 된 힘으로 적이라 믿으며 해치운 존재들이 다름 아닌 인간들이었다니…….

어찌 충격을 받지 않을 수 있겠는가?

자리에 털썩 주저앉은 카렌은 멍한 시선으로 칙칙한 기운이 드리워진 북쪽 하늘을 쳐다보았다.

자신보다 더욱 충격을 받은 듯 보이는 카렌이 걱정된 러셀은 근처에서 그가 정신을 차리기만을 기다렸다. 그러면서 조금 떨어진 곳에 있던 알리샤를 보니 눈을 지그시 감고 자세를 바로 한 채 꼿꼿하게 앉아 있는 것이 아마도 운공을 하고 있는 듯 보였다.

한 번 정신을 놓은 카렌은 저녁이 되어도 또 새벽이 찾아와도, 그리고 다음날이 되어도 정신을 차릴 줄 몰랐다. 자신을 걱정스럽게 쳐다보는 러셀이나 철혈대원들의 시선을 전혀 깨닫지 못하던 카렌은 끝없이 자신의 내면으로 침전해 들어갔다.

끝없는 심연만이 존재하는 곳 중에서도 가장 깊은 곳으로 빠져든 카렌은 지금껏 자신이 무엇을 위해 검술을 익히고, 왜 사람들에게 검을 휘둘러온 것인지에 대해 생각하고 또 생각했다.

무엇이 옳은가?

자신의 도움을 필요로 하는 사람들을 위해 적을 물리쳤다고 했을 때 그 적이 인간이었다면 결국 자신은 살인을 한 셈이 아닌가? 내가 아는 사람을 위해 다른 사람을 죽인다는 것, 과연 그런 행동을 정의라고 자신있게 말할 수 있을까?

과연 무엇이 정의인가?

카렌은 생각하고 또 생각했다.

생각에 빠진 지 3일이 지나자 카렌의 몸은 급격하게 말라가기 시작했다.

　　물론 사람이 물 한 모금 마시지 않고 3일을 버틴다면 상당히 몸이
축날 수밖에 없을 것이다. 그러나 지금의 카렌처럼 앙상하게 마를 수
는 없는 일이었다. 또 언제 자세가 바뀐 것인지 알 수 없지만 카렌의
자세가 결가부좌로 바뀌어져 있었다. 그리고 어느 순간 카렌의 정수리
부분에서 밝은 빛이 빛나는 순간 카렌의 전신이 희미하지만 엷고 밝은
색의 빛에 싸여가기 시작했다. 그의 안부를 걱정해 지켜보고 있던 사
람들은 난생처음 보는 신기한 광경에 눈을 떼지 못했다. 그러는 사이
카렌은 신기한 경험을 하고 있었다.

　　고민에 고민을 거듭하던 중 누가 뭐라 하던 결국 자신은 자신이 알
고 있고, 믿어왔던 대로 행동할 수밖에 없다는 사실을 깨닫는 찰나 자
신이 허공으로 빨려 올라가는 것을 느낄 수 있었다. 바로 유체이탈(幽
體離脫)을 경험한 것이었다.

　　신기한 마음에 주위를 둘러보던 카렌의 눈에 지그시 눈을 감고 있는
앙상한 모습의 자신과 그런 자신을 걱정스럽게 바라보고 있는 일행들
의 모습이 보였다.

　　자신이 자신을 바라볼 수 있다니……. 누구에게 이런 이야기를 한다
면 아마도 카렌이 거짓말을 한다고 할 것이다. 하지만 이는 분명한 무
공의 단계로 시해선(尸解仙)의 경지다.

　　일반적으로 시해선이란 말보다는 천지교태(天地交泰)란 말로 더 잘
알려져 있다. 이는 천공과 대지의 커다란 기운을 주고받을 수 있다는
뜻인데 단순히 추상적인 뜻만을 나타낸 것이 아니었다. 그러한 대자연
의 기운, 즉 마나의 움직임을 관조하며 또한 자신을 대자연의 기운과
하나로 화합해 마음대로 그 기운을 사용할 수 있는 단계인 것이다.

　　대자연과 내가 하나가 되는 단계는 당연히 대자연의 법칙을 뛰어넘

은 우주의 인과율을 깨달아야 한다는 제약은 있지만 깨닫기만 한다면 인간으로서의 능력을 뛰어넘게 됨은 말할 필요도 없는 것이다.

사람들의 머리 위에 떠 있던 카렌은 무섭거나 두렵다는 생각보다는 신기하다고 느꼈고, 곧 천공에 뜬 태양을 바라보기 시작했다. 동시에 자신의 몸이 무형질의 무엇인가로 변해 대기 중에 퍼져 나가는 것을 느꼈다.

마음만 먹는다면 세상 어디에도 존재할 수 있을 것 같은 느낌이 들었다.

고개를 드는 순간 천공의 새처럼 떠 있을 수도 있었고, 태양 속에서도 자신이 존재할 수 있을 것 같았다. 또한 세상의 법칙이라는 것이 무엇인지도 알 것 같았다.

그런 생각을 하는 순간 카렌의 육체가 환골탈태를 시작했다.

근처에서 그 모습을 지켜보던 사람들은 깜짝 놀라면서도 섣불리 카렌을 건드릴 생각을 못했다. 러쎌이 막은 탓도 있었지만 전신의 근육이 물결치듯 움직이며 듣기에도 섬뜩한 뼈마디 부딪치는 소리가 났기에 더더욱 다가갈 생각을 못한 것이다. 뼈와 근육이 물결칠 때마다 카렌의 몸은 가죽 주머니에 바람을 집어넣은 것처럼 부풀어 올랐다가 오그라들었다.

한참의 시간이 지나서야 뼈와 근육의 움직임이 멎자, 이번에는 전신의 살결이 가뭄 진 논바닥처럼 갈라지며 떨어져 나가기 시작했다.

한 번, 두 번…… 아홉 번.

시커멓게 변한 살 꺼풀이 몇 번이나 떨어져 나간 카렌의 모습은 마치 드워프가 대리석으로 조각을 해놓은 조각상처럼 아름답기 그지없었다. 카렌의 전신에서 빛이 뿜어져 나오는 것 같은 착각마저 들었다.

구름을 뚫고 까마득하게 높은 곳까지 올라갔던 카렌은 자신의 육체가 자신을 부르는 것 같은 느낌이 들어 육체가 있는 지상을 내려다보았다. 그러자 육체를 빠져나올 때처럼 거부할 수 없는 어떤 압도적인 힘에 의해 다시 어디론가로 이동하는 것을 느꼈다.

카렌은 주위가 갑자기 깜깜해짐과 동시에 숨이 막히는 것을 느끼고는 크게 숨을 들이켰다.

"후우~"

숨을 내쉬고 다시 깊게 숨을 들이켜자 상쾌한 기분과 함께 전신에서 활력이 넘쳤다. 가만히 마나를 움직여 전신을 살펴보던 카렌은 자신의 마나 홀이 이전에 비해 세 배 이상 커진 것을 발견하고는 적지 않게 놀랐다. 그런 마나 홀에 터질 정도로 마나가 들어차 있었는데 그 마나는 연환상충폭뢰기의 기운을 띠고 있었다.

결국 이전에 비해 카렌이 쓸 수 있는 마나의 양은 세 배를 넘어섰다는 말이었다. 그런 마나 양에 따른 파괴력은 상상할 수도 없을 정도로 강력한 것이다.

카렌이 담담한 표정을 지으며 자리에서 일어서자 그때까지 숨을 죽인 채 지켜보던 사람들이 그의 안부를 물었다.

"카렌님, 괜찮으신 겁니까?"

"괜찮습니다. 제가 여러분께 걱정을 끼친 것 같군요."

카렌이 담담하게 미소를 지은 채 대답하자 그제야 일행들은 안심할 수 있었다.

무엇인가 궁금한 것이 있는 듯 카렌의 눈치를 살피던 철혈대주가 조금은 조심스럽게 입을 열었다.

"카렌님, 실례가 되지 않는다면 조금 전 카렌님에게 일어난 현상이 어떤 것인지 알고 싶습니다.”

철혈대주의 말에 철혈대원들도 같은 궁금증을 느낀 듯 카렌의 대답을 기다렸다.

주위를 둘러보니 러쎌과 알리샤도 궁금하다는 표정으로 카렌을 쳐다보고 있었다.

“환골탈태라는 말을 아십니까?”

“물론입니다. 무공이 극에 이르게 되면 무공을 익히기 가장 적합한 체질로 바뀌게 됩니다. 그뿐만이 아니라 내공도 늘어나 진정한 신인(神人)의 경지에 이르게 됩니다. 하지만 무엇보다 가장 큰 변화는 검강(劍罡)이나 이기어검술(以氣馭劍術)을 사용할 수 있다고 알고 있습니다.”

자신이 알고 있던 것을 열심히 말하던 철혈대주는 갑자기 말을 멈췄다. 그리고는 놀란 얼굴로 카렌을 쳐다보았다.

“그, 그렇다면 조금 전 카렌님의 몸에 일어난 현상이…… 환골탈태가 일어날 때 벌어지는 현상이란 말씀이십니까?”

“맞습니다. 좀 더 자세하게 설명하자면 무공이 극에 달한다는 말보다는 인체가 기를 받아들일 수 있는 한계에 이르게 되면 몸은 좀 더 많은 대자연의 기를 받아들이기 위해 신체의 재구성이 일어나게 됩니다. 그것이 바로 환골탈태지요.”

“그럼 누구든 한계까지 기를 받아들이게 되면 환골탈태를 경험할 수 있는 겁니까?”

철혈대주의 말에 철혈대의 대원들의 눈이 일제히 빛을 뿌리기 시작했다. 만약 철혈대주의 말이 사실이라면 누구든 환골탈태를 경험할 수 있고, 또한 절정의 무인이 될 수 있다는 말이니 어찌 흥분이 되지 않겠는가?

"그렇게 되기 위해서는 자신이 현재 익히고 있는 무공에 대한 보다 근원적인 이해가 있어야만 합니다. 사람마다 깨달음의 방식은 모두 다르겠지만 대자연의 법칙과 규칙, 그리고 인간에 대해 이해한다면 누구든 환골탈태를 경험할 수 있을 겁니다. 환골탈태를 경험하면 검강이나 이기어검을 사용할 수 있습니다. 쉽지는 않겠지만 노력만 한다면 언젠가는 환골탈태를 경험할 수 있다고 생각합니다."

카렌의 대답에 철혈대주는 고개를 끄덕이긴 했지만 자신이나 철혈대 대원들이 평생 동안 무공을 연마해도 환골탈태를 경험할 것 같지는 않았다. 그도 그럴 것이 지금껏 누가 환골탈태를 경험했다는 말을 들어본 적이 없기 때문이었다. 하물며 천하제일인이라고 누구든 인정하는 집검련의 련주인 수라마검 곽세찬도 경험하지 못한 환골탈태를 자신들이 경험할 수 있을 것이란 생각은 할 수 없었기 때문이다.

그런 생각을 하던 철혈대주는 문득 무엇인가를 생각해 내고는 고개를 갸웃거렸다.

"그런데 한 가지 이해가 되지 않는 것이 있습니다. 조금 전 카렌님께서 말씀하신 대로라면 환골탈태를 경험해야만 검강을 이용할 수 있다는 것인데… 카렌님은 이전에도 검강을 사용하지 않으셨습니까?"

"그건 제가 익힌 무공이 조금은 특이하기 때문에 검강을 사용할 수 있었던 겁니다. 좀 더 정확하게 말하자면 완벽한 검강이라기보다는 검강에 가까운 검기에 불과했습니다. 그리고 내공의 성격이 뇌전지기를 띠고 있기 때문에 그런 파괴력을 보일 수 있었던 것뿐입니다."

카렌은 별것 아니라는 듯 대답했지만 철혈대주가 생각하기엔 대체 어떤 무공이기에 제대로 된 검강을 사용한 것도 아닌데 그런 파괴력을 보일 수 있는 것인지 정말 궁금했다.

“오늘은 저들의 거처에서 하루를 보내야 할 것 같습니다. 저희가 먼저 가 쉴 곳을 마련할 테니 카렌님과 두 분께서는 천천히 오시기 바랍니다.”

철혈대주는 말을 하고는 수하들과 함께 사두용인들과 실혼인들이 몰려나온 무너진 신전으로 향했다.

잠시 후 철혈대원 하나가 정리가 끝났다고 연락을 해왔고, 카렌은 자리에서 일어나려다가 라이덴의 존재가 극히 희미해진 것을 깨닫고는 당황하지 않을 수 없었다.

처음 체내로 받아들인 후 언제나 단전에 라이오너가 웅크리고 있다는 느낌을 강하게 받아왔었다. 카렌이 익힌 연환상충폭뢰기의 힘이 강해져 라이오너가 라이덴으로 성장한 후에도 그의 존재는 마나 홀에 있음을 항상 느끼고 있었다.

상식적으로 생각하면 환골탈태를 한 지금 연환상충폭뢰기의 힘도 이전에 비해 훨씬 강해졌기에 라이덴도 정령왕인 라크렘으로 성장했을 확률이 컸다. 자연계 정령인 라이오너는 소환자의 성장과 함께 진화를 하기 때문이었다. 하지만 그런 기미는커녕 오히려 이전보다 존재감이 더 희미해졌기에 어찌 된 일인지 전혀 짐작이 되지 않았다.

‘라이덴. 내 말 들려?’

—…….

‘라이덴! 라이덴!’

—…….

역시나 대답이 없었다.

어디로 사라진 것이 아니었기에 일단 안심은 되었지만 라이덴으로 진화한 후에도 자신의 소환에는 언제나 응답을 했었기에 은근히 걱정되는 것만은 어쩔 수 없었다.

"카렌, 가자."

러쎌의 말에 카렌은 애써 표정을 추스르고는 신전을 향해 걸음을 옮겼다.

제2장
북쪽을 향해

북쪽을 향해

카렌이 철혈대원들과 북쪽으로 향한 지도 어느덧 30여 일이 지났다. 그동안 전투는 오직 한 번뿐이었다. 그것도 10여 명의 사두용인과의 전투가 전부였다. 하지만 느닷없이 뛰어든 알리샤로 인해 철혈대원들은 그저 멍하니 쳐다볼 뿐 개입할 틈도 없었다. 그녀의 무기인 다크문 때문인지 사두용인들은 제대로 대항도 못하고 일방적으로 도륙을 당했다.

행로를 북쪽으로 잡았을 때 일행들은 흑신교단, 특히 사두용인들과 실혼인들과의 대대적인 싸움을 걱정했다. 하지만 어떻게 된 일인지 흑신교단의 신도들은 그림자조차 발견할 수 없었다. 간혹 그들의 본거지로 의심되는 곳에서 흔적들을 발견할 수는 있었지만 무슨 이유에서인지 모두 텅 비어 있는 것이 이미 오래전 사람들이 떠난 것으로 짐작되었다. 게다가 상당히 북쪽으로 왔는지 저녁엔 불을 피우지 않으면 추워서 잠을 이룰 수 없을 정도로 날씨가 차가워졌다.

일행들이 북쪽으로 향하던 발걸음을 멈춘 것은 거대한 설산(雪山)이 그들의 앞을 가로막은 것을 확인한 다음이었다.

"저 산이 바로 저희 대륙의 북쪽 끝을 가리키는 대설산(大雪山)입니다. 수십 개의 봉우리로 이어진 저 산 너머로는 사람이 살 수 없는 설원(雪原)이 펼쳐져 있습니다."

"그럼 저 대설산 너머로는 아무도 살고 있지 않단 말입니까?"

"지금까지 알려진 것으로는 사람이 발견된 적이 없다고 합니다."

철혈대주의 말에 카렌은 묵묵히 자신들의 앞을 가로막고 있는 만년설로 뒤덮인 봉우리들을 노려보았다. 끝없이 이어져 있는 대설산은 얼마나 높은지 산허리에 구름이 걸려 있을 정도였다.

"여러분은 이만 집검련으로 돌아가십시오. 저희들은 계속 흑신교단의 뒤를 쫓겠습니다."

카렌의 말에 잠시 갈등을 일으키던 철혈대주는 곧 고개를 끄덕였다.

"일단 저희들은 총단으로 복귀해 보고를 한 후 다시 세 분의 뒤를 따르겠습니다."

"아닙니다. 지금까지 저희를 도와준 것만으로도 충분합니다. 지금부터는 저희들이 흑신교단을 맡을 테니 여러분들은 이만 돌아가도 될 것 같습니다."

카렌의 말에 잠시 고민을 하던 철혈대주는 품에서 한 장의 서찰을 꺼내 부대주에게 내밀었다.

"부대주."

"말씀하십시오."

"난 이분들과 함께 설원을 건너 흑신교단의 교도들을 끝까지 쫓아갈 생각이다. 아마도 더 이상의 위험은 없을 거라 예상하지만 어떻게 될 것인지는 나도 모른다. 하지만 흑신교단이 이 땅에서 완전히 사라진 것인지, 아니면 어디에 숨어 있는 것인지 철혈대주로서 그것을 꼭 확인해야만 한다.”

단호하기까지 한 철혈대주의 말에 그를 만류하려던 부대주는 곧 포기를 해야만 했다.

황소고집보다 질긴 그의 고집을 말릴 수도 없지만 누군가는 흑신교단의 행방에 대해 알아내야만 했기 때문이었다.

“알겠습니다, 대주님. 대원들은 제가 총단까지 무사히 데리고 가겠습니다.”

“자네만 믿겠네.”

“맡겨주십시오, 대주님.”

“오늘은 늦었으니 내일 아침 일찍 떠나도록 하게.”

“대주님의 말씀대로 하겠습니다.”

철혈대주는 고개를 끄덕였다.

그가 대단한 무공의 소유자는 아니었지만 성실한 성격에 아랫사람들의 이야기를 잘 들어주어 부하들의 신망이 두터운 인물이었다. 한 무리의 우두머리로서는 무공이나 행동력이 조금 떨어질지 모르지만 우두머리를 보좌하기에는 넘치도록 충분했다.

카렌과 러쎌, 알리샤가 운공으로 시간을 보내는 동안 철혈대원들은 대청의 한쪽에 잠자리를 마련한 다음 불침번을 제외하고는 모두 곯아떨어졌다.

비록 흑신교단과의 전투는 없었지만 워낙 장거리를 이동한지라 모두들 피로가 극에 달해 있었다. 특히 혹시 있을지도 모르는 적의 습격에 대비하느라 정신적인 피로는 더했다.

그런 철혈대원들과는 달리 운공에 열중하고 있는 세 사람을 보며 철혈대주는 그들의 꾸준한 노력에 감탄을 금할 수 없었다.

주변에서 들리는 소리는 오직 모닥불이 타면서 나는 소리뿐이었다.

다음날 일어난 철혈대원들은 부지런히 식사를 준비했다.

비록 가지고 있는 식량은 얼마 되지 않았지만 나름대로 정성껏 준비했다. 그렇게 시작된 아침은 식사를 마치면 헤어져야 한다는 생각 때문인지 일행들의 식사 속도는 한없이 느렸다. 하지만 그런 아침 식사도 마침내 끝이 났다.

철혈대원들은 그동안 자신들이 위험에 처할 때마다 누구보다 먼저 뛰어들어 자신들을 위험으로부터 구해준 세 사람, 특히 카렌에게 묵묵히 고개를 숙여 감사함을 표했다. 그는 단순히 자신들을 위험에서 구해준 것뿐만 아니라 평소에도 무공에 대한 조언을 아끼지 않았다.

비록 지금 당장 실력이 늘지는 않았더라도 조금 노력을 한다면 지금보다 훨씬 강해질 수 있는 단서를 카렌에게 들었기 때문에 그와의 헤어짐이 더욱 아쉬웠다.

"언제 다시 만나게 될지는 모르겠지만 그때까지 강녕하십시오."

누가 먼저랄 것도 없이 거의 동시에 철혈대원은 카렌을 향해 다시 한 번 고개를 숙였다.

"그동안 여러분과 함께 지낼 수 있어서 저도 무척이나 즐거웠습니다. 다음에는 더욱 발전해 있는 여러분과 만날 수 있었으면 좋겠군요."

"감사했습니다."

카렌의 답례에 부대주가 철혈대원들을 대표해 고개를 숙였다.

잠시 후 멀어져 가는 철혈대원들을 쳐다보던 카렌은 일행들에게 손짓을 했다.

"우리도 이만 가지. 먼 길을 가야 하니까."

카렌의 말에 일행들은 대설산을 향해 걸음을 옮겼다.

아득하게 멀어 보이던 대설산에 도착한 것은 철혈대원들과 헤어지고 15일이 흐른 뒤였다.

까마득히 높은 산의 정상을 바라보던 철혈대주가 말문을 열었다.

"드디어 도착했군요. 일단 식량부터 준비하는 것이 좋을 것 같습니다."

음식을 먹지 않아도 되는 알리샤를 제외한 나머지 세 사람은 매 끼니는 아니어도 하루에 한 번 이상의 식사를 해야 했기 때문에 식량은 반드시 있어야 했다. 환골탈태를 경험한 후 2, 3일에 한 번 정도만 식사를 해도 되는 카렌이었지만 러셀이나 철혈대주를 위해서 식량을 준비하기로 했다. 게다가 대설산 너머 설원에서 식량을 마련할 수 없을지도 모르니 이곳에서 최대한 식량을 준비하는 것이 좋을 것 같았다.

"그럼 일단 각자 흩어져 사냥을 해서 이곳에서 다시 만나기로 하는 것이 좋을 것 같군요."

"알겠습니다. 그럼 잠시 후에 뵙겠습니다."

대답을 한 철혈대주는 곧 산기슭을 향해 몸을 날렸고, 세 친구도 곧 사냥을 하기 위해 주위로 흩어졌다.

잠시 후 각자 사냥한 동물들을 가지고 모인 일행들은 종류의 다양함도 다양함이었지만 무엇보다 그 어마어마한 양에 쓴웃음을 짓지 않을 수 없었다.

멧돼지가 세 마리에 커다란 사슴이 다섯 마리였다.

"잠깐만 기다리십시오. 제가 정리를 하겠습니다."

철혈대주는 익숙한 솜씨로 사냥감들의 내장을 제거하고는 가죽을 깔끔하게 벗겨냈다. 그리고는 적당한 크기로 토막 내고는 얇게 포를 뜨기 시작했다.

곧 엄청난 양의 육포가 쌓였고, 철혈대주는 가지고 있던 소금으로 살짝 밑간을 했다. 그리고는 건조 시간을 줄이기 위해 모닥불을 피워 포를 뜬 고기를 나뭇가지에 꿰어 훈제로 만들기 시작했다.

카렌과 러쎌, 그리고 알리샤는 너무나 익숙한 솜씨로 훈제를 만드는 철혈대주의 행동을 그저 멍하니 지켜볼 뿐이었다. 혼자서도 너무 잘하니 도와주고 자시고 할 것도 없었다.

열심히 훈제를 만들던 철혈대주는 세 사람의 눈길을 발견하고는 쑥스러운 듯 어색한 미소를 지었다.

"원래는 화덕이 있어야 제대로 된 훈제를 만들 수 있는데 야외에서 갑자기 만들려니 어쩔 수가 없군요. 멧돼지로 만든 육포는 소고기로 만든 육포보다 조금 질기긴 하지만 그래도 먹을 만합니다. 하지만 사슴으로 만든 육포는 소고기로 만든 육포보다 훨씬 연하니 여러분들은 새로운 맛을 느낄 수 있으실 겁니다."

"훈제를 만드는 것을 보니 한두 번 해본 솜씨가 아닌 듯 보이는데……."

"제가 예전에 데리고 있던 수하 가운데 한 명이 주방장 출신이라서 그에게서 배웠습니다. 육포를 훈제로 만들게 되면 부피를 줄일 수 있을뿐더러 상당한 기간 동안 보관할 수 있어 비상 식량으로 많이 이용하는 방법입니다."

카렌은 왕립 아카데미에서 용병 생활에 대해 배운 자신보다 철혈대주가 더 용병 생활에 익숙한 것을 보고 스스로 반성하지 않을 수 없었다. 수련을 한다는 명목하에 용병 생활은 완전히 뒷전이었기 때문이다.

스스로를 용병이라 생각하고 또 남에게 그렇게 자신을 소개하면서도 실제 용병 생활을 해본 적은 거의 없는 자신. 부끄럽다는 생각이 들었다.

상당한 시간이 지나서야 철혈대주는 고기들을 모두 훈제로 만들 수 있었다.

"오늘 밤은 이곳에서 지내고 내일 아침 일찍 출발하는 것이 어떻겠습니까?"

"그렇게 하는 것이 좋겠군요. 저는 할 일이 있으니 그럼 먼저 주무십시오."

철혈대주의 말에 카렌들은 모닥불 주위에서 잠을 청했다. 일행들이 잠자리에 누운 것을 확인한 철혈대주는 조금 전 벗겨놓았던 사슴 가죽과 멧돼지 가죽을 천천히 모닥불에 말리기 시작했다.

다음날 눈을 떴을 때 카렌이 발견한 것은 곱게 접혀진 가죽 옷 한 벌이었다.

옷에서는 가죽 냄새가 물씬 풍기고 있는 옷은 꽤 꼼꼼한 솜씨로 만들어져 있었다. 겉은 멧돼지 가죽이, 안쪽은 사슴 가죽이 대져 있었는데 상점에서 파는 물건만큼 화려하거나 하지는 않았지만 얼마나 정성을 들여 만든 것인가는 충분히 짐작할 만했다.

알리샤의 곁에도, 또 러쎌 곁에도 가죽 옷이 놓여 있었지만 정작 가장 필요한 사람인 철혈대주 곁은 텅 비어 있었다.

곤히 잠들어 있는 철혈대주의 얼굴을 바라보며 카렌은 그의 정성에 고마움이 느껴졌다.

아마도 익숙하지 않은 솜씨로 세 벌의 옷을 만들려면 거의 밤을 새워야 했으리라.

일단 일행들이 일어날 때까지 운공을 하려고 결심한 카렌은 먼저 꺼져 가는 모닥불에 장작을 더 넣어 불길이 살아나는 것을 확인하고서야 운공에 들어갔다.

카렌이 소주천을 마치고 눈을 떴을 때 알리샤와 러쎌도 일어나 운공을 하고 있었다. 하지만 철혈대주는 늦게 잠들었기 때문인지 아직도 꿈속을 헤매고 있었다.

카렌은 곁에 놓여 있던 가죽 옷을 철혈대주 곁에 내려놓고는 러쎌에게 전음을 보냈다.

[러쎌, 아침 식사용으로 쓸 사냥감을 사냥해 올 테니까 그때까지 철혈대주를 깨우지 말도록 해. 우리들 옷을 만드느라 밤을 새운 모양이야.]

[우리한테 가죽 옷은 필요없는데…… 괜한 고생을 했군.]

[어? 러쎌, 언제부터 전음을 사용할 수 있게 된 거야?]

[벽력패황공이 8성에 이르게 된 후부터 전음을 쓸 수 있게 됐어. 오러 스매쉬도 마찬가지고 말이야.]

[그래? 축하한다, 러쎌.]

전음을 마친 카렌은 자신의 친우를 향해 미소를 보냈다.

카렌이 사냥을 위해 떠난 후 러쎌은 조용히 잠자리를 정리했다. 곁에 놓여 있던 가죽 옷을 가만히 바라보던 알리샤는 천천히 가죽 옷을

껴입었다. 조금은 뻣뻣하고 투박하기 이를 데 없었지만 왠지 철혈대주
의 따스한 마음이 느껴져 지그시 눈을 감은 채 그 온기를 음미했다.

차가움이나 뜨겁다는 감각을 느껴본 적이 언제인지 기억도 나지 않
았다.

어쩌면 영원히 느끼지 못할지도 모른다는 생각도 들었지만 불안하
거나 초조하다는 생각은 들지 않았다. 다만 안타깝다는 느낌만 강하게
들 뿐이었다.

이런 감정을 상실감이라고 해야 하는 것인지는 모르겠지만 그녀가
바라는 것은 그저 다시 한 번 예전의 감각을 느껴보고 싶고, 다른 사람
들처럼 배고픔을 느끼고 음식을 먹고 싶다는 생각뿐이었다. 알리샤가
그런 생각을 하는 동안 사냥을 마치고 돌아온 카렌은 간단히 가죽을
벗기고, 내장을 긁어내고는 그대로 불에 굽기 시작했다.

소금이라도 가지고 있었으면 뿌려가며 고기를 익혔을 테지만 지금
까지 식사 준비를 맡은 사람이 철혈대주이기에 소금도 그가 가지고 있
었다. 곤히 잠든 철혈대주를 깨울 수 없어 일단은 그냥 익히기로 했다.

잠시 후 고기가 어느 정도 익으며 풍기는 냄새 때문인지 철혈대주가
깨어났다.

고기를 익히고 있던 카렌을 발견한 철혈대주는 황급히 자리에서 일
어나 모닥불로 다가왔다.

"늦어서 죄송합니다. 이제부터는 제가 하겠습니다."

"소금이 없어 뿌리지를 못했습니다. 아마 조금만 더 익히면 될 겁니
다."

고기를 받아 든 철혈대주는 가지고 있던 소금을 뿌리며 고기를 익히
기 시작했다.

"아침 식사를 하십시오. 여기 차도 준비했으니 드십시오."

언제 끓인 것인지 차까지 내놓는 철혈대주였다.

음식을 먹어봐야 소화가 되지 않는 알리샤였지만 철혈대주의 시선 때문에 일단은 조금씩 음식을 씹기 시작했다.

이빨 사이에서 분쇄되는 고기에서 흘러나온 육즙. 왠지 지금까지와는 달리 따스함이 느껴졌다. 동시에 고소한 맛과 짭짤한 맛이 어우러져 아련한 옛 기억이 떠오를 것만 같았다.

갑자기 이런 감정을 느끼는 자신이 너무나 낯설었다. 그러고 보니 얼마 전부터 운공을 해도 마나의 축적도 이루어지지 않았고, 사령마공을 익히는 데도 진전이 전혀 없어 답답하던 차에 자신에게 찾아온 변화를 어떻게 받아들여야 할지 몰랐다.

잠시 고민을 하던 알리샤는 사령마공의 대표적인 공격법 가운데 하나인 사령옥수(邪靈玉手)를 오른손에 끌어올렸다. 그렇지 않아도 핏기가 거의 보이지 않던 손이 더욱 창백하게 변하는 순간 주위의 온도가 삽시간에 떨어졌다.

지금까지는 손이 창백하게 변하는 단계인 사령소수(邪靈素手)가 한계였다. 물론 이 단계만 해도 웬만한 것은 단숨에 얼려 버릴 수 있는 경지였다. 잠시 그 모습을 지켜보던 알리샤가 손에 마나를 더 주입하자 이제까지와는 달리 손이 변화를 보이기 시작했다.

창백하던 손이 조금씩 변하기 시작하더니 잠시 후 그녀의 손은 유리처럼 투명하게 변해 버렸다. 손의 변화에 따라 살을 에일 것 같던 냉기역시 감쪽같이 사라졌다.

평소 어지간해서는 표정의 변화가 없던 알리샤마저 자신의 변화에 깜짝 놀랄 정도니 다른 사람들은 말할 필요도 없었다.

물론 외견상의 변화는 하얗던 손이 투명하게 변했고, 당장이라도 고드름이 맺힐 것 같던 냉기가 사라진 것뿐이었다. 하지만 사령마공을 창안했던 사령마군조차 그의 나이 80이 다 되어서야 두 번째 단계인 사령영수(邪靈瑛手)의 단계에 겨우 들어설 수 있었을 뿐이다.

그 이후로 어느 누구도 사령영수의 단계에 들어서지 못했다. 그런데 사령마공을 익힌 지 10년도 못 되어 두 번째 단계인 사령영수의 단계에 들어서다니…… 정말 믿어지지 않을 정도로 대단한 재능이 아닐 수 없었다.

지금까지 진전을 보이지 않던 사령마공 때문에 이제는 거의 포기하고 있던 터였다. 그런데 막상 포기를 한 후에 오히려 무공이 진척을 보인 것이다. 물론 무공이 진보한 것은 당연히 기뻐할 일이었지만 그보다는 지금 자신이 느끼는 이 여러 가지 감정들이 알리샤를 더욱 당황스럽게 만들고 있었다.

지금까지 진척을 보이지 않던 무공과 느끼지 못했던 감정들이 이전까지와는 달리 변화를 보이는 것을 어떻게 받아들여야 할까?

순간 알리샤는 자신도 인간이라는 사실을 새삼스럽게 깨달았다.

비록 자신이 원해서 지금과 같은 상태가 된 것은 아니지만 누가 뭐라고 해도 자신은 인간이었다. 스스로 생각하고 행동하며 지금보다 나아지기 위해 노력하는 존재. 바로 인간을 가리키는 말이 아닌가?

그런 생각을 하는 순간 알리샤의 전신에서 칠흑처럼 짙은 검은색 기류가 뿜어져 나오며 그녀의 전신을 삽시간에 뒤덮었다. 가부좌를 튼 채 운공에 열중하고 있는 알리샤의 표정은 그 어느 때보다 편안해 보였다.

그런 알리샤를 중심으로 3미터 밖까지 뒤덮고 있던 검은색 기류는 시간이 지날수록 줄어들어 종내에는 그녀의 전신으로 완전히 스며들었다. 마치 검은 수정으로 만들어진 것처럼 보이는 알리샤의 모습은 이전까지와는 또 다른 아름다움으로 빛나고 있었다.

그녀가 중대한 고비에 들었음을 직감한 카렌은 일행들에게 주의를 주고는 알리샤의 상태를 주시했다.

잠시의 시간이 지나자 가뭄에 마른 들판처럼 갈라진 그녀의 피부가 조각조각 떨어지기 시작하며 뽀얀 살결을 드러냈다. 그리고는 갑자기 그녀의 전신에서 검고 흰 기류가 뿜어져 나와 그녀의 신형을 1미터 높이로 상승시켰다. 동시에 가공할 냉기를 뿜어내기 시작했다.

"뒤로 물러서!"

카렌의 말이 아니더라도 알리샤의 전신에서 뿜어져 나오는 냉기는 인간이 견딜 수 있는 차가움을 넘어서고 있었다. 황급히 뒤로 물러서는 철혈대주의 전신은 이미 하얗게 성에로 뒤덮여 있었다.

얼굴에 내려앉은 성에를 황급히 닦아낸 철혈대주는 난생처음 겪어보는 끔찍한 냉기에 몸서리를 쳤다.

"저, 정말 지독한 냉기(冷氣)로군요."

"내가 보기엔 사령마공이 한 단계 이상 발전한 것 같습니다."

"한 단계 이상 발전했다는 말씀은……?"

"아마 운공을 마치게 되면 감히 저항은 생각할 수도 없는 절대적인 냉기의 소유자가 탄생하게 될 겁니다. 그저 생각을 하는 것만으로 모든 것을 지배하는 존재가 바로 알리샤입니다. 아마도 냉기에 대해서는 전무후무한 사람이 될 겁니다."

카렌의 말에 철혈대주는 무조건 인정할 수밖에 없었다. 그도 그럴 것이 거의 소드 익스퍼트 상급에 달하는 실력을 가진 철혈대주가, 그것도 20미터 이상 떨어져 있음에도 몸서리치는 냉기를 느끼고 있을 정도니 인정하지 않으려야 않을 도리가 없었다.

지상으로 떠올랐던 알리샤의 몸이 천천히 내려앉자 철혈대주는 뭔가 이해가 되지 않는 것이 있는지 고개를 갸웃거렸다.

"알리샤님은 환골탈태를 하시면서 부공삼매(浮空三昧)를 경험하셨는데 왜 카렌님의 경우와 다른 겁니까?"

"글쎄… 아마도 각기 자신이 익힌 무공의 특성 때문이 아닌가 생각됩니다. 그러니 환골탈태를 겪는다고 해서 모두 부공삼매를 경험하거나 하는 것은 아니라고 생각하는데… 나 역시 아는 것이 별로 없어 자세하게 설명하기 힘들군요."

두 사람이 대화를 나누는 동안 운공에 열중하고 있던 알리샤를 부러운 눈으로 바라보는 사람이 있었으니 바로 러쎌이었다.

카렌이야 자신보다 앞서 무공을 익히기 시작했으니 환골탈태를 빨리 경험했다고 해도 이해가 되었지만 설마 알리샤마저 자신보다 먼저 경험하리라고는 짐작하지 못했다. 게다가 알리샤의 신체 비밀을 알고 있는 러쎌로서는 왠지 모를 패배감마저 느껴졌다.

조바심을 낸다고 더 빨리 익힐 수 있는 게 무공이 아니라는 것을 러쎌도 잘 알고 있었지만 그래도 자신만 친구들에 비해 처진다는 느낌을 버릴 수 없었다. 러쎌이 나직하게 한숨을 내쉬고 있는 사이 운공을 마친 알리샤가 눈을 떴다.

그런 알리샤를 지켜보던 러쎌과 철혈대주는 그녀가 이전과는 달라졌다는 것을 느꼈지만 무엇이 변한 것인지 꼬집어 말하기 힘들었다. 하지만 카렌은 운공을 마친 알리샤에게서 온도와 표정이 변했다는 것을 직감적으로 깨달을 수 있었다.

무표정하기만 했던 그녀의 얼굴에 희미하지만 분명하게 미소가 떠올라 있었고 그 미소에는 따스함이 묻어 있었다. 운공을 마친 알리샤는 일행들의 시선에는 아랑곳하지 않고 자신의 손을 신기한 듯 쳐다보고 있었다.

손을 폈다 오므렸다를 반복하던 알리샤는 자신의 손에서 느껴지는 따스한 느낌에 저절로 미소가 지어졌다. 얼마 만에 느껴보는 온기인지 기억도 나지 않았다. 아련하게 오래전 부모라 일컬어지는 사람들과 함께 살았을 때 느껴본 감각이었고 감정이었다.

가슴 앞에 모은 손에서 희미하지만 묘한 진동이 느껴졌다. 의아해하던 알리샤는 그것이 자신의 심장이 뜨거운 선혈을 뿜어낼 때 생기는 진동이라는 것을 깨닫고는 뿌옇게 습막(濕膜)이 어렸다.

살아 있다.

누가 뭐라 해도 자신은 살아 있는 사람이었다.

그토록 간절하게 원하고 원했던 일이 드디어 이루어진 것이었다.

감격해하는 알리샤의 곁으로 다가온 카렌이 그녀의 어깨를 가볍게 두드려 주었다.

"축하해, 알리샤."

"잠깐 손 좀 줘봐."

카렌의 손을 잡은 알리샤는 다른 사람들이 보든 말든 간에 카렌의 손을 자신의 뺨에 갖다 대었다.

따스했다.

"이게 바로 사람의 온기구나. 정말 따뜻해."

감탄한 듯한 알리샤의 말에 철혈대주의 시선에서 의아함을 발견한 카렌은 서둘러 주위를 환기시켰다.

"알리샤, 오늘 내로 산을 넘어야 하니 이만 출발해야 되는데… 괜찮
겠어?"

"나? 난 상관없어. 기분 같아서는 단숨에 산을 넘을 수 있을 것 같
아."

"그래? 그럼 이제 출발하자."

카렌의 말에 일행들은 출발 준비를 서둘렀다. 준비를 마친 일행들은
산기슭을 향해 걸음을 옮기기 시작했다.

비교적 완만하던 산기슭과는 달리 산 중턱부터는 가파른 경사를 이
루고 있었는데 토질이 좋지 않은지 식물의 모습을 거의 찾아볼 수가
없었다.

불어오는 삭풍 때문에 체온이 떨어진 철혈대주는 주위의 을씨년스
러운 풍경에 더욱 추위를 느끼고는 옷깃을 여몄다. 결국 카렌이 사양
한 가죽 옷을 속에 껴입고서야 겨우 체온이 떨어지는 것을 막을 수 있
었다.

물론 경공을 이용하면 더 빨리 올라갈 수도 있었지만 무공과 체력이
떨어지는 철혈대주를 배려해 일단은 도보로 올라갔다. 하지만 산 중턱
의 칼날처럼 날카로운 암석들이 즐비한 곳에 이르자 어쩔 수 없이 경
공을 사용해 산 정상으로 향했다. 하지만 얼마 가지 않아 곧 걸음을 멈
춰야만 했다.

산 중턱부터 정상까지 쌓여 있는 눈 때문에 함부로 경공을 펼치기도
어려운 상황이었다. 사람들의 발길이 닿지 않은 탓인지 작은 진동에도
금방이라도 무너져 내릴 것 같은 만년설이 산 정상까지 이어져 있었기
때문이다.

아침 일찍 출발했건만 산 중턱에 도착했을 땐 벌써 정오가 지나 버

렸다. 너무나 조심스럽게 산을 오른 탓이다. 산 정상까지의 거리를 대충 가늠해 본 카렌은 무리해서 산을 넘기보다는 이쯤에서 밤을 보낼 곳을 찾는 것이 나을 것 같다는 생각에 걸음을 멈췄다.

"눈사태가 날지도 모르니 오늘은 일찍 야영을 하는 것이 좋을 것 같습니다. 내가 주위를 둘러보고 올 테니 여기서 잠시만 기다리십시오."

경공을 펼친 카렌은 근처에 있던 높은 바위 위로 올라가 주위를 둘러보았다.

조그만 충격에도 당장 무너져 내릴 것 같은 눈 더미가 곳곳에 쌓여 있는 것이 자칫 잘못하면 눈사태가 일어날 듯했다. 주위를 둘러보던 카렌의 눈에 거대한 암반 밑으로 움푹 패인 곳이 보였다. 10여 명이 나란히 앉아도 될 정도로 넓은 곳이었는데 하루 저녁을 보내기에는 충분해 보였다. 다만 근처에 나무나 잡초들이 전혀 보이지 않는 것이 불을 피우기는 힘들어 보였다.

"저쪽에 바람을 피할 만한 곳이 있으니 그리로 갑시다."

카렌의 안내를 받아 일행들은 그곳에 도착했고, 딱딱하게 굳은 육포를 씹는 것으로 저녁 식사를 마쳤다. 간단하게 식사를 마친 일행은 누가 먼저라고 할 것도 없이 운공을 시작했다. 체온을 유지하기 위해서도 운공이 필요했지만 언제 눈사태가 일어날지 모르니 깨어 있는 것이 좋겠다는 철혈대주의 말에 일행들이 동감했기 때문이었다.

운공에 들어간 일행들 가운데 가장 먼저 눈을 뜬 사람은 카렌이었다. 운공에 열중하고 있는 일행들을 잠시 바라본 그는 얼마 전부터 응답이 끊어진 라이덴을 불렀다.

'라이덴! 라이덴!'

역시나 응답이 없었다.

'라이덴!'

―……기다려.

'라이덴! 거기 있었구나?'

―내 몸이 라크렘으로 재구성되고 있으니 조금만 더 기다리면 며칠 안으로 진화가 완전히 끝날 것 같다.

'라크렘으로 진화를 한다고? 축하한다.'

―네가 환골탈태를 경험할 때 얻은 깨달음 덕분에 나도 진화가 시작된 것 같다. 지금까지와는 비교할 수도 없을 만큼 가공할 파괴력을 보일 수도 있을 것 같다.

진화가 시작된 라이덴의 음성은 변성기를 막 지난 소년처럼 낮고 굵었다. 물론 영체(靈體)인 라이덴에게 음성이란 것이 존재할 리 없지만 뇌리로 전달되는 라이덴의 의지에서 왠지 이전과 비교해 여유와 묵직한 존재감이 느껴졌다.

라이덴의 음성을 들은 카렌은 과연 진화를 끝내면 어떤 존재가 될까 호기심이 생겼다.

그러는 사이 알리샤가 눈을 떴다.

이전의 알리샤도 눈을 뗄 수 없을 만큼 아름다웠지만 환골탈태를 경험한 지금은 이전과 비교도 안 될 만큼 아름다웠다. 더구나 은은하게 홍조가 어린 그녀의 얼굴은 진정 여신이라고 해도 과언이 아닐 정도로 아름다웠지만 그렇다고 아름다움만 있는 것은 아니었다.

뭐라고 표현하면 좋을까?

날카로운 가시를 숨기고 있는 아름다운 장미 같다고나 할까?

평범한 사람은 물론 어느 정도 경지에 오른 기사라고 해도 눈치 채기 힘들 정도로 미약한 기운이기는 하지만 치명적인 예기(銳氣)가 부드러운 기운 속에 숨어 있었다. 하지만 무엇보다 카렌을 기쁘게 한 것은 알리샤에게서 더 이상 죽음의 냄새가 나지 않는다는 것이었다.

생기 넘치는 그녀의 모습에 카렌은 자신의 일처럼 기뻐했다.

"어때, 몸은 괜찮은 것 같아?"

"괜찮은 정도가 아니라 정말 좋아. 상쾌하면서도 기운이 넘치는 것이 마음만 먹으면 하늘이라도 날 수 있을 것 같아. 하지만 더 좋은 것은…… 손 줘봐."

얼떨떨해하는 카렌의 손을 잡은 알리샤는 자신의 가슴 위에 그의 손을 올려놓았다.

갑작스러운 알리샤의 행동에 깜짝 놀란 카렌이 황급히 손을 치우려고 했지만 알리샤가 놓아주지 않았다.

"카렌, 느껴져?"

"……?"

"내 심장이 뛰는 진동 말이야."

당황스러워하던 카렌은 알리샤의 말에 겨우 진정시킬 수 있었다. 동시에 그녀의 심장이 뛸 때마다 힘찬 박동을 분명하게 느낄 수 있었다.

물론 몸 상태가 일반인들과 다르다고는 하지만 그녀가 살아 있는 존재임을, 또 심장의 박동 소리가 들리든 들리지 않든 그녀가 자신의 친구이자 동료임을 의심해 본 적이 없었기에 그녀의 심장이 뛴다는 사실이 카렌에게는 전혀 신기할 것이 없었다.

"그래, 분명히 느껴져."

빙그레 미소를 지은 카렌이 대답하자 알리샤는 갑자기 가슴이 두근거리기 시작함을 느끼고는 당황하지 않을 수 없었다.

알리샤가 갑자기 얼굴을 붉히며 고개를 숙이자 카렌은 그녀가 왜 그런 모습을 보이는지 영문을 몰라 어리둥절해했다.

환골탈태를 경험하면서 과거에 약물로 지워진 기억이 되살아나지는 않았지만 그동안 봉인되었던 감정들이 풀리면서 지금껏 무심하게 보아 왔던 카렌이 갑자기 남자로 느껴졌기 때문이다. 동시에 방금 무심코 카렌의 손을 이끌어 자신의 가슴에 대었던 행동이 떠올랐다.

그러는 사이 동쪽 하늘을 붉게 물들이며 태양이 떠오르기 시작했다.

일행들이 운공을 마치기 전 등산로를 확인하고 카렌이 돌아왔을 때 일행들은 벌써 이동할 준비를 마친 후였다.

"식사는 이동을 하면서 하기로 하고, 일단 이동부터 하는 것이 좋을 것 같습니다."

"아직 날도 밝지 않았는데 굳이 지금 출발해야 하는 거야?"

"주변을 돌아보니 그늘진 곳은 괜찮아 보였지만 햇빛이 비칠 곳은 약한 충격에도 허물어질 것처럼 보이는 곳도 군데군데 보이더라. 일단 정상까지 최대한 빨리 올라가는 것이 좋을 것 같아."

"만약 산을 올라가던 도중 눈사태를 만나게 된다면 설사 신이라 하더라도 목숨을 부지하기 힘들 겁니다."

카렌의 말에 철혈대주가 재빨리 보충 설명을 했다.

일행들은 누가 먼저라고 할 것도 없이 산 정상을 향해 최대한 조심해서 이동을 시작했다.

대자연의 기를 느끼는 카렌에게는 그리 어려운 일이 아니었지만 무공이 떨어지는 철혈대주로서는 발걸음을 한 번 옮길 때마다 생명을 걸어야 할 정도로 위험한 길이었다. 물론 카렌이 표시 나지 않게 철혈대주를 보호하고 있었지만 그걸 알지 못하는 철혈대주로서는 한시도 마음을 놓을 수 없었다.

　조금 평탄한 길이 나왔을 때 일행들은 육포 몇 조각으로 간단히 요기를 마치고는 부지런히 정상으로 향했다.

　새벽에 출발한 일행은 정오가 되어서야 간신히 정상에 도착할 수 있었다.

　뒤이어 올라온 철혈대주는 카렌과 그의 친구들이 정상에 선 채 꼼짝도 하지 않는 것을 발견하고는 가쁜 숨을 몰아쉬며 입을 열었다.

　"카렌님, 왜 여기서……?"

　철혈대주의 질문에 카렌은 물론이고 알리샤나 러셀 어느 누구도 대답하지 않았다.

　멍한 표정으로 저 너머를 바라보는 이남일녀의 모습에 어리둥절한 표정을 짓다가 그들이 바라보는 곳을 보고서야 왜 그들의 표정이 그런 것인지 이해할 수 있었다.

　끝없이 이어진 설원.

　설평선(雪平線)이라고 불러도 과언이 아닐 정도로 눈에 보이는 것은 오직 새하얀 눈뿐이었다. 그야말로 장관이었다.

　끝도 보이지 않는 설원이 세상을 가득 메우고 있었던 것이다.

　하늘도 하얗고 땅도 하얗다. 눈앞에 펼쳐진 세상은 온통 흰색뿐이었다.

　지금껏 평원은 여러 번 본 적이 있었지만 지금과 같은 설원은 난생처음이었다.

　그저 보는 것만으로도 답답했던 가슴이 뻥 뚫리는 것 같은 시원함이 느껴졌다. 동시에 이 순백의 세상을 혹시 자신이 오염시키는 것은 아닌가 하는 경외심마저 들 정도였다.

　설원을 한참 동안 바라보던 카렌은 어느 한곳을 가리켰다.

“저기 무엇인가 이동한 흔적이 보이는구려.”

철혈대주는 카렌이 가리킨 곳을 열심히 바라보았지만 보이는 것은 그저 눈뿐이었다.

“족히 수만은 넘어 보이는데?”

“지금 수만이라고 하셨습니까?”

“그렇습니다. 자세한 것은 가까이서 확인을 해봐야 하겠지만 일단 보이는 것만으로 판단해 보면 그 정도 숫자는 되는 것 같군요.”

알리샤의 대답에 철혈대주는 기가 막혔다.

지금까지 흑신교단의 교도들과 교전을 벌이면서 가장 많은 수의 교도들과 싸운 것이 겨우 2, 3백 명밖에 되지 않았다. 그런데 1, 2천도 아니고 수만이라니……

이 눈밖에 없는 설원에 자취를 남길 무리들은 흑신교도밖에 없다고 단정을 내린 철혈대주였기에 그 수에 놀라지 않을 도리가 없었다.

“일단 해가 지기 전에 빨리 하산하는 것이 좋을 것 같습니다. 갑시다.”

카렌이 먼저 산 아래를 향해 몸을 날렸고 그 뒤를 일행들이 따랐다.

제3장
토벌군

"아니, 네가 여긴 어떻게 온 거냐?"

"마지막을 준비하기 위해서 왔어요, 아버지."

자신을 보고 깜짝 놀라는 아버지에게 네로브는 미소를 지으며 대답했다.

"마지막이라니? 그게 무슨 소리냐?"

"과거 신들의 전쟁으로 두 개로 나뉘어졌던 뮤란 대륙과 이스턴 대륙이 다시 하나가 되었어요. 원래의 모습으로 회귀하는 거죠. 마신 지하르트를 따르는 자들이 대륙의 북쪽에 모여들기 시작했어요. 얼마 지나지 않아 몬스터들의 대대적인 남침이 시작될 거예요. 인간들의 싸움만이 남은 거죠."

"아레네스께서 계시를 주신 것이냐?"

"예, 하지만 아버지와 동료 분들만 활약하셨던 과거와는 달리 뮤란 대륙에 사는 모든 사람들이 힘을 합쳐 그들을 물리쳐야 해요. 비록 많은 사람들이 다치고 목숨을 잃겠지만 그들로 인해 마신을 따르는 자들은 종말을 맞이하게 될 거예요.”

네로브의 말에 데미안은 고개를 끄덕였지만 표정은 그리 밝지 않았다.

지하르트와의 싸움이 끝난 후에도 쉬지 못하고 지금까지 마물들과 싸워온 것은 힘없는 사람들의 피해를 줄이기 위해서였다. 하지만 지난 20여 년 동안 노력을 했음에도 마물들의 출현은 끊이지 않았고, 그로 인한 피해도 끊이지 않았다.

과거 지하르트와 싸움이 있기 전에는 육체의 능력이 강화된 마물들이 많이 등장했다면 20년 전부터는 몬스터들을 지배할 수 있는 정신 강화형 마물들이 많이 등장했기에 피해는 좀처럼 줄어들지 않았다. 아니, 어떤 면에서는 오히려 피해가 늘었다.

영주들의 가혹한 세금을 피해 산과 들녘에 흩어져 살았던 화전민들은 갑작스러운 몬스터들의 습격을 피하지 못해 모조리 몰살당했다. 마을의 위급함을 알리기 위해 목숨을 걸고 탈출한 이가 구조대와 함께 마을로 돌아왔을 땐 이미 폐허가 된 마을을 발견하기 일쑤였다.

뮤란 대륙의 모든 제국과 왕국들이 힘을 모아 몬스터를 토벌하고 마물을 퇴치했지만 사람들의 피해는 잠시도 끊이지 않았다. 기사단과 군대가 동원되었고, 귀족들이 보유한 사병에 용병들까지 고용해 마물들과 싸웠지만 마물들의 수는 좀처럼 줄어들 줄 몰랐다.

결국은 데미안이 각 제국과 왕국들을 직접 방문해 몬스터와 마물 퇴치를 위한 일시적인 휴전 협정과 토벌군을 결성하자고 주창했고, 특히 소드 마스터들의 열렬한 지지를 받아 마침내 다국적 토벌군이 결성되었다.

각국의 소드 마스터들, 가장 강력한 기사단, 베테랑들로 구성된 군대, 그리고 나름대로 명성을 날리고 있는 용병들로 구성된 후속 부대는 총 50만에 육박했다.

5년 전 그렇게 결성된 다국적 토벌군은 뮤란 대륙의 최남단부터 시작해 몬스터와 마물들을 퇴치하였고, 5년이 흐른 지금 다국적 토벌군은 드디어 뮤란 대륙의 북단에 도착했다.

그동안 입은 다국적 토벌군의 피해는 이루 말할 수 없을 정도였다.

거의 30만 정도의 인원이 다시 보충되고서야 지금의 수와 전력을 유지할 수 있었다.

마물들과의 싸움은 인간들의 싸움과는 전혀 달랐다.

인간들이라면 아군의 피해가 커질 것 같은 상황에서는 공격을 망설이게 되는 것이 당연한 일이었다. 하지만 마물들은 달랐다.

몬스터들의 피해야 어떻게 되었든 말든 무한정으로 한곳에 몬스터들을 투입해 목표로 했던 지역을 점령했다. 대체 어디서 그렇게 많은 몬스터들을 끌어 모았는지 전장으로 투입되는 몬스터들의 수는 어마어마했다.

한데 1년 전부터 몬스터들과의 교전은 일진일퇴를 거듭하고 있어 피해만 늘어날 뿐 전선은 교착 상태를 보이고 있었다.

지금과 같은 상태는 다국적 토벌군의 임시 사령관을 맡고 있는 데미안으로서는 고민이 아닐 수 없었다. 그런데 네로브가 방금 말한 많은 피해라는 것이 지금까지의 피해인지, 아니면 앞으로 생길 피해를 말하는 것인지 알 수 없지만 참으로 가슴 답답한 정보였다.

그런 데미안의 고민을 눈치 챈 것인지 네로브의 얼굴에 그림자가 드리워졌다.

"지금까지 아버지와 각국에서 해온 노력이 부족한 것은 아니지만 더욱 많은 사람들이 모여야만 해요. 그렇지 않으면 토벌군 전체가 전멸당할지 몰라요."

"더 많은 사람들이 모여야 한다고? 대체 적이 얼마나 되기에 그런 말을 하는 거지? 게다가 많은 사람들이라고는 했지만 얼마나 많은 사람들이 모여야 한단 말이냐?"

"적어도 500만 명 이상은 모여야 할 것 같아요."

"뭐? 500만…… 이라고?"

"아레네스께서 저에게 보여주신 것이 있어요. 인간들을 공격하는 마물들과 몬스터들의 수는 모래로 이루어진 거대한 산만큼이나 많다고 하셨어요. 제가 500만이라고 말씀드린 것은 그야말로 최소한이에요. 그렇지 않으면 아무리 아버지와 다른 소드 마스터들이 헤아릴 수 없이 많은 몬스터와 마물들을 도륙한다고 해도 결국에 토벌군은 전멸을 면할 수 없게 될 거예요. 그러니 아버지, 뮤란 대륙의 모든 제국의 황제와 왕국의 왕들에게 더 많은 기사단과 군대를 보내달라고 협조를 구하셔야 돼요. 그래서 병력을 더욱 늘려야만 해요."

알리샤의 말에 데미안의 굳어진 표정은 풀어질 줄 몰랐다. 데미안이 다시 입을 연 것은 한참의 시간이 지난 후였다.

"물론 네가 하는 말을 이해하지 못한 것은 아니다만 과연 황제와 국왕들이 기사단과 병력을 추가로 더 보내줄지 의문이구나. 흐음, 몬스터와 마물들의 수가 네가 말한 대로 그렇게 많다면 각국의 대표들을 불러 그들을 설득해 봐야겠구나."

"필요하다면 저도 그분들을 설득할게요."

"일단은 두고 보도록 하자. 하지만 여기는 막사뿐이어서 네가 편히 쉴 수 있을지 모르겠구나."

"괜찮아요, 아버지. 참! 카렌이 친구들과 함께 뮤란 대륙으로 돌아오고 있어요."

"카렌이? 그럼 카렌이나 친구들은 무사한 것이냐?"

"현재까지는 무사해요."

"언제쯤이면 돌아오겠느냐?"

"전쟁이 끝날 무렵이 되어야만 만날 수 있을 거예요. 카렌과 친구들은… 이번 전쟁에서 아주 중요한 임무를 수행해야만 해요."

네로브의 말에 데미안은 멍한 표정으로 그녀의 얼굴을 쳐다보았다.

아니, 그녀를 쳐다본다고 하기보다는 아레네스의 계시를 생각하고 있었다.

아직 어리기만 한 자신의 아들이 대체 무슨 힘과 능력이 있어서 중요한 임무를 수행한단 말인가? 강한 적 하나를 친구들과 힘을 합쳐 상대한다면 그럴 수도 있다고 생각하겠지만 지금의 상황은 전혀 달랐다. 얼마나 많은지 짐작도 되지 않는 적들을 상대해야 되는데 카렌과 친구들이 과연 임무라는 것을 수행할 수 있을지 의문이 아닐 수 없었다.

"걱정하지 마세요, 아버지. 무사한 모습으로 곧 만날 수 있을 거예요."

"신들은 나와 내 동료들의 희생으로도 부족한가 보구나."

그 말을 내뱉는 데미안의 얼굴에는 씁쓸한 기색뿐이었다.

"카렌이나 그 친구들의 실력도 과거에 비해 부쩍 늘었으니 그리 걱정하지 않으셔도 돼요."

"세상의 일이란 것이 단순히 본인의 실력으로만 해결된다면 모르지만 그렇지 않다는 것을 너도 잘 알지 않느냐? 게다가 나는 옆에서 충고를 해줄 경험이 많은 동료들이 있었지만 카렌의 곁에는 비슷한 나이의 친구들뿐인데 어떻게 걱정하지 않을 수 있겠느냐?"

"아버지가 카렌을 못 보신 기간 동안 성장한 것은 단지 실력뿐이 아니에요. 생각도 더욱 깊어졌을 뿐 아니라 비록 동료라고 보기는 힘들지만 막강한 조력자가 곁에 있으니 큰 도움이 될 거예요."

"막강한 조력자?"

네로브의 말에 데미안은 잠시 고개를 갸웃거리다 곧 왕립 아카데미에서 카렌과 친하게 지냈던 골드 드래곤 카르메이안을 떠올렸다.

만약 네로브가 말했던 카렌의 막강한 조력자가 그라면 신을 제외하곤 지상의 그 무엇도 카렌에게 해를 끼치지 못할 것이란 생각이 들었다. 그렇다고 그런 상황이 마음에 든 것은 아니었지만 현재로서는 그냥 받아들일 수밖에 어쩔 도리가 없었다. 그러나 그것은 데미안의 오해였다.

네로브가 말한 카렌의 조력자는 바로 번개의 정령왕 라크렘을 말한 것이었다.

아레네스의 신탁을 받던 중 네로브는 환한 빛에 싸여 있는 카렌의 모습을 분명히 보았다. 해서 데미안을 안심시키기 위해 말을 한 것인데 묘하게 어긋나 버린 것이다. 이유야 어찌 되었든 데미안이 수긍하는 빛을 보이자 네로브도 안심이 되었다.

"일단 쉬고 있거라. 난 각국의 책임자들을 먼저 만나봐야겠다."

"제가 필요하시면 언제든 불러주세요."

"알았다."

데미안이 나간 후 자리에 앉는 네로브의 얼굴에 조금 전과는 달리 그림자가 드리워졌다.

아버지에겐 카렌이 무사히 돌아올 것이라고 말했지만 그것은 아레네스의 계시라기보다는 그렇게 되었으면 좋겠다는 네로브의 바람을 이야기한 것뿐이었다. 결과를 알 수 있었던 지금까지와는 달리 이번만은 아레네스의 계시가 전혀 없었다.

간절한 자신의 기도에도 불구하고 침묵으로 일관하는 아레네스. 그렇기 때문에 불안한 생각이 들지 않는 것은 아니지만 그래도 별일 없을 거라고 애써 자위하는 수밖에 없었다.

"만약 그 말이 사실이라면 정말 큰일이 아닐 수 없구려."

"그렇지 않아도 몬스터의 수가 줄지 않는 것이 이상하다 생각했는데……."

데미안의 말에 회의실에 모여 있던 사람들의 얼굴에 그림자가 드리워졌다.

몬스터들과 전쟁을 벌인 지 벌써 5년째였다.

뮤란 대륙에 존재하는 몬스터를 샅샅이 색출해 몰살시키면서 이동을 하는 데 5년의 세월이 소요된 것이다. 소드 마스터에 비해 상대적으로 약한 병사들은 몬스터와의 교전에서 피해가 속출했고, 30만이라는 어마어마한 숫자의 병력을 보충해야만 했다. 비교적 베테랑이라고 불릴 만큼 경험이 많은 병사들만 엄선했음에도 불구하고 상당한 피해를 입은 것이다.

중대형 몬스터들과의 교전이 많은 탓도 있었지만 간간이 등장하는 마물들 때문에 피해는 더욱 클 수밖에 없었다.

12,000킬로미터에 이르는 광활한 전선에 겨우 180여 명밖에 안 되

는 소드 마스터들을 투입한다 하더라도 상황을 반전시키기는 불가능한 일이었다. 악전고투를 거듭하면서 이곳까지 온 것만 해도 거의 기적적인 일이라 할 수 있었다.

특히 소드 마스터들과 전장을 돌아다니며 다친 병사들을 치료하던 프리스트들은 하나같이 녹초가 되어 대부분 기절하기 일보 직전이었다.

지금 회의실에 모여 있는 각국의 책임자는 20여 명에 이르지만 그들의 얼굴에도 피곤함이 가득했다. 마법사의 수가 많았다면 큰 도움이 되었겠지만 이상하게도 마법사의 수는 데미안이 활약을 했던 과거에 비해 전혀 늘지 않았다고 해도 과언이 아닐 정도로 차이가 없었다.

능선과 들판을 가득 메우며 몰려드는 몬스터들에게 갖가지 공격 마법을 퍼부어도 몬스터들의 빈자리는 금세 메워졌다. 게다가 엄청나게 넓은 전선 한두 군데에서 우세를 보인다고 곧바로 진격할 수 없는 것도 토벌군들의 발목을 잡는 점이었다. 그런데 이런 상황에서 적의 후방에 어마어마한 수의 몬스터들이 집결해 있다니…… 사람들의 얼굴에 그림자가 드리워지는 것은 어쩌면 당연한 일이었다.

"단순히 몬스터의 수만 많은 것이 아니라 그에 비례해 마물들의 수도 많을 테니 지금의 병력만으로는 중과부적이 아닐 수 없소. 해서 각국에 현재의 사정을 알리고 병력을 충원해야만 할 것 같소. 여러분의 생각은 어떻소?"

"사령관의 말이 사실이라면 반드시 병력 충원이 이루어져야 하는 것은 사실이지만 과연 각 제국이나 왕국에서 순순히 추가 병력을 보낼지 의문이오."

"내 생각도 마찬가지요. 국경의 안전이 보장되지 않는다면 어느 왕국에서 추가 병력을 보내겠소? 자국의 안전이 무엇보다 중요하니 지금 제국과 왕국 간에 한시적으로 맺은 휴전협정을 아예 20년간 불가침조약을 맺는 것이 좋을 것 같소.”

“그러는 것이 좋겠소. 만약 왕국의 안전이 보장된다면 국경에서 정병들을 뽑아낼 수 있을 것이오. 게다가 기사단까지 온다면 전력은 급상승하게 될 것이오.”

“나도 그 의견에 찬성이오. 실질적으로 4대 제국을 제외하면 상대적으로 전력이 약한 왕국으로서는 스스로의 안전이 보장되지 않는다면 결코 병력을 추가로 보내지 않을 거요.”

각 왕국에서 파견된 사령관들은 이구동성으로 불가침 조약을 들먹였고, 제국에서 파견된 사령관들은 애써 무덤덤한 표정을 짓고 있었지만 불쾌한 표정을 완전히 감추지는 못하고 있었다.

“그럼 추가 병력이 도착할 때까지 현 전선을 고착화시키는 것으로 결정하겠소. 이 결정에 이견이 있는 분은 지금 말씀하시오. 만약 별다른 이견이 없다면 지금 즉시 각자의 나라에 연락을 취해 추가 병력을 요청하기 바라오.”

데미안의 말에 각 제국과 왕국의 사령관들은 즉시 회의실을 빠져나갔다. 그런 사령관들을 잠시 바라보던 데미안은 마지막까지 남아 있던 단테스 폰 체로크 공작에게 고개를 돌렸다.

“체로크 공작께서는 어떻게 생각하십니까?”

이미 70을 넘겼음에도 불구하고 50대 중반으로 보이는 단테스는 데미안의 질문에 잠시 고민하더니 곧 대답했다.

“싸일렉스 공작이 묻는 것은 앞으로의 전황인가?”

“그렇습니다.”

"비록 마물이나 몬스터들의 숫자가 많다고는 하지만 추가 병력이 도착하면 우리에게 유리하지 않겠나?"

"글쎄요? 언제 어떤 마물이 등장할지 모르니 마음을 놓을 수만은 없을 것 같습니다. 체로크 공작께서도 과거 지하르트의 부하들과 싸워본 적이 있지 않습니까?"

데미안의 대답에 단테스는 과거의 일을 떠올렸다.

괴상하게 생긴 모습은 둘째 치고라도 오러 블레이드마저 팅겨내 버리는 피부에, 소드 마스터도 막아내기 힘든 막강한 공격력을 떠올리면 지금도 절로 몸서리가 쳐졌다.

현재 토벌군에 소속된 소드 마스터들이라고 할지라도 그들을 상대하기는 거의 불가능할 것이란 생각을 버릴 수 없었다.

"그래도 지금까지 등장한 마물들은 당시의 마물들보다는 약한 녀석들뿐이지 않은가?"

"지금은 당시처럼 마계의 틈이 벌어지지 않았기 때문에 당시 마물들처럼 강한 녀석들은 아직 나타나지 않았지만 그렇다고 완전히 마음을 놓을 수는 없는 일이지 않습니까? 게다가 새로운 병력이 추가된다고는 하지만 지금과 같은 전투가 계속된다면 피해가 얼마나 생길지 짐작조차 되지 않습니다."

"병사들을 사랑하는 자네 마음을 모르는 것은 아니지만 그렇다고 그모든 희생을 자네가 책임질 필요는 없다고 생각하네."

단테스의 말에 데미안은 현재 벌어진 일에 자신이 책임감을 느끼는 것인가 자문해 보았지만 쉽게 결론을 내릴 수 없었다. 다만 이 싸움에서 희생될 병사들을 생각하면 너무나 가슴 아프고 안타까운 것만큼은 사실이었다.

"황제 폐하께는 내가 여쭤볼 테니 자네도 좀 쉬도록 하게."

"저는 괜찮습니다."

"자네 혼자의 몸이 아니지 않은가? 앞으로 추가될 병력까지 책임져야 할 테니 쉬면서 병력 운용에 대해서나 생각해 보게."

단테스마저 회의실을 나가자마자 데미안은 근처에 있던 의자에 털썩 주저앉았다.

이미 무공이 극한에 달한 데미안인지라 육체적인 피로는 거의 느끼지 못했지만 정신적인 피로만큼은 그로서도 어쩔 수 없는 일이었다.

차라리 과거처럼 강한 마물이 등장한 것이라면 어떤 수를 쓰던 간에 해치울 수 있을 것 같았다. 하지만 이번에는 많은 수의 마물과 몬스터를 상대해야 하기 때문에 혼자의 힘으로 그 넓은 지역을 감당하기는 처음부터 불가능한 일이었다.

나름대로는 철저하게 몬스터들을 색출해 제거를 했다고는 하지만 얼마나 많은 수의 몬스터들이 자신들의 포위망을 빠져나갔는지는 모르는 일이었다. 그저 그 수가 많지 않기만을 바랄 뿐이었다.

"총사령관 각하, 서부 전선 이프러스 지역에 야음을 틈타 몬스터들이 대대적인 기습을 해왔다고 합니다."

"현재 상황은?"

"최초 교전에서 약간의 피해를 입긴 했지만 기사단과 마법사들이 긴급 투입되어 다행히 물리쳤다고 합니다. 하지만 몬스터들이 완전히 물러간 것이 아니기에 저희 쪽에서 반격을 하는 것이 어떻겠느냐고 총사령관 각하의 의중을 묻는데 어떻게 하시겠습니까?"

황급히 달려온 통신 담당 마법사의 보고에 데미안은 이마를 감싸며 잠시 생각에 빠졌다가 곧 고개를 들어 조금은 단호한 음성으로 물었다.

"보충 병력이 도착할 때까지는 무조건 현 위치를 고수하라고 전하게. 현재 우리의 진영은 너무 넓은 지역에 퍼져 있기 때문에 방어진이 너무 얇은 상태이지 않은가? 어느 한 곳이 무너지면 다른 지역까지 위험해질 수 있네. 우선은 확실하게 현재 위치를 수비하는 것이 무엇보다 중요하다는 것을 반드시 알리게. 알겠나?"

"예, 총사령관 각하. 그렇게 전하겠습니다."

황급히 마법사가 물러난 후 데미안은 앞으로의 일을 고민하기 시작했다.

각 제국과 왕국에 협조 공문은 이미 발송된 상태이다.

귀족회의나 국무회의를 거쳐 파병이 이루어지겠지만 아무래도 여러 단계의 절차를 거치려면 적지 않은 시간이 필요했다. 해서 필요 이상으로 길기만 한 전선을 어떻게든 축소해 토벌군들의 안전을 보강해 보려고 했지만 생각처럼 간단한 일이 아니었다. 우선 가용할 수 있는 병력이 너무 부족했다.

보충 병력의 도착이 늦어지면 늦어질수록 토벌군은 더욱 위험한 지경에 처하는 것이기에 데미안의 고민은 끊일 사이가 없었다.

그렇게 한 달의 시간이 지난 후 트레디날 제국의 추가 병력이 가장 먼저 도착했다. 추가 병력들을 이끈 이는 아버지 넬슨 드 그라시아스 후작의 뒤를 이어 새롭게 소드 마스터로 등극한 웨버 드 그라시아스 후작이었다.

올해 60세로 조금 늦은 나이에 소드 마스터가 된 그였지만 짧은 기간 만에 초급을 넘어선 군부의 중추라 할 수 있는 인물이었다. 도착하자마자 도착 신고를 하러 온 웨버를 데미안은 반갑게 맞이했다.

"싸일렉스 공작 각하, 웨버 드 그라시아스가 트레디날 제국의 추가 병력들과 도착했음을 보고드립니다."

"어서 오시오, 그라시아스 후작. 그래, 고생은 하지 않았소?"

"이렇게 최전선에서 몇 년에 걸쳐 싸우고 계시는 분도 계시는데 그깟 짧은 여행이 뭐가 고생이겠습니까."

절도있는 웨버의 대답에 데미안은 속으로 쓴웃음을 짓지 않을 수 없었다.

평소 몬스터 토벌 때문에 트레디날 제국을 떠나 있던 데미안이기에 실질적으로 그라시아스 후작과 개인적으로 만나본 것은 손에 꼽을 정도였지만 아무리 봐도 저 절도있고 딱딱한 태도만큼은 쉽게 적응이 되지 않았다. 아마 군부에 투신하지 않았다면 틀림없이 실업자가 됐을 것이라 생각할 정도로 사교성이 없는 사람이었다.

"황제 폐하의 서신입니다."

웨버가 공손하게 바친 편지를 받아 든 데미안은 옷차림새를 바로 하고는 곧 편지를 펼쳤다.

싸일렉스 공작에게.

원로에 얼마나 고생이 많소?

짐은 고생하고 있을 공작에게 오직 미안한 마음뿐이구려.

황비도 안부를 전해달라고 했소.

…(중략)…….

공작이 제안한 대로 우리 제국과 루벤트 제국, 바이샤르 제국, 그리고 가이샤 제국은 앞으로 20년 동안 서로의 국경선을 침범하지 않겠다는 상호불가침조약을 채결했소. 또한 타 왕국들을 선제공격하지 않겠다는 약속도 받아냈소.

선후의 차이는 있겠지만 각 제국과 왕국에서 추가 파병할 병력들이 그곳에 도착할 것이오. 따로 말하지 않아도 이번 전쟁이 얼마나 중요한지 공작도 잘 알고 있으리라 생각하오. 그러니 조금만 더 고생을 해주시오.

근위기사단을 제외한 3대 기사단과 국경에 배치된 35개 군단 가운데 30개 군단, 귀족들의 사병으로 이루어진 20개 군단, 용병들로 구성된 20개 군단의 지원 병력을 보내니 이번 전쟁을 꼭 승리로 이끌어주길 바라오.

참, 내년 4월에 도린이 바이샤르 제국의 레비스턴 황태자와 결혼을 하게 되었소.

공작이 참석해 자리를 빛내주기를 간절히 바라고 있다는 것을 잊지 말아주시오.

황제의 편지는 그렇게 끝을 맺고 있었다.

편지 곳곳에 묻어 있는 황제의 사랑과 믿음에 데미안은 가슴이 뭉클해지는 것을 느꼈다.

데미안이 편지를 다 읽자 웨버가 보고를 시작했다.

"일단 이동이 용이한 5개 기사단이 먼저 도착했고, 70개 군단은 준비가 마치는 대로 이곳으로 출발할 것입니다."

"이곳까지 오느라 수고 많았소."

"할 일을 지시해 주십시오, 공작 각하."

"후속 부대가 도착할 때까지 일단 쉬도록 하시오. 전투가 시작되면 쉴 시간이 없을 테니 말이오."

"저희는 쉬지 않아도 괜찮습니다. 그러니……."

"트레디날 제국에서 이곳까지 오느라 알게 모르게 피로가 많이 쌓였을 것이오. 그러니 일단은 내 말대로 쉬면서 피로를 완전히 풀도록 하시오. 그리고 3대 기사단의 기사들도 자중하면서 결전을 준비하라고 하시오."

"알겠습니다, 공작 각하."

절도있게 대답한 웨버는 곧 막사를 빠져나갔고, 데미안은 후속 부대가 어서 도착하기만을 기다렸다.

트레디날 제국의 기사단이 도착하고 5일이 흐른 후 바이샤르 제국의 기사단과 루벤트 제국의 기사단이 도착했다.

루벤트 제국에서는 4대 기사단 전원, 정규군 60개 군단, 용병 15개 군단을 파견했고, 바이샤르 제국에서는 7개 기사단, 정규군 80개 군단, 용병 5개 군단을 파견했다. 가이샤 제국의 지원군이 도착하기를 기다리며 데미안은 최고 수뇌부 회의를 소집했다.

"어서들 오십시오."

지원 부대가 도착했기 때문인지 회의에 참석한 수뇌부들의 표정이 많이 밝아졌다.

"제가 이렇게 여러분을 모신 이유는 최후의 결전을 준비해야 하기 때문입니다."

"총사령관께서 생각하신 계획이 있으신 모양이군요."

"나름대로 생각한 것을 말할 테니 이야기 도중 부족한 점이 있다면 언제든 말씀해 주시기 바랍니다. 일단 토벌군 전원을 두 개, 그러니까 공격조와 지원조로 나누려고 합니다. 공격조는 다시 두 개로 나눠지는데 선두는 각 제국에서 파견된 기사단이 맡고, 각 왕국에서 파견된 기사단은 제국의 기사단과 기사단 사이를 메운 채 진격을 합니다. 그리고 그 뒤를 두텁게 진형을 유지한 채 보병 부대들이 진격하는 것입니다. 이 공격 진형은 선두인 기사단과 후미인 보병 부대의 간격 유지가 무엇보다 중요합니다. 해서 이곳에 파견된 소드 마스터들을 둘로 나누어 소드 마스터 중급 이상은 선두에서 속도를 조절하며 진격하고, 소드 마스터 초급들은 보병 부대의 진형을 유지한 채 신속하게 이동해야 합니다.”

데미안의 말에 각국의 사령관들은 일제히 생각에 빠졌다.

“원활한 진격을 위해 각 제국의 기사단은 파견 사령관께서 맡아주셨으면 합니다. 먼저 가장 우측인 1군은 바이샤르 제국의 미나스 폰 워렌시아 공작께서 맡아주시고, 2군은 루벤트 제국의 르네 폰 라이포트 공작께서 맡아주셨으면 감사하겠습니다. 3군은 트레디날 제국의 제가 맡도록 하겠고, 가장 좌측인 4군은 가이샤 제국의 지골트 폰 루커스 공작께서 맡아주십시오. 이 네 개의 선봉 부대가 얼마나 활약을 해주느냐에 따라 병사들의 피해를 많이 줄일 수 있을 것이라 생각합니다.”

“그러니까 총사령관님의 생각은 각 제국과 왕국에서 파견된 기사단들이 병사들 앞에 돌출한 상태에서 진격을 하자는 말입니까?”

“그렇습니다. 쉽게 말씀드리자면 빗과 같은 모양이 되겠군요.”

“빗 모양의 진형이라…….”

“무슨 계획인지는 알겠지만 그렇게 되면 기사단의 피해가 너무 크지 않겠소?”

“하지만 보병 부대가 앞장서는 일반 진형은 피해만 가중시킬 뿐 적에게 제대로 된 타격을 줄 수 없으니 어쩔 수 없습니다. 게다가 적의 본거지에 가까워지면 가까워질수록 일반 병사들은 거의 도움이 되지 않습니다. 최소한 소드 익스퍼트 중급 이상 되는 실력을 가진 자들은 대부분 기사단 소속이지 않습니까? 저희들의 피해를 최소한으로 줄이려면 달리 선택할 방법이 없습니다."

데미안의 말에 회의에 참석한 사람들이 고개를 끄덕이긴 했지만 내켜 하지 않기는 모두들 마찬가지였다.

일반 병사들이야 언제든, 또 얼마든 보충을 할 수 있지만 기사들은 그럴 수 없는 존재들이기 때문에 썩 내켜 하지 않은 것이었다.

짧게는 몇 년에서 길게는 10년이 넘는 세월 동안 검술을 익혀야 겨우 소드 익스퍼트 중급이 된다. 그런 귀중한 전력을 한낱 몬스터들과 싸우느라 잃는다는 것은 그야말로 국가적인 손실이 아닐 수 없었다. 그러면서도 노골적으로 싫은 기색을 드러낼 수 없는 것이 가장 치열한 접전이 예상되는 곳이 바로 데미안이 맡은 지역이기 때문이었다.

솔선수범해서 기사단을 투입하겠다고 하는데 자신만 못하겠다고 하기엔 회의에 참석한 중소 왕국의 파견사령관들 눈이 무서웠다. 본인들 제국의 위엄을 손상시키지 않기 위해서도 절대 그런 말은 할 수 없었다.

"별다른 이견(異見)이 없으면 가이샤 제국의 추가 병력이 도착하는 3일 후 총공세를 개시하도록 하겠습니다."

"이견이 있소이다, 총사령관."

"말씀하십시오, 체로크 공작."

"총사령관께서는 3군뿐만이 아니라 토벌군 전체의 진격 상태를 체크하고 조율해야 하는 만큼 3군은 내가 맡겠소이다."

비록 담담한 음성으로 말을 한 체로크 공작의 눈빛은 타협의 여지라고는 보이지 않았다. 그리고 본인이 생각하기에도 그의 의견이 타당했기에 곧 고개를 끄덕였다.

"알겠습니다. 그럼 3군의 지휘를 부탁드리겠습니다. 각 군의 사령관들께서는 반드시 지휘부에 마법사들을 대동해 긴밀하게 연락을 취할 수 있도록 조치해 주시고, 휘하의 기사단들의 정비를 철저하게 해주시기 바랍니다. 전선이 넓은 만큼 서로 간의 협조가 무엇보다 중요하다는 것을 명심하시고 각 군에 소속된 왕국에서 파견된 사령관들과 상의해 세부적인 계획을 세우시기 바랍니다. 다른 의견이 없다면 오늘 회의는 이것으로 마치겠습니다."

막사를 떠난 사령관들은 일회용 이동 마법진을 통해 자신들의 진지로 돌아갔다.

토벌군 지휘관 회의가 있은 날로부터 3일이 지난 후 드디어 가이샤 제국의 지원군들이 도착했다. 6개 기사단에 100개 군단의 정규군들이 조금은 피곤한 모습으로 도착한 것이었다.

뮤란 대륙을 거의 관통하다시피 이동했기에 그들의 피곤은 이루 말할 수 없을 정도였다. 물론 토벌군의 원활한 이동을 위해 대륙 곳곳에 설치한 이동 마법진을 간간이 이용하며 이곳까지 왔지만 이동 마법진을 설치할 수 없는 지역은 어쩔 수 없이 도보로 이동하는 수밖에 없었다.

그렇지만 100개 군단 400만 명이 단 45일 만에 대륙을 가로질러 이곳에 도착한 것은 그야말로 기록적인 행군 속도라 인정할 만했다.

갖은 고생을 다 한 가이샤 제국의 병사들이 충분한 휴식을 취할 수 있도록 데미안은 공격 일자를 며칠 뒤로 미루었다. 따스한 지역에서 살았던 탓인지 겉옷을 서너 벌씩 껴입고도 추위에 몸서리치는 그들의 모습이 조금은 이색적이었다.

몬스터들과 국지적인 전투는 끊이지 않았지만 모든 기사와 병사들은 충분한 휴식을 취할 수 있었다.

싸늘한 공기가 옷깃을 여미게 만들었지만 유난히도 하늘이 파랗게 빛나던 날,

데미안은 마침내 전군에 진격 명령을 내렸다.

장장 10,000킬로미터가 넘는 전선을 유지한 채 진격한다는 것은 거의 불가능한 일이었다. 다만 진군을 방해할 정도로 높은 산이 거의 없었기에 겨우 진형은 유지할 수 있었다.

첫째 날은 그렇게 거의 40킬로미터를 전진할 수 있었는데 지금까지 극성을 부리던 몬스터들이 모두 어디로 사라진 것인지 그림자도 볼 수 없었다. 병사들의 피해가 없다는 것은 환영할 만한 일이지만 언제 몬스터들이 급습해 올지 몰라 한시도 마음을 놓을 수 없었다.

물론 플라이 마법이 가능한 마법사들로 하여금 항상 전방을 확인하도록 지시하긴 했지만 그렇게 광활한 지역을 얼마 만에 마법사들이 모두 확인하기란 애초부터 불가능한 일이었다. 다만 좌우와 후방에서의 적의 기습을 염려하지 않아도 된다는 것이 토벌군에게는 커다란 도움이 되었다. 또 토벌군의 수가 네로브가 말한 500만을 훌쩍 넘어 1,300만에 이른다는 것도 토벌군의 사기를 높이기 충분했다.

둘째 날도 전투 한 번 없이 40킬로미터를 전진할 수 있었다.

긴장을 풀지 않은 채 하루 종일 걷는다는 것은 생각보다 힘든 일이었다.

야영을 위해 진군을 멈추었을 때 병사들은 거의 녹초가 되다시피 했다. 그래도 충분한 휴식을 취하기 위해서는 식사도 해야 했고, 저녁에

는 되도록 편안한 잠자리에서 잠도 자야 했다.

병사들이 야영과 식사를 준비하기 위해 분주하게 움직이고 있을 때 네로브는 어두워지기 시작한 하늘을 바라보고 있었다. 간략하게 각 군의 사령관들의 보고를 받은 데미안은 아까부터 뚫어져라 하늘을 바라보고 있는 딸의 모습에 이상함을 느끼지 않을 수 없었다.

"뭘 그렇게 보고 있는 거냐, 네로브."

"아버지, 저기 뭐가 있는지 보이세요?"

데미안은 네로브가 가리킨 곳을 바라봤지만 그곳에선 아무것도 발견할 수 없었다.

"제 손을 잡으세요."

네로브가 내민 손을 잡자마자 갑자기 수십 배로 증폭된 시야가 한순간에 자신 앞에 펼쳐졌다. 그리고 그곳에는 암회색의 거대한 와이번 한 마리가 같은 자리를 계속 빙글빙글 돌고 있는 모습이 보였다.

"저 와이번을 말하는 것이냐?"

"그래요. 좀 더 정확하게 말하자면 저것은 야생 와이번이 아니라 와이번과 인간을 강제로 결합시킨 키메라라고 부르는 것이 옳을 거예요."

"키메라?"

"예. 사악한 방법을 사용해 살아 있는 인간의 머리를 와이번의 몸통에 강제로 결합시킨 거예요."

그 말을 하는 네로브의 표정은 애잔하기 이를 데 없었다.

"아마도 저희들의 진형을 살피고 있는 것 같아요. 저 와이번을 처치할 수 있을까요?"

"글쎄다. 한번 해보겠다만 확실히 잡을 수 있다고 장담하지는 못하겠구나."

마나를 끌어올려 자신의 검에 주입한 데미안은 잠시 와이번을 노려보다가는 느닷없이 검을 내던졌다.

근처에서 황홀한 듯 네로브의 모습을 쳐다보고 있던 병사들과 기사들, 그리고 귀족들은 데미안의 느닷없는 행동에 하나같이 어이없다는 표정을 지었다. 하지만 그런 사람들의 시선에는 아랑곳하지 않은 채 데미안은 자신이 던진 검을 조종하기에 여념이 없었다.

네로브 역시 데미안의 행동을 이해하지 못하다가 검과 데미안 사이에 가느다란 마나의 끈이 이어져 있는 것을 발견하고서야 고개를 끄덕였다. 그야말로 빛살 같은 속도로 날아가는 검은 데미안의 마나로 뒤덮이며 거대한 검의 형태로 변해갔다.

한가롭게 허공을 비행하던 와이번은 붉은색의 뭔가가 자신을 향해 날아오는 것을 보고 의아한 듯 제자리에서 날갯짓을 하며 뚫어져라 쳐다봤다. 날아오던 붉은색 점은 눈 깜빡할 사이에 모닥불만큼 커지더니 금세 거대한 바위만큼 커졌다.

깜짝 놀란 와이번은 서둘러 날갯짓을 해 더 높은 곳으로 날아올랐지만 붉은색의 빛덩이는 살아 있는 생명체처럼 방향을 틀더니 그대로 와이번의 몸에 작렬했다.

쾅!

끼아악!

마치 잘 익은 수박이 바닥에 떨어져 박살 나듯 데미안의 검에 맞은 와이번은 공중에서 산산조각이 났다. 임무를 완수한 검은 유유히 허공을 날아 데미안의 손으로 돌아왔다.

그 광경을 구경하던 사람들은 데미안의 검이 어디론가로 날아갔다가 마치 한 마리 새처럼 사뿐히 다시 돌아오자 감탄을 금치 못했다. 그 검이 와이번을 산산조각냈으리라고는 상상도 못한 채 그저 신기한 것을 본 사람처럼 놀라워하고 있었다. 그것은 소드 마스터의 경지에 도달한 기사나 귀족들도 마찬가지였다.

마나로 조종되는 이기어검(以氣馭劍)의 경지를 알지 못하는 이유도 있었지만 그들의 실력으로는 와이번을 발견할 수조차 없었기 때문이다.

"와이번이 이곳을 감시하고 있다는 것은 다른 곳도 감시를 한다는 말이 아니지 않느냐?"

"아마도 그럴 거예요."

"그렇다면 일단 다른 사령관들에게 주의를 주어야겠구나."

데미안이 통신을 연결할 준비를 하는 동안 네로브는 조금 전 데미안의 검에 목숨을 잃은 와이번에 결합되어 있던 사람의 명복을 빌었다.

"아버지, 특히 4군의 지휘관께 내일 조심하라고 전해주세요."

"그게 무슨 말이냐?"

"내일 저녁 몬스터들의 기습이 있을 거예요. 대규모는 아니지만 야간이기 때문에 방심하면 큰 피해를 입을 수도 있어요."

데미안은 4군의 사령관인 지골트 폰 루커스 공작에게 네로브의 말을 전달했다.

네로브에 대한 이야기를 별로 들어보지 못했는지 지골트는 반신반의하는 기색이 역력했다. 그러나 결국에는 조심해서 나쁠 것이 없다는 생각에 수긍을 했고, 그것을 확인하고서야 데미안은 통신을 끊었다.

제4장
눈보라 속에서 찾아온 각성

눈보라 속에서 찾아온 각성

휘이잉!

끝없이 펼쳐진 설원을 거센 삭풍이 휩쓸고 지나가며 날카로운 울음을 터뜨렸다.

자신의 힘을 과시라도 하듯 삭풍은 끊이지 않고 설원 위에 몰아쳤다. 마치 자신이 관장하는 영역 안에 살아 숨 쉬는 존재를 용납할 수 없다는 듯 사방에 눈과 얼음의 불모지를 만들며 모든 것을 사정없이 얼려 버렸다.

그런 눈보라, 아니, 눈폭풍 속을 뚫고 묵묵히 걸음을 옮기는 그림자가 있었다. 그것도 하나가 아닌 넷이었다. 정체를 알 수 없는 흰 가죽으로 만든 옷을 입은 채 허리에 밧줄을 묶어 일렬로 길게 늘어서서 걸음을 옮기는 그들은 흑신교단의 흔적을 뒤쫓아 설원에 들어선 카렌 일행이었다.

환골탈태를 거친 카렌조차 오싹함을 느낄 정도로 지독한 추위였다.
그러니 무공이 떨어지는 철혈대주는 말할 필요도 없었다. 거의 동사하
기 직전이었다. 선두에서 일행들을 인솔하던 카렌은 잠시 요기도 할
겸 쉬어야겠다고 판단했다. 그나마 출발하기 전에 철혈대주가 비상 식
량으로 육포를 마련했기에 다행이지 만약 아무런 준비도 없이 이 설원
에 들어섰다면 아마 얼어 죽기 전에 굶어 죽는 상황에 처하게 되었을
것이다.

"정지!"

카렌의 말에 일행들이 멈췄다. 잠시 그들의 상태를 보니 가장 멀쩡
한 사람은 바로 알리샤였다. 그녀가 익힌 무공이 극음 계열의 무공인
탓도 있었지만 그보다는 환골탈태를 경험한 것이 큰 도움이 되었을 것
이다. 그런 반면 묵묵히 서 있기는 하지만 옷 밖으로 드러난 살갗이 시
퍼렇게 얼어 있는 러셀의 모습은 보기만 해도 춥게 느껴졌다.

카렌은 즉시 샤이닝 블레이드를 뽑아 그대로 지면을 향해 내려쳤다.

폭음을 내리라는 예상과는 달리 샤이닝 블레이드는 소리없이 지면
으로 모습을 감추었고, 카렌은 일행들 모두가 들어가고도 남을 정도로
충분한 크기로 커다랗게 원형을 그렸다. 딱딱하게 굳은 지면을 카렌이
샤이닝 블레이드를 지렛대 삼아 들어 올리자 눈덩이가 그대로 들렸다.
곁에 있던 러셀이 지면을 들자 지체없이 연환상충폭뢰기 가운데 극양
지력을 끌어올려 지면을 향해 발출했다.

스르륵.

붉은 기운이 닿은 지면은 순식간에 녹아내렸다.

사실 그것은 단순한 지면이 아니라 오랜 시간 쌓이고 쌓인 눈이 녹
다 얼다를 반복해 돌덩이보다 단단하게 굳은 것이었다. 카렌의 극양지

력에 녹은 눈은 지면으로 스며들었다가 차가운 날씨에 곧 다시 얼어버렸다.

네 사람이 들어가도 충분할 구덩이가 만들어지자 일행들은 지체없이 들어갔고, 러쎌은 조금 전 잘라낸 눈덩이로 조심스럽게 파여진 구덩이를 덮었다. 숨구멍이 만들어지자 그제야 일행은 마음 놓고 쉴 수 있었다.

일행들을 위해 카렌이 극양지력으로 구덩이 안을 훈훈하게 만들자 일행들은 몸을 녹일 수 있었고, 각자 소지했던 비상 식량을 꺼내 씹기 시작했다. 하지만 다른 사람에 비해 무공이 떨어지는 철혈대주는 아직까지 덜덜 떨고 있었다. 결국 카렌이 그의 몸에 어느 정도의 극양지력을 넣어주고서야 겨우 안정을 찾을 수 있었다.

얼마나 시간이 지났을까?

얼었던 몸을 겨우 녹인 철혈대주가 카렌에게 물었다.

"카렌님, 대체 얼마나 가야 이 지긋지긋한 눈보라가 끝날까요?"

"글쎄… 나도 초행길이라 정확히는 모르겠습니다. 하지만 이미 상당히 많은 거리를 걸어왔으니 조금만 더 가면 이 설원을 빠져나갈 수 있을 거라 생각되는군요."

"저는 계속 눈만 봐와서인지 혹시 저희가 같은 자리를 계속 맴돌고 있는 것은 아닌가 하는 생각이 드는군요."

"그렇지는 않을 겁니다. 비록 사방이 눈이라 확인하기는 힘들지만 내 무기에 실려 있는 신성력이 우리를 인도하는 것이니 아마 틀림없을 겁니다."

카렌의 대답에 철혈대주는 설원에 들어서며 자신이 선두에 서겠다고 한 모습을 떠올렸다.

당시에는 단순히 그의 무공이 가장 뛰어나기 때문에 앞장서려는 것이겠거니 생각했는데 나름대로 이유가 있었던 모양이다. 하지만 이미 신의 존재가 사라진 이스턴 대륙에 살던 철혈대주로서는 신성력이 자신들을 인도한다는 말을 좀처럼 믿을 수가 없었다.

존재하지도 않는 신성력을 믿기보다는 위기의 순간에 믿기 힘든 능력을 보여주며 적을 물리치던 카렌을 믿는 것이 훨씬 마음이 놓였다.

길을 찾지 못한다는 생각에 밀려드는 애써 두려움을 떨치려는 철혈대주의 모습을 보며 카렌은 무엇 때문에 그가 자신들을 쫓아온 것인지 좀처럼 이해할 수 없었다. 흑신교단의 이스턴 대륙에서 물러간 것을 확인했으면 그만인데 왜 이 고생을 하고 있는 것인지…….

"이제야 말씀드리는 것이지만, 제 이름은 연철심(燃鐵心)이라고 합니다. 나이는 올해로 서른다섯이 됐습니다."

"내 이름은 카브렌시스 싸일렉스입니다. 수련하는 자라고 하고 싶군요."

철혈대주 연철심의 자기소개에 카렌은 왠지 자신의 본명을 이야기해야 할 것 같은 생각이 들어 다시 자신의 소개를 했다. 몇 번 입에서 중얼거리던 철혈대주는 익숙하지 않은 듯 고개를 갸웃거리다 조심스럽게 물었다.

"죄송하지만 예전대로 부르면 안 되겠습니까? 왠지 발음도 쉽지 않고 익숙하지 않아 잘못하면 실수를 할 것 같아서 그렇습니다."

"편한 대로 부르십시오. 그보다 묻고 싶은 것이 있습니다."

"말씀하십시오."

"솔직히 나는 그대가 왜 우리를 쫓아왔는지 이해가 되지 않습니다. 이미 그대의 임무는 다 끝나지 않았습니까?"

"제가 여러분들을 쫓아온 이유는 이번 일의 결말이 어떻게 되는지 알고 싶기 때문입니다. 해서 제가 살던 대륙 사람들에게 알리고 싶습니다. 비록 여러분에게 도움이 되지는 않겠지만, 그저 곁에서 일의 결말과 여러분이 익히신 무공의 한계를 꼭 제 눈으로 확인한 뒤 지인들에게 알려주고 싶어서입니다."

철혈대주의 말에 카렌은 그것이 과연 이런 고생을 하면서까지 자신들을 쫓아온 이유가 되는 것인지 여전히 이해가 되지 않았다. 하지만 동시에 이해할 수 있을 것 같다는 생각도 들었다.

"대체 흑신교단이 왜 생긴 것인지, 그리고 저희들은 어째서 그렇게 쉽게 주화입마에 걸리는 것인지, 그리고 어떻게 대륙이 이동할 수 있는 것인지… 궁금한 것이 한둘이 아닙니다. 무엇보다 왜 여러분들이 이 일을 하는 것인지 아무리 생각을 해봐도 이해가 되지 않습니다. 제가 얼마나 알아낼 수 있을지는 모르겠지만 능력이 닿는 한 꼭 알아내고 말겠습니다."

신념에 가득 찬 철혈대주의 말에 카렌은 자신이 아버지와 누나에게서 들었던 이야기를 해주어도 될지 잠시 망설이지 않을 수 없었다. 이 이야기는 알리샤에게도, 또 러쎌에게도 한 적이 없었다. 그저 필요한 부분만 조금씩 알려주었을 뿐이다.

잠시 고민하던 카렌은 어차피 언젠가는 알려질 이야기였고 또한 굳이 비밀로 해야 할 이야기도 아니었기에 이야기를 해주기로 결심했다.

"어디서부터 이야기해야 좋을지 모르겠지만 일단은 내가 들었던 부분부터 이야기할 테니 들어보십시오. 그리고 알리샤와 러쎌도 들어봐. 그러니까 이 모든 일은 태초에 세상을 만든 신들이 선한 신과 악한 신으로 나뉘어졌을 때로 거슬러 올라가야 합니다. 모든 발단은 그로부터 시작됩니다. 신들은 뮤란 대륙과 이스턴 대륙을 차지하기 위해 격렬하게 다투게 되었습니다. 오랜 시간 동안의 전쟁을 통해 마침내 승리를 거둔 쪽은 선한 신들이었고, 전쟁에서 패한 악한 신들, 즉 마신들은 강제로 이 차원에서 쫓겨나게 되었습니다. 그리고 그 입구는 철저하게 봉인됐는데 그 입구가 되는 곳이 바로 이스턴 대륙의 상공이었습니다. 봉인은 뮤란 대륙에 설치한 신의 무기들이 에워싸서 절대 풀리지 않게 만들었고 말입니다. 하지만 문제는 전쟁에서 무수히 많은 신과 마신들이 소멸당했고, 살아남은 신들도 더 이상은 지상에 있을 수 없을 정도로 힘을 잃게 되었다는 것이지요."

카렌의 말에 세 사람은 처음엔 그저 그런가 보다 하는 반응을 보이다 점점 이야기에 빠져들었다.

"그래서 신들은 마지막으로 대륙에 많은 생명체를 만들고 이스턴 대륙을 뮤란 대륙에서 떼어내고는 지상을 떠났습니다. 다른 맹수와 몬스터에 비해 상대적으로 약했던 인간들은 필연적으로 모여 살 수밖에 없었고, 그런 인간들을 이끌던 이들은 신의 뜻을 인간들에게 전한 신인(神人)들이었습니다. 그렇게 해서 뮤란이라고 불렸던 대제국이 대륙 북부에 세워지고 발전하게 되었습니다. 제국의 건국 후 인간들은 자신들의 나라를 넓히기 위해…(중략)…… 그렇게 우리 아버지는 복수를 하기 위해 여행을 시작하게 되었습니다. 지금은 내 어머니가 되신 아마조네스의 족장 데보라님, 대마법사 차이렌의 혼이 빙의되었던 뮤렐님, 라페이시스의 어린 사제이셨던 로빈님, 조국의 복수를 위해 스스로 아버지의 부하가 되셨던 헥터님, 아버지를 좋아하셨던 레오님, 그리고 마지막으로 자신에게 걸린 저주를 풀려 하셨던 라일님 등 여섯 분의 동료들과 여행을 하며 마신 지하르트의 부하들과 싸워 물리치셨습니다."

카렌의 말에 일행들은 숨소리마저 죽인 채 집중했다.

"그렇게 뮤란 대륙에서 이스턴 대륙으로, 그리고 다시 이스턴 대륙에서 뮤란 대륙으로 이동을 하신 아버님과 동료들은 마침내 대륙에 존재하는 모든 소드 마스터와 하이 프리스트들과 힘을 합쳐 마신 지하르트와 그의 부하들과 싸웠고, 끝내 그들을 다시 마계로 봉인하는 데 성공을 하게 된 겁니다. 하지만 당시에 신의 무기 가운데 하나가 빠진 탓에 결계는 완전하지 않았고, 계속 마계의 마기가 지상으로 쏟아져 우리가 싸웠던 사두용인(蛇頭龍人)이나 괴상하게 변한 몬스터들이 생겨나게 된 겁니다. 단순히 봉인이 헐거워져 생긴 일이라면 내가 가지고 있는 이 신기루의 반지 쿠로얀으로 봉인을 완전하게 만들면 되지만 문제는 절대 존재할 수 없는 생물, 그러니까 누군가가 만든 듯 보이는 생명체가 나타나게 되었다는 것이지요."

"만든 생명체?"

러쎌의 질문에 곁에 있던 알리샤의 얼굴이 순식간에 싸늘하게 굳어졌다 서서히 풀렸다.

그런 알리샤의 태도를 보면서 카렌은 고개를 끄덕였다.

"그렇습니다, 사람들이 보통 키메라라고 부르는 생명체 말입니다. 몬스터와 몬스터를 결합시키기도 하고 사람과 맹수, 혹은 몬스터를 결합시켜 만든 생명체. 이런 키메라들이 저절로 생기지는 않았을 테니 그것을 만들어낸 존재도 분명 존재할 겁니다. 그런 짓을 하는 자들을 정상이라고 볼 수 없지 않겠습니까?. 누나의 말에 따르면 이번 싸움은 바로 이렇게 키메라를 만들어내는 과거 지하르트의 잔재들과의 싸움이라고 했습니다. 내 생각이긴 하지만 이스턴 대륙에서 만난 흑신교단도 그런 존재들 가운데 하나가 아닌가 판단이 됩니다."

"휴우, 그러니까 지금까지 우리가 싸웠던 흑신교단의 교도들이 겨우 예전에 존재했던 마신의 잔재에 불과하다는 말씀이십니까?"

"아마도 그럴 겁니다."

"그렇다면 대체 과거의 그 마신은 얼마나 강한 존재란 말입니까? 마신 본인의 능력도 아니고 겨우 그 잔재들의 힘이 이 정도라면 말입니다."

철혈대주의 질문에 카렌은 아버지 데미안과 그 동료들을 떠올렸다.

"당시 마신과 싸웠던 분들은 각자 자신의 분야에서 최고이기도 했지만 무엇보다 그들에게는 신이 지상에 남긴 무기들이 있었기 때문에 가히 뮤란 대륙 최강의 실력자들이라고 할 수 있었습니다. 그런 그분들도 마신과 그의 부하들과의 전투에서 모두 목숨을 잃을 수밖에 없을 정도로 마신과 그의 부하들은 강했습니다. 내가 조금 전 마신의 잔재들과의 싸움이라고 했지만 지난 수십 년, 혹은 수백 년 동안 힘을 키운 마신의 부하들이니 그들의 힘이 강한 것은 당연한 일 아니겠습니까?"

카렌의 설명에 철혈대주는 고개를 끄덕이면서도 마신과 싸웠다는 데미안과 그 동료들에게 경외심이 생기는 것을 감출 수 없었다.

대체 얼마나 강했으면 신(神)이라 불리던 존재와 싸울 수 있었을까? 또 신의 무기란 것은 무엇이었을까? 혹시 이스턴 대륙에 존재하는 신검(神劍)과 같은 것이었을까?

생각에 생각을 거듭 해봐도 도무지 짐작이 되지 않았다.

"이스턴 대륙으로 출발하기 전 누님이 나에게 준 편지에 의하면 아마 지금쯤 모든 왕국이 힘을 합쳐 마물과 몬스터들과 전쟁을 벌이고 있을 겁니다. 그러니 우리가 할 일은 키메라를 생산하는 곳을 파괴하고 키메라들을 만드는 자를 제거하는 겁니다."

"카렌님, 저희들의 힘만으로 가능하겠습니까?"

"일단은 해보는 수밖에 없습니다. 그렇지 않으면 전쟁을 하고 있는 아군의 피해가 더 커질 테니까 말입니다."

고개를 끄덕이면서도 조금 전 카렌이 설명한 그런 존재들과의 싸움에서 과연 승산이 있을까 하는 생각에 고개를 젓는 철혈대주였다. 그런 철혈대주의 태도에 카렌은 그저 담담한 미소를 지을 뿐이었다.

"만약 전면전을 벌이는 것이라면 우리끼리의 힘만으로 불가능하겠지만 기습을 하는 것이라면 우리의 힘만으로 불가능할 것 같지는 않습니다."

이야기를 듣느라 밤을 샌 탓에 일단 잠깐의 휴식을 취한 뒤 출발하기로 했다.

잠을 자는 것인지, 휴식을 취하는 것인지 일행들이 모두 눈을 감자 러쎌은 조용히 몸을 일으켰다. 그리고는 조심스럽게 일행들이 있던 구덩이의 덮개 역할을 하던 눈덩이를 옆으로 밀고는 밖으로 나갔다.

휘이잉~

구덩이 밖은 여전히 눈보라가 극성을 부리고 있었다.

잠깐 데워졌던 몸이 금세 싸늘해지는 것을 느꼈지만 러쎌은 여전히 답답했다.

엄청난 신분 차이에도 불구하고 평민에 불과한 자신을 친구로 받아들인 카렌의 마음에 보답하기 위해 무공을 익히기 시작했다. 물론 카렌이 자신보다 먼저 무공을 익혔다는 것도, 또 자신보다 재능이 뛰어나다는 것도 모르는 것은 아니었다. 하지만 카렌이 도움을 필요로 할 때 자신이 큰 도움이 되지 못한다는 생각이 들자 답답하지 않을 수 없었다.

현재 자신이 익힌 것은 벽력권과 광혈부, 이 두 가지 무공이었다.

정교함은 벽력권이, 파괴력은 광혈부가 뛰어났다.

개인적으로는 익숙하지 않은 주먹보다는 도끼를 사용하는 광혈부가 마음에 들었기에 수련할 때 좀 더 신경을 쓴 것은 사실이었다. 하지만 그런 러쎌의 마음과는 달리 광혈부는 세 번째 초식인 청염폭우를 겨우 3성까지 익힌 것이 한계였다.

광혈부에 집착한 탓인지 광혈부는 전혀 진전이 없었고 답보 상태를 면치 못하고 있었다. 자신이 지금 익히고 있는 것이 제대로인지 확인할 수 있는 데미안도 곁에 없는 상태였고, 그렇다고 카렌에게 묻기는 자존심이 상하는 것은 둘째 치고라도 오기가 생겨 더욱 물어볼 수 없었다.

사방이 눈으로 뒤덮인 상태여서인지 아직 태양이 뜨지 않은 새벽임에도 그리 어둡게 느껴지지는 않았다. 자연히 설원을 휘몰아치는 눈보라의 횡포를 볼 수 있었다.

바람은 수십 개의 눈 기둥을 만들었다가 스러지고 폭풍처럼 휘몰아치기도, 산들바람처럼 하늘거리기도 하며 눈발을 날리기도 했다. 그 모습을 바라보던 러쎌은 문득 자신이 처음 광혈부를 익히기 시작할 때 지옥마제가 했던 말이 생각났다.

"…이 광혈부(狂血斧)를 익힐 땐 네가 반드시 알아야 할 것이 있다. 광혈부는 섣부른 기교보다는 내공과 육체적인 힘을 바탕으로 한 저돌적인 공격방식을 근간으로 한다. 그렇다고 무조건적으로 직선적인 움직임과 힘만으로 광혈부를 펼치는 것은 그야말로 멍청한 짓이다. 직선적인 움직임이라고 하더라도 곡선과 사선의 움직임을 모두 품고 있어야 한다."

그 말을 떠올리는 순간 러쎌은 자신에게 부족했던 것이 무엇이었는지를 깨달을 수 있었다. 동시에 지금까지 자신의 앞을 가로막고 있던 벽이 와르르 무너져 내리는 것 같았다. 마치 무엇에 홀린 사람처럼 러쎌은 자신도 모르게 허리에 차고 있던 핸드 엑스의 손잡이를 움켜잡았다. 그리고는 멀지 않은 곳에서 휘몰아치고 있던 눈보라를 향해 힘껏 집어 던졌다.

"청염폭우(靑炎暴雨)!"

빗살처럼 날아가던 핸드 엑스의 주위에 푸르스름한 아지랑이가 어리는가 싶더니 금세 푸른색의 불길로 변했다. 러쎌이 목표로 했던 눈보라를 향해 무섭게 회전하며 날아가던 핸드 엑스가 흐릿하게 보이는 순간 수십, 아니, 수백 개의 푸른 불덩이로 변했다.

콰콰콰~쾅!

귀청을 찢을 듯한 폭음과 함께 점점 덩치를 키워가던 눈보라가 순식간에 사라졌다.

허공을 크게 돌아 다시 돌아온 핸드 엑스를 받아 든 러쎌은 멍한 얼굴로 눈앞의 광경을 바라보고만 있었다. 겨우 3성밖에 익히지 못한 광혈부의 세 번째 초식 청염폭우가 순식간에 12성에 도달한 것은 물론 그 무지막지한 파괴력에 할 말을 잃은 것이다.

눈보라가 사라진 것은 물론 눈보라가 있던 방원 50여 미터에 이르는 지역에 크고 작은 구덩이가 헤아릴 수도 없이 생겨난 것이다. 물론 모든 내공을 주입한 것도 아니었다. 무의식중에 펼친 것이라 내공의 7할 정도밖에 사용하지 않았음에도 불구하고 자신이 익힌 어떤 무공보다 파괴적인 위력을 보인 것이다.

그때 러셀이 펼친 광혈부가 작렬하는 소리 때문에 놀란 일행들이 구덩이에서 뛰쳐나왔다. 일행들은 멍한 얼굴로 서 있는 러셀의 모습에 서둘러 그의 곁으로 다가갔지만 러셀은 누가 다가오는지 전혀 깨닫지 못하고 있었다.

그 모습에서 뭔가를 느낀 카렌은 일행들의 접근을 막았다. 잠시 후 러셀은 그 자리에 주저앉아 운공에 들어갔고, 카렌은 주변의 눈을 이용해 방벽을 쌓아 러셀의 운공이 바람의 방해를 받지 않도록 조치하고는 그의 운공이 끝나기만을 기다렸다.

그렇게 기다리기를 꼬박 이틀.

3일째 되던 날 새벽, 꼼짝도 않는 러셀이 신경 쓰여 자주 나와 보던 카렌은 드디어 러셀에게서 어떤 변화가 생기는 것을 발견하게 되었다.

러셀이 익힌 무공은 벽력패황공. 카렌이 익힌 연환상충폭뢰기와 비슷한 성격을 가진 무공이었다. 카렌의 경우처럼 극양지기와 극음지기를 몸속으로 받아들여 단전에서 인위적으로 충돌시켜 뇌전지기를 얻는 것이었다. 하지만 벽력패황공의 경우에는 벽력진기라 일컬어지는 뇌전지기를 만들기도 하지만 그보다는 그 벽력진기의 발출에 더 치중한 무공이었다.

그런 탓인지는 모르지만 지금 러셀의 몸 주위에서 일어나는 일은 카렌의 경우와는 달랐다. 먼저 눈에 띄는 것은 러셀의 몸에서 뿜어져 나온 기류가 회전을 일으키며 회오리바람을 형성하고 있다는 것이었다. 주위에 쌓여 있던 눈이 회오리에 빨려들며 작은 눈보라를 일으켰고, 시간이 지날수록 회오리는 점점 더 커져만 갔다.

무섭게 회전하는 회오리의 곳곳에 희고 검은 점이 언뜻언뜻 보이는
가 싶더니 곧 변화를 보이기 시작했다. 번쩍이는 빛과 함께 허공에서
방전이 일어나기 시작한 것이다.

잠시의 시간이 지난 뒤 러쎌의 신형이 서서히 허공으로 떠오르기 시
작했다.

"부공삼매(浮空三昧)?"

잔뜩 긴장한 채 러쎌을 지켜보던 철혈대주는 그의 신형이 허공으로
떠오르자 놀라움을 금치 못했다. 부공삼매는 환골탈태를 경험한 자만
이 경험할 수 있는 지고무상의 경지가 아닌가? 어찌 되었든 철혈대주
는 카렌과 알리샤에 이어 러쎌까지, 세 사람의 환골탈태를 목격하는 특
이한 경험을 하게 된 것이었다.

환골탈태는 모두 같을 것이라 생각했던 철혈대주의 예상과는 달리
세 사람의 환골탈태는 각기 다 달랐다. 그 가운데에서도 러쎌의 경우
가 과거 들었던 것과 가장 비슷했다. 물론 지금까지의 이스턴 대륙에
서는 불가능했지만 말이다.

"저도 언젠가는…… 환골탈태와 부공삼매를 경험할 수 있을까요?"

"물론입니다. 비록 많은 시간이 필요하지만 끊임없이 노력하는 자에
겐 절대 불가능이란 없습니다."

철혈대주는 카렌이 말한 끊임없는 노력이라는 것이 대체 얼마만큼
의 노력을 말하는 것인지는 모르겠지만 이번 일이 끝나고 만약 자신이
무사해 고향으로 돌아간다면 은둔하며 수련에 정진하리라 결심했다.

그러는 사이 날은 완전히 밝았고, 그제야 회오리와 벽력진기에 휩싸
여 있던 러쎌의 몸이 눈 위로 내려앉았다. 그가 눈을 뜨는 순간 새파란
신광(神光)이 번뜩였다가 곧 사라졌다. 언뜻 평범한 사람으로 보였지만

러쎌의 전신에서는 은은한 위압감이 흐르고 있었다.

"러쎌님, 환골탈태하신 것을 경하드립니다."

"고맙소."

"어때?"

"강하다는 것이 이런 것일까? 지금 기분만으로는 어떤 것이라도 파괴할 수 있을 것 같은 생각이 들거든."

"축하해."

"고맙다, 알리샤."

러쎌은 카렌과 알리샤의 축하에 담담하게 대꾸를 했는데, 이전까지의 조급함은 완전히 사라져 전혀 찾아볼 수가 없었다.

"가자. 이제부터 악의 소굴을 찾아 파괴하자."

카렌의 말에 일행들은 고개를 끄덕이고는 그의 뒤를 따라 걸음을 옮겼다.

눈보라는 사방으로 눈을 뿌리며 일행들의 발길을 붙잡으려 했지만 일행들은 아랑곳하지 않은 채 서쪽을 향해 묵묵히 걸음을 옮길 뿐이었다.

몸을 가눌 수도 없을 정도로 세찬 눈보라를 뚫고 설원을 가로질러 이동한 지도 벌써 한 달째, 마침내 네 사람은 설원을 벗어날 수 있었다.

물론 그렇다 하더라도 갑자기 날씨가 봄날이 되었다거나 새파란 초원을 만난 것은 아니었지만 오로지 흰색뿐인 설원을 벗어난 것만으로도 일행들은 답답했던 마음이 뻥 뚫리는 것 같았다. 그리고 그곳에서 일행들은 예상하지 못했던 뜻밖의 존재를 만났다.

히히히~힝~

"실피드? 네가 여긴 어떻게?"

히히힝~

카렌의 의문을 아는지 모르는지 실피드는 카렌의 주위를 껑충껑충 뛰며 다시 만난 것을 반가워할 뿐이었다. 그런 실피드의 난리법석을 네 사람과 세 마리의 말이 멍하니 바라보고 있었다.

잠시 후 실피드가 진정하고서야 일행들은 마치 실피드의 부하처럼 보이는 세 마리의 말이 근처에 있는 것을 발견할 수 있었다. 그리고 그 말들의 등에 그리 작지 않은 짐들이 실려 있는 것을 발견하고는 내용물을 확인하였다. 작은 가죽 주머니 하나와 하드 레더 네 벌, 그리고 편지 한 통이 전부였다. 그리고 다른 말들의 등에는 야영 도구가 실려 있었다.

편지를 펼쳐 든 카렌은 내용을 확인하고는 곧 품에 집어넣었다.

"무슨 편지야?"

"어떻게 알았는지는 모르지만 누나가 보낸 편지야."

"누나? 그럼 네로브님이?"

"그래. 우리더러 남서쪽으로 가래. 그곳에 있는 적의 소굴을 파괴해야 한다고 했어."

"적의 소굴이 그쪽에 있어?"

"응."

러셀의 물음에 대답을 한 카렌은 주위를 두리번거리고 있는 알리샤를 쳐다봤다. 그런 카렌의 시선을 느낀 것일까? 알리샤가 고개를 돌렸다.

"왜?"

"아직도 복수하고 싶어?"

"뭐?"

"너를 그렇게 만들었던 존재에게 복수하고 싶냐고 물었어."

카렌의 이어진 질문에 의아한 표정을 짓던 알리샤의 표정이 금세 딱 딱하게 굳어졌다.

영문을 모르는 철혈대주는 의아한 표정으로 카렌과 알리샤의 얼굴을 번갈아 쳐다보고 있었고, 알리샤는 굳은 표정으로 자신들이 지나온 설원을 바라보고 있었다.

그녀가 다시 입을 연 것은 한참의 시간이 지난 다음이었다.

"네로브님이 알려주신 거야?"

"그래."

"갈 거야. 하지만 단순히 내 복수심 때문에 가는 것은 아니야. 나 같은 불행을 겪는 사람들이 다시는 나타나서는 안 되잖아. 나는 여러 사람의 도움을 받아 겨우 다시 인간이 될 수 있었지만 다른 사람들은 자신이 누군지도 모른 채 영혼을 잃어버린 채로 살아야만 하는데… 그건 너무 불행한 일이야. 내가 막을 거야."

"그래, 내가 도와줄게. 우리가 가려고 하는 곳에 '그'가 있다고 했어. 그런데 누군지 아직도 기억이 나지 않는 거야?"

"확실하지는 않지만 보면 알 수 있을 것 같아."

대답을 하는 알리샤의 뇌리에 한 존재의 모습이 떠올랐다.

검은 긴 머리에 슬림한 체형, 요사스럽다고 할 정도로 아름다운 얼굴, 무엇보다 특징적인 것은 머리카락 사이로 삐죽 삐져 나온 커다란 한 쌍의 귀였다.

솔직히 말해 그 존재가 자신과 어떤 관계인지 지금도 알 수 없지만 결코 좋은 관계가 아닌 것만은 확실했다. 그렇게 생각하는 이유는 그 존재, 검은 머리의 엘프를 떠올릴 때마다 본능적인 두려움과 공포가 느껴졌기 때문이다.

누군지 기억도 나지 않는데 왜 자신은 그에게 그런 감정을 느끼게 되었을까?

만약 얼마 전 환골탈태를 경험하지 못했다면 영원히 그를 기억해 내지 못했을지도 모르는 일이었다. 그 검은 머리 엘프를 기억해 낸 것이 다행인지, 아니면 그를 기억해 내지 못했던 이전이 더 다행인지 알 수는 없지만 그를 기억해 낸 이상 반드시 만나 어떤 식의 결말이든 내야만 했다.

"내 도움이 필요하면 언제든 이야기해."

"알았어. 도움이 필요하면 꼭 부탁할게."

알리샤의 표정은 어느새 풀어져 있었다.

미안한 듯한 표정을 짓고 있는 알리샤의 모습은 이전하고는 비교할 수도 없을 정도로 아름다웠다. 물론 지금이나 이전이나 아름다운 그녀의 얼굴에 차이가 있는 것은 아니지만 표정이 있고 없고의 차이가 그녀를 단지 아름다운 조각상이 아닌 살아 있는 인간으로 보이게 만들고 있었다.

"카렌, 오늘은 여기서 야영을 하자. 네로브님께서 음식까지 보내주셨어."

"알았어. 오늘은 그만 쉬자."

식사 준비를 하는 러셀의 모습을 철혈대주는 신기한 듯 바라보고 있었다. 그의 호기심을 자극한 것은 바로 러셀이 들고 있는 가죽 주머니였다. 그리 크지 않은 가죽 주머니에서 갖가지 음식 재료와 조리 도구가 끝없이 나오는 것이 너무나 신기했기 때문이다.

　마법이 사라진 이스턴 대륙이라 철혈대주에게 공간 왜곡 마법이 걸린 주머니는 경이로운 물건 그 자체였다.

　"마침 80년 묵은 싸일렉스 산(産) 볼케이노가 두 병이나 들어 있는 것을 보면 아마도 철혈대주가 우리와 함께 다니게 될 것을 네로브님께서 아셨나 봐. 하긴 네로브님께서 모르신다면 그게 더 이상한 일이지만 말이야. 어서 앉아."

　러쎌의 말에 일행들은 모닥불을 중심으로 둘러앉았고, 볼케이노를 든 채 무사히 설원을 건너온 것과 모두 환골탈태를 경험한 것을 자축했다.

　철혈대주는 곧 육포로 만든 국물이 있는 요리를 준비했고, 일행들은 정말 오랜만에 따끈한 식사와 편안한 잠자리에서 숙면을 취할 수 있었다.

제5장
총공세

총공세

"각 사령관들께서는 보고를 해주십시오."

"1군 사령관 미네스 폰 워렌시아, 보고하겠소. 몬스터들과 서너 차례 교전이 있기는 했지만 큰 피해 없이 막을 수 있었소. 그 과정에서 몬스터들을 지휘하던 트롤 형 마물 아홉을 기사단을 투입해 제거할 수 있었소."

"수고하셨습니다."

"2군 사령관 르네 폰 라이포트, 보고하겠소. 몬스터들과 두 차례 큰 전투가 있었소. 몬스터들과의 전투는 큰 피해 없이 마칠 수 있었지만 갑작스럽게 키메라들이 나타나는 바람에 적지 않은 피해가 발생했소. 소드 마스터들을 투입해 키메라들을 물리치긴 했지만 파악된 키메라들의 능력이 상상을 초월하는 파괴력을 보여 피해가 적지 않았소. 하이 프리스트들의 축복을 받은 무기를 사용했음에도 불구하고 키메라들을

압도할 수 없었소. 전투 장면을 이미지로 저장시켜 전송했으니 총사령
관께서 확인을 해주시기 바라오."

"수고했습니다. 이미지를 확인한 후 통보하겠습니다. 3군 사령관,
보고해 주십시오."

"3군 사령관 단테스 폰 체로크, 보고하겠소. 몬스터들과 크고 작은
전투 20여 번이 있었소. 기사단의 피해는 적었지만 일반 병사들의 피
해가 적지 않았소. 아직까지 키메라나 마물들의 출현은 없었지만 소드
마스터와 기사단에게 방심을 하지 말도록 지시를 하달하였소."

"잘하셨습니다. 마지막으로 4군 사령관, 보고해 주십시오."

"4군 사령관 지골트 폰 루커스, 보고하겠소. 저희 4군이 맡은 지역
이 주로 산악 지역인 탓인지 몬스터의 출몰이 이어지고 있소. 트롤이
나 오거, 싸이클롭스 같은 중대형 몬스터는 물론이고 지금까지 별로 보
이지 않았던 오크, 놀, 고블린 같은 소형 몬스터까지 대규모로 출몰해
교전이 쉴 새 없이 벌어지고 있소. 기사단과 소드 마스터들을 투입하
기는 했지만 전황은 좀처럼 나아지지 않고 있소."

"흐음~ 조금만 더 수고해 주시기 바랍니다. 지금 즉시 후방에 배치
되어 있는 예비 기사단과 보병 부대를 지원해 주겠습니다."

"총사령관 각하, 잠시만 기다려 주시오. 조금 힘들긴 하겠지만 곧 만
회할 수 있을 거라 자신하오."

"알겠습니다, 루커스 공작. 하지만 일단 후방에 병력을 집결시켜 놓
을 테니 전황이 좋지 않다고 판단되면 즉시 연락하길 바랍니다."

"물론이외다. 곧 좋은 소식 보고하겠소이다."

수정 구슬에서 각 군 사령관들의 모습이 사라지자 데미안의 얼굴에
당장 그림자가 드리워졌다.

열흘 전부터 시작된 몬스터들의 공격에 병사들의 피해가 급증했기 때문이다. 물론 소드 마스터를 비롯한 기사단을 즉시 투입해 피해를 최소화하기는 했지만 그렇다고 피해가 전혀 없을 수는 없었다. 특히 검술 실력이 떨어지는 병사들의 피해가 클 수밖에 없었다.

작전 계획을 세울 때 일반 병사들의 피해를 최소로 하기 위해 기사단의 투입을 최우선적으로 했지만 문제는 전선을 책임지는 지휘관들이었다. 그들은 당연히 수색조를 운용했고, 몬스터들과 조우한 수색조는 전멸을 면할 수 없었다.

물론 제대로 된 지휘관이라면 병력의 이동을 제지하는 것이 옳은 일이지만 실질적으로 그렇게 병력을 운용한 일선 지휘관은 거의 없었다. 대부분 무조건적으로 수색조와 첨병을 운용했고, 그들의 피해는 아랑곳하지 않은 채 휘하 병력들을 이동시켰다.

그런 탓에 일반 병사들의 피해가 상당할 수밖에 없었다.

몇몇 지휘관의 보고에 의해 그런 사실을 알게 된 데미안은 그런 행동을 엄금했지만 좀처럼 해결되지 않고 있었다. 게다가 적의 본거지에 근접할수록 마물이나 키메라의 출현이 빈번해졌다.

그럼으로 인해 당연하게 피해, 특히 일반 병사들의 피해는 더욱 클 수밖에 없었다. 기사단과 소드 마스터들을 투입하면 당장의 상황은 유리한 방향으로 이끌 수 있지만 장기적으로 봤을 때는 결코 해결책이 될 수 없었다.

토벌군 전체를 이끌고 있는 데미안의 입장에서는 마물도 문제였지만 키메라도 문제일 수밖에 없었다. 분명한 해결책이 없는 지금 상황에서 마물과 키메라의 출몰을 어떻게 해결해야 할지 데미안으로선 참으로 심각한 고민이 아닐 수 없었다.

마물들은 선두에 소속된 각 종단의 하이 프리스트들이 신성력으로 퇴치할 수 있었지만 문제는 바로 키메라들이었다. 기괴한 모습을 한 것은 둘째 치고라도 그 파괴력과 살상력은 일반 병사들로서는 감히 막아낼 수 있는 것이 아니었다. 더구나 키메라들에겐 하이 프리스트들의 신성력도 통하지 않았다.

오로지 막강한 물리적 파괴력만이 유일한 방법이었는데, 문제는 엄청나게 넓은 전선에 비해 투입할 수 있는 소드 마스터의 수가 턱없이 부족하다는 점이었다. 야영을 할 때마다 숙영지 근처에 이동 마법진을 설치해 키메라 출몰 지역으로 소드 마스터들을 이동시켰지만 필요로 하는 수와 비교하면 태부족이 아닐 수 없었다.

스스로도 수련을 해봐서 아는 일이지만 소드 마스터의 수를 갑자기 늘리는 것은 현실적으론 전혀 불가능한 일이었기에 데미안의 고민은 클 수밖에 없었다.

＊　　　　＊　　　　＊

"이쪽이 맞는 거야?"

"누나가 옛 뮤란 제국의 수도인 메탈리언 서쪽이라고 했으니까 이 방향이 틀림없어. 내 계산이 맞다면 아마 며칠 내로 도착할 거야."

"며칠 내로 도착한다면 여기도 마물과 몬스터들의 세력권이라는 말인데 어째서 그놈들을 하나도 볼 수 없는 거지?"

"편지에 의하면 뮤란 대륙의 모든 나라들이 힘을 합쳐 마물과 몬스터들을 상대로 전쟁을 벌이고 있다니까, 아마 그래서 여기는 보이지 않을 거야."

카렌의 대답에 러쎌은 고개를 끄덕이며 눈앞에 펼쳐진 드넓은 평원을 바라보았다.

흙먼지가 풀풀 날리는 황무지 너머로 뮤란 대륙 최초의 제국이었던 뮤란 제국의 수도인 메탈리언이 있다는 사실에 가슴이 두근거리는 것을 느꼈다. 수천 년 전에 사라진 옛 제국의 수도에 관심이 있는 것이 아니라 자신의 스승이자 뮤란 대륙의 영웅인 데미안이 동료들과 목숨을 걸고 싸웠던 전장이 바로 그곳이기 때문이었다.

뮤란 대륙의 어린이, 아니, 트레디날 제국의 어린이치고 살아 있는 전설이자 영웅인 데미안처럼 되고 싶다는 꿈을 꿔보지 않은 아이들은 없을 것이다. 동료들과 뮤란 대륙을 넘어 이스턴 대륙까지 여행을 했고, 뮤란 대륙에 드리운 마신의 그림자에 대항해 목숨을 건 데미안의 행동은 이야기책에서 나오는 영웅의 모습 그대로였다. 게다가 그는 동료 가운데 한 명인 데보라와의 결혼에까지 성공한 로맨티스트로도 이름이 높았다.

대륙 최강의 검술 실력에 아름다운 부인, 신의 음성이라는 명성을 날리는 딸까지 가진 그를 부러워하지 않는 사람은 없었다.

"그럼 나중에 메탈리언에 들를 시간이 있을지 모르겠네."

"메탈리언? 메탈리언은 왜?"

"스승님이 지하르트와 싸운 곳이 바로 메탈리언이잖아. 예전부터 꼭 한 번 가보고 싶었거든."

러쎌의 대답에 카렌은 문득 언제부턴가 자신이 데미안에게 호승심을 느끼지 않고 있음을 깨닫고는 조금 당황했다. 어린 시절 검술을 배운 이후로 승리는 고사하고 단 한 번의 공격도 성공한 적이 없었기 때문에 아버지에게 승부욕을 불태우고 있었지 않은가.

아마도 그런 생각이 들지 않는 것은 친구들과 여행을 시작한 다음부터가 아닌가 싶었다.

하루하루 당면한 어려움을 극복하느라 다른 일은 생각할 겨를도 없었다. 그러다 환골탈태를 겪게 된 후부터 친구들과 함께 무사히 설원을 통과하는 것만 생각했다. 그러다 보니 이곳까지 도착하게 된 것이다.

물론 아직도 아버지에 비하면 실력이 떨어지는 것을 인정하지 않을 수 없었다. 자신에게 번개의 정령왕 라크렘이 있다면 아버지에겐 7클래스에 이르는 마법이 있으니 결론적으로 자신에게 유리할 것은 없는 셈이었다. 다만 과거처럼 단숨에 지지 않을 자신이 있다는 것이 나름대로의 성과라면 성과라고 할 수 있을 것이다.

이건 만약이지만 자신이 연환상충폭뢰기의 기운을 완성시킬 수 있다면 그때는 아버지보다 강해지지 않을까, 그저 막연하게 생각할 뿐이었다. 하지만 지금은 아버지와의 대결보다는 마물과 몬스터들에게 고통받고 있는 인간들을 구하고 싶은 생각뿐이었다.

저 멀리 보이는 산 하나만 넘으면 목적지까지는 오직 평원뿐이었다.

"가자!"

카렌이 갑작스럽게 앞으로 달려나가자 친구들과 철혈대주는 영문도 모른 채 뒤를 따라 말을 몰아갔다.

*　　　*　　　*

"아버지, 아마도 열흘 이내에 마물과 몬스터의 총공세가 있을 거예요."

"아레네스께서 계시를 주신 것이냐?"

"예."

"흐음, 알았다."

대꾸를 하는 데미안의 얼굴은 깊은 시름에 잠겨 있었다.

그 모습을 안쓰럽게 바라보던 네로브는 어렵게 입을 열었다.

"적들의 공격은 중앙의 2군과 3군으로 집중될 거예요. 그러니 서둘러 좌우의 1군과 4군을 중앙으로 좁혀야 해요."

"몬스터들의 공격은 기사단이, 마물들은 하이 프리스트들이 나서면 되겠지만 키메라들만큼은 어떻게 상대를 해야 좋을지 모르겠구나."

데미안의 입에서는 깊은 한숨이 흘러나왔고, 그 모습을 쳐다보던 네로브는 한참을 망설이다가 말을 꺼냈다.

"아버지."

"왜 그러니? 할 말이 있으면 하거라."

"저어……."

"어려운 이야기냐?"

네로브가 망설이는 모습을 보이자 카렌은 그녀가 할 말이 심각한 내용임을 직감할 수 있었다.

"네로브야, 네가 무슨 말을 하려는지 모르겠지만 어려워하지 말고 어서 해보거라."

"키메라들을 상대할 수 있는 방법이 있을지도 몰라요."

"방법이라니? 어떤 방법을 말하는 것이냐? 키메라들에게는 신성력도, 어지간한 물리력도 통하기 않아 상대하기가 여간 곤란한 것이 아니어서 그렇지 않아도 걱정이었는데… 정말 해결할 방법이 있는 것이냐?"

데미안의 질문에 네로브는 다시 한 번 망설이는 태도를 보였다. 하지만 자신이 대답하기만을 기다리는 데미안의 모습에 어쩔 수 없이 입을 열어야만 했다.

"아버지, 혹시 쿠로얀이란 것을 기억하시나요?"

"쿠로얀? 혹시 신의 무기 가운데 하나인 신기루의 반지, 그 쿠로얀을 말하는 것이냐?"

"맞아요."

"그건 지금 카렌이 가지고 있지 않느냐?"

"과거에 지하르트를 봉인할 때 쿠로얀을 사용하신 것을 기억하시나요?"

네로브의 말에 데미안은 탄성을 터뜨렸다.

"맞아! 내가 왜 그걸 지금까지 잊고 있었지? 그래, 쿠로얀이라면 지금의 상황을 반전시킬 수 있을 거다."

"아버지, 하지만 쿠로얀은 신의 무기예요. 쿠로얀을 사용하려면 생명력을 태워야 하는데 그건 너무 위험한 일이에요. 사용하면 사용할수록 정해진 수명을 깎아먹게 된다는 것을 아버지도 잘 알고 계시잖아요."

슬퍼하는 네로브의 모습에 데미안은 그녀를 부드럽게 안고는 어깨를 두드려 주었다.

"지금껏 내가 해온 일이 무엇이냐? 마신과 싸우고, 마물과 싸우고, 몬스터들과 싸운 이유는 한 가지, 스스로를 지킬 힘이 없는 사람들을 지키기 위해서란다. 내 생명이 아까웠다면 아마도 아무도 모르는 곳에서 사람들을 피해 살았겠지."

네로브의 머리를 쓰다듬으며 막사의 천장을 바라보는 데미안의 시선에 아련한 빛이 떠올라 있는 것이, 예전의 일을 생각하는 것 같았다.

"예전에 출생의 비밀을 알고 난 후 자포자기하는 심정으로 살았던 적도 있었지. 또 전쟁을 겪으면서 인간들의 탐욕에 크게 실망한 적도 있었단다. 하지만 누가 뭐라 해도 난 인간이란다. 그렇기 때문에 인간을 지키는 일이라면 그것이 무엇이든 할 생각이란다. 쿠로얀 때문에 설사 내 생명이 줄어든다 해도 이곳으로 몰려들 마물과 몬스터만 처치할 수 있다면 얼마든지 사용할 생각이다. 그러니 내 걱정은 하지 말거라."

"아버지… 전, 전……."

눈물짓는 딸의 모습에 데미안은 그저 따스한 미소를 지으며 네로브의 머리를 쓰다듬어 줄 뿐이었다. 한참의 시간이 지난 뒤 네로브가 진정된 모습을 보이자 데미안이 물었다.

"네 이야긴 잘 알겠는데 카렌이 있는 곳을 모르면 아무런 소용이 없는 일 아니냐?"

"카렌이 가지고 있는 두 자루의 검에 제가 아레네스님의 신성력을 불어넣었어요. 그 덕분에 카렌이 있는 곳은 제가 알 수 있어요."

"그럼 그 녀석은 지금 어디에 있는 거냐?"

"북쪽에서 메탈리언의 서쪽으로 친구들과 이동 중이에요."

"메탈리언의 서쪽? 그곳엔 무슨 일로?"

"그곳에…… 키메라들을 만들어내는 곳이 있어요."

네로브의 말에 데미안은 깜짝 놀라지 않을 수 없었다.

"아니, 그렇게 위험한 곳으로 카렌을 보냈단 말이냐? 아직 그 아이는……."

"카렌은 어리지 않아요. 그리고 잊으셨나요? 그 아이에겐 막강한 조력자가 있다는 사실을 말이에요."

네로브의 말에도 데미안은 전혀 안심이 되지 않았다.

아무리 카렌이 자신의 손자라고 하더라도 인간이 아닌 카르메이안이 아무런 이유도 없이 카렌을 도울 리 없다는 것이 데미안의 판단이었기 때문이다. 드래곤은 애초부터 인간과는 다른 생물이라는 것이 그의 생각이었다.

"나는 카르메이안이 아무런 이유도 없이 카렌을 돕는다는 것을 도저히 믿을 수 없구나. 누가 뭐라 해도 카르메이안은 인간을 벌레처럼 여기는 드래곤이다. 그런 이유 때문에 난 카르메이안이 카렌의 조력자라는 것을 인정할 수 없구나."

"아니에요, 아버지. 제가 말한 조력자는 할아버지가 아니에요."

물론 네로브가 말한 할아버지가 누굴 말하는 것인지 모를 데미안은 아니었지만 애써 못 들은 척했다.

"하면 네가 전부터 말한 막강한 조력자란 누굴 말하는 것이냐?"

"제가 말한 막강한 조력자란 바로 번개의 정령왕 라크렘이에요."

"번개의 정령왕 라크렘?"

"예. 싸일렉스에 있을 때 카렌은 친구인 엘프에게서 번개의 정령 라이오너를 선물 받은 적이 있어요."

네로브의 설명이 이해되지 않는지 데미안은 고개를 갸웃거렸다.

"방금 번개의 정령왕이라고 하지 않았니?"

"네, 분명히 그렇게 말씀드렸어요. 그런데 번개의 정령 라이오너는 소환자의 성장과 함께 성장하는 정령이거든요. 카렌의 성장에 따라 라이오너가 라이덴으로, 라이덴이 다시 번개의 정령왕 라크렘으로 성장했어요. 다시 말하자면 라이오너가 정령왕으로 라크렘이 성장한 만큼 카렌도 성장을 했다는 말이지요."

"소환자와 함께 성장하는 정령이라니…… 신기한 일이긴 하지만 그래도 카렌의 곁에는 라크렘뿐이지 않느냐?"

"아니에요. 알리샤도 또 러쎌도 있어요. 두 사람 모두 환골탈태를 겪은 데다가 많은 전투 경험이 있으니 카렌에게 큰 도움이 될 거예요.

게다가 검술 실력도 소드 마스터 초급을 예전에 지났고요. 그러니 큰 걱정은 하지 않으셔도 될 거예요."

"그럼 일단 이곳 일이 급하니 당장 카렌에게 쿠로얀을 받으러 가자꾸나."

"아직 시간적인 여유가 있으니 2, 3일 후에 가도록 해요. 그리고 좀 쉬셔야 해요. 벌써 며칠째 잠도 주무시지 않으셨잖아요. 그러니까 출발하기 전까지 좀 쉬세요. 그래야 쿠로얀을 가지고 왔을 때 힘을 사용할 수 있잖아요."

네로브의 말에 대꾸를 하려던 데미안은 이내 고개를 끄덕였다.

*   *   *

"휴우~ 드디어 산을 다 넘었군요."

산기슭에 도착하고서야 철혈대주는 안도의 한숨을 내쉴 수 있었다.

그들이 넘은 산은 험하지는 않았지만 꽤나 높았기 때문에 긴장을 풀지 않고 산을 넘은 탓에 전신이 다 뻣뻣하게 굳을 지경이었다. 잔뜩 굳어 있는 어깨를 주무르며 카렌들을 쳐다보았지만 카렌이나 알리샤, 러쎌은 무감각한 표정으로 그저 끝없이 펼쳐진 평원을 바라볼 뿐이었다.

"여기서 잠깐 쉬는 것이 어떻겠습니까?"

"그렇게 하는 것이 좋을 것 같습니다. 잠깐 쉬면서 늦은 점심 식사나 하는 것이 어떻겠습니까?"

"잠시만 기다리십시오. 제가 땔감을 구해오겠습니다."

"주위를 둘러보고 사냥감이 있는지 알아볼게."

철혈대주가 땔감을 구하러 가자 러쎌도 곧 자리를 떠났다.

카렌과 알리샤도 말에서 내려 평평한 곳에 앉아 휴식을 취했다. 특별히 어디 매어놓은 것이 아님에도 불구하고 말들은 도망갈 생각을 하지 않았다. 아니, 마치 실피드에게 아양이라도 떨듯 실피드 주위를 떠나지 않고 있었다.

그저 멍하니 평원을 바라보는 카렌을 쳐다보던 알리샤가 물었다.

"카렌."

"응?"

"무사히 이번 일을 마친다면 뭘 할 거야?"

"글쎄, 일단은 좀 쉬고 싶어. 그러고 나서 아버지처럼 뮤란 대륙과 이스턴 대륙을 돌아다니며 여행을 하고 싶어."

"그래? 그럼 말이야, 만약 네가 여행을 하려고 할 때……."

"무슨 말인데 그렇게 하기 힘들어하는 거야? 어서 해봐."

카렌의 말에 힘을 얻었는지 얼굴을 푹 숙인 알리샤가 더듬거리며 말을 꺼냈다. 그런 그녀의 얼굴은 사과보다도 붉게 변해 있었다.

"그, 그때… 나, 나도… 가, 같이 가도… 될까?"

"그렇게 하지 뭐. 어려울 것도 없잖아."

힘들게 물어보는 자신에 비해 너무도 간단하게 대답하는 카렌의 태도에 알리샤는 실망하지 않을 수 없었다.

비록 카렌에게 자신의 속마음을 말한 적은 없었지만 자신의 태도를 보면 충분히 짐작할 수 있을 거라 생각했는데 설마 이렇게까지 둔할 줄은 상상도 못했다. 얼마나 어렵게 결심해서 물어본 것인데, 그걸 어쩌면 저렇게 간단한 일로 받아들여 대답할 수 있는지 실망감이 들지 않을 수 없었다.

"표정이 왜 그래?"

“아, 아니야.”

아니라고 대꾸하는 알리샤의 표정은 결코 밝지 않았다. 그 점을 이상하게 생각한 카렌이 이유를 물으려고 할 때였다.

갑자기 긴장한 카렌이 샤이닝 블레이드와 헬 블레이드의 손잡이를 움켜쥔 채 자리에서 벌떡 일어섰다.

“카렌, 무슨 일이야?”

“마나의 흐름이 이상해.”

카렌의 말에 알리샤도 신경 써서 전방을 바라보니 정말 마나의 흐름이 급격하게 변하고 있었다. 즉시 다크문을 뽑을 준비를 하던 알리샤의 눈에 10미터 앞의 공간이 뒤틀리는 것이 보였다.

팟!

작은 소음과 함께 두 남녀의 모습이 보이며 뒤틀렸던 공간이 원상태로 돌아왔다. 하지만 나타난 두 남녀의 정체는 카렌과 알리샤를 놀라게 만들기에 충분했다.

“아버지, 누나!”

“네로브님……”

자신을 보고 놀라는 카렌의 모습을 조용히 바라보던 데미안은 아들의 놀라운 변화를 발견하고는 속으로 깜짝 놀라지 않을 수 없었다. 직접 검을 대해보지 않아 확실하지는 않았지만 대충 소드 마스터 중급 이상은 되어 보였다.

자신에게는 가르쳐 주는 사람도 있었고, 도움이 되는 동료도 있었지만 카렌은 오직 혼자의 힘으로 지금껏 수련을 해오지 않았는가? 물론 지옥마제에게 배우기는 했지만 그것도 잠시뿐 그 후부터는 쭉 혼자서 수련해 왔을 텐데 그럼에도 불구하고 소드 마스터 중급 이상의 실력을 쌓았다면 그동안의 고생은 말할 필요도 없을 것이다.

아들에게 칭찬의 말을 건넨 적은 본인이 생각하기에도 없는 것 같았다.

전에는 자만심을 가질까 봐 하지 못했다. 그런데 지금은 새삼스럽게 그런 말을 한다는 것이 쑥스러워하기 힘들었다.

그런 감정은 카렌 역시 마찬가지였다.

특히 마음에 준비도 되지 않은 상태에서 갑작스럽게 아버지와 만나게 되니 인사를 건네야 된다는 기본적인 것도 생각나지 않았다.

이제는 베테랑 용병 같은 노련함마저 보이는 카렌에게 데미안이 먼저 말을 건넸다.

"그동안 잘 지냈느냐?"

대꾸를 하려던 카렌은 데미안에게서 풍기는 기세가 이전만 못하다는 것을 발견하고는 이상한 생각이 들었다.

이미 검술이 소드 마스터의 경지를 벗어나 그랜드 마스터에 도달한 것은 차치하고라도 7클래스의 마법까지 마스터한 대마법사인 데미안이 불과 몇 년 만에 이상이 생겼을 리 만무하다는 것을 알고 있으면서도 왜 그가 약해졌다고 느껴지는 것일까?

혹시 그동안 자신이 강해져 아버지와의 격차가 줄어들었기 때문에 상대적으로 그리 느끼는 것일까? 아니면 그동안 아버지에게 무슨 일이 있어 실력이 줄어든 것일까?

"예. 누나의 편지를 보니 토벌군 총사령관을 맡으셨다고 들었는데 혹시 그것 때문에 제대로 쉬지도 못하시는 것 아닙니까?"

"아니다. 그보다 너에게 묻고 싶은 것이 있다."

"말씀하십시오."

"쿠로안은 아직 가지고 있느냐?"

"쿠로얀이라면 여기 있습니다만……."

대답과 함께 카렌은 오른손을 앞으로 내밀었다. 그런 카렌의 세 번째 손가락에는 투박해 보이는 반지가 끼워져 있었다.

여행을 시작하기 전 데미안에게서 네로브가 받아 건네준 것인데, 실상 쿠로얀을 끼고 있어도 특별히 도움이 되거나 신경을 써본 적이 없었다. 네로브에게 듣기론 이 투박하고 보잘것없는 반지가 신의 무기라는데 카렌은 그동안 조금의 신성력도 느끼지 못했다.

"마물과 몬스터들과의 싸움에 필요하니 일단은 나에게 주거라."

데미안의 말에 쿠로얀을 뽑아주려던 카렌은 동작을 멈추고는 자세를 바로 했다.

"저도 데려가 주십시오. 작은 도움이라도 되고 싶습니다."

카렌의 말에 데미안은 거절하려고 했다. 하지만 자세를 바로 한 채 자신만을 바라보고 있는 아들의 모습에 갑자기 말문이 막혔다. 가슴이 답답해짐과 동시에 따뜻해지는 것을 느끼지 않을 수 없었다.

"아버지, 그렇게 하세요. 분명히 도움이 될 거예요."

네로브마저 카렌의 말에 찬성하자 데미안은 순간적으로 어떻게 해야 좋을지 판단을 내릴 수 없었다.

"스승님? 스승님!"

그때 작은 멧돼지 한 마리를 메고 돌아온 러쎌은 카렌과 알리샤 곁에 서 있는 데미안을 발견하고는 황급히 달려왔다. 멧돼지를 내려놓고 옷차림을 바로 한 후 데미안에게 곧바로 정중하게 인사를 했다.

"스승님, 그동안 안녕하셨습니까?"

"오랜만이구나, 러쎌. 너도 잘 있었느냐?"

"물론입니다, 스승님."

"예전에 비해 많이 성장했구나. 그동안 곁에서 카렌을 도와줘서 고맙다."

"아닙니다. 오히려 제가 도움을 많이 받았습니다."

"저 사람을 소개시켜 주겠느냐?"

데미안의 말에 고개를 돌려보니 땔감을 주워온 철혈대주가 어색한 모습으로 서 있었다.

"이리 오시오, 철혈대주. 인사드리시오. 이분이 나의 스승님이자 카렌의 아버님이신 데미안 폰 싸일렉스 공작님이시오."

"헉! 그, 그럼 이분이…… 연철심이 천안혈뢰(天顏血雷) 대미안(大美顏) 노선배님께 인사 올리겠습니다."

연철심의 정중한 인사에 데미안은 황당함을 금치 못했다.

더더욱 이스턴 대륙의 말을 아직 기억하고 있어 철혈대주가 말한 노선배라는 말이 무엇을 뜻하는 것인지 잘 알고 있었기에 황당함은 이루 말할 수 없을 정도였다.

"난…… 아직 노선배라고 불릴 정도로 나이가 많지 않소이다."

"그래도… 노선배님께서는 300년 전의 인물이신데 감히 제가 어떻게……."

"그건 뮤란 대륙과 이스턴 대륙의 시간이 다른 탓에 벌어진 오해요. 내 나이 올해 40대 중반일 뿐이오. 그러니 노선배란 말은 거둬주기 바라오."

"그럼 선배님이라고 호칭하겠습니다. 전설로만 전해 들었던 선배님을 이렇게 직접 뵙게 되다니… 진정 삼생의 영광입니다."

"나 역시 그대를 만나게 되어 반갑구려. 그대를 보니 과거 이스턴 대륙에서 만났던 천우신검 강찬휘 대협이 생각나는구려."

“아~ 천우신검 노선배님!”

탄성을 터뜨리는 철혈대주의 얼굴에는 오직 감탄의 기색뿐이었다.

“천우신검 강 노선배님은 당시에 천하제일인이라고 일컬어질 정도의 강한 무공을 가진 분이셨습니다. 단순히 강하기만 한 분이셨다면 아마도 후배의 존경을 받지 못했을 겁니다. 그분은 천안혈뢰 선배님께서 곁을 떠난 후 대륙 전역을 돌아다니시면서 마물이나 맹수들에게 어려움을 겪는 많은 사람들을 구하셨기에 모든 사람들의 존경을 받으셨습니다. 하지만 천우신검 노선배님께서는 그 모든 것이 천안혈뢰 선배님에게서 배운 것이라고 하시면서 진심으로 선배님을 존경한다는 말씀하셨습니다. 그 말을 들었을 때부터 천안혈뢰 선배님께서 남기신 흔적을 찾아보았지만 아무것도 찾을 수 없어 안타까운 마음을 금치 못했었는데… 이렇게 직접 뵐 기회가 생겨 소생으로서는 무한한 영광이 아닐 수 없습니다.”

철혈대주의 극찬에 데미안은 얼굴이 다 화끈거릴 정도였다.

“아버지, 저들도 같이 가는 것은 어때요?”

“저들도?”

네로브의 말에 데미안은 카렌 곁에 서 있는 알리사와 러셀을 쳐다봤다.

뮤란 대륙의 검술을 익힌 소드 마스터 초급과 달리 확실하게 높은 경지의 검술을 익히고 있으니 전장에서도 도움이 될 게 분명했다. 결국 카렌에게 쿠로얀을 받아가려던 단순한 일이 카렌 일행 모두와 네 마리의 말까지 이동하는 큰일이 되고 말았다.

커다란 마법진을 설치한 데미안은 신중하게 마나를 배열하고는 시동어를 외쳤다.

“워프!”

데미안의 시동어가 울려 퍼지자 여섯 명의 사람과 네 마리의 말은 감쪽같이 그 자리에서 사라졌다.

＊　　　＊　　　＊

"싸일렉스 공작, 다시 한 번 생각해 보는 것이 어떻겠나?"

"우리의 생각도 그러하오."

"물론 싸일렉스 공작의 능력을 의심하는 것은 아니지만 공작 혼자서 키메라들을 막아낸다는 것은 불가능한 일이라는 것을 왜 모르시오."

막사 안에 있던 사람들은 하나같이 입을 모아 데미안의 말에 반대하고 나섰다.

구석에서 회의를 지켜보던 카렌의 심정도 그들과 다르지 않았다. 지금이라도 데미안이 생각을 바꿨으면 하고 바랐지만 지금까지 살아오면서 아버지가 한 번 내린 결정을 번복하는 것을 한 번도 본 적이 없었다.

담담한 미소를 짓고 있던 데미안은 사람들의 반대에 그저 손을 들어 그들에게 잠시만 조용히 해줄 것을 부탁했을 뿐이었다. 사람들이 조용해지자 데미안은 천천히 자신이 나선 이유를 설명해 주었다.

"여러분은 신의 무기가 어떤 위력을 가지고 있는지 경험해 보지 않았으니 제 걱정을 하시는 겁니다. 하지만 제 걱정은 하지 않으셔도 됩니다. 며칠 안에 있을 마물과 몬스터들의 기습에 제가 앞장설 테니 그때 쿠로얀의 위력을 보시게 될 것이니 그렇게 알고 계십시오. 모두 이만 돌아가서 쉬도록 하십시오."

제6장
부자(父子)의 신위(神威)

부자(父子)의 신위(神威)

"총사령관 각하, 지금 엄청난 숫자의 마물과 몬스터들이 토벌군 진영으로 몰려든다는 수색조의 급보가 있었습니다."

데미안의 막사 안으로 중무장한 기사 한 명이 달려들어 와 서둘러 보고했다.

의자에 앉아 잠시 생각을 하고 있던 데미안은 곧 눈을 뜨고는 자리에서 일어나 탁자 위에 놓여 있던 미스릴로 만든 롱 소드를 움켜잡았다. 공간의 검 미디아가 사라진 후부터 사용하기 시작한 검으로 앙블렌저린으로 만든 카렌의 두 자루 도보다는 강도에서 약간 손색이 있었지만 언제나 데미안의 의도를 충실히 반영해 준 동반자였다.

익숙한 감촉이 손에 전해지자 조금 긴장됐던 마음이 풀어지는 것을 느끼면서 데미안이 막사를 나가자 긴장한 표정을 짓고 있던 네로브와 카렌도 서둘러 데미안의 뒤를 따랐다. 또한 막사 밖에서 카렌이 나오기를 기다리던 러쎌, 알리샤, 그리고 철혈대주는 모습을 드러낸 카렌이 긴장한 표정을 보이자 덩달아 긴장한 표정을 보였다.

지휘소에 도착하니 이미 각 군의 사령관들이 모여 있었다. 그러다 그들이 바라보고 있던 전면을 향해 고개를 돌렸다.

두두두두두~

흡사 지진이라도 난 듯 대지가 진동하고 있었다.

지면선 전체가 순식간에 검게 물들었고, 마치 성난 해일처럼 빠르게 밀려오는 몬스터들의 모습은 공포 그 자체였다.

"각 군의 사령관들께서는 먼저 기사단을 투입시킬 준비를 하십시오. 그런 연후에 본인의 공격 신호를 기다리십시오. 네로브야, 가자."

"예, 아버지."

검은 해일처럼 몰려드는 마물과 몬스터들을 향해 데미안과 네로브 는 거침없이 걸음을 옮겼고, 두 사람의 뒤를 러쎌과 알리샤, 그리고 철 혈대주가 긴장한 표정으로 따랐다. 몇십만 혹은 몇백만인지도 모르는 적을 향해 망설이지 않고 걸음을 옮기는 데미안의 모습을 지켜보던 각 군의 사령관이나 지휘관들은 감탄을 금치 못했다.

토벌군 가장 앞쪽까지 걸어나간 데미안은 괴성을 지르며 달려드는 적들을 묵묵히 바라보다 그들과의 거리가 5킬로미터쯤 떨어졌을 때 네 로브에게 말을 건넸다.

"네로브야, 준비하거라."

"예, 아버지."

자신이 선 자리에서 그대로 무릎을 꿇은 네로브는 아레네스에게 기 도를 올리며 자신의 신성력을 데미안에게 전해주기 시작했다. 네로브 에게서 받은 신성력은 곧 데미안의 몸속의 마나를 무섭게 증폭시키기 시작했다.

서둘러 지옥심공의 구결대로 마나를 운용한 데미안은 왼손에 끼고 있던 쿠로얀으로 마나를 이동시켰다.

"디바이드 셀프!"

데미안의 외침에 그를 바라보던 사람들은 데미안의 몸이 홀연히 넷으로 분리, 아니, 분열하는 것을 발견하고는 너무도 놀란 나머지 벌린 입을 다물지 못했다.

두 명의 데미안은 즉시 롱 소드를 거두고는 공격 주문을 캐스팅하기 시작했고, 다른 두 명의 데미안은 지옥재림의 구결에 따라 마나를 운용하기 시작했다. 전신으로 퍼져 나갔던 마나가 무서운 속도로 심장으로 몰려들었다가 다시 전신으로 퍼져 나가며 폭발적으로 파괴력을 키워 나갔다.

마나의 폭발력이 한계에 도달했을 때 마물과 몬스터들은 3킬로미터 앞에 도달했고, 네 명의 데미안은 그대로 지면을 박차고는 공중으로 뛰어올랐다. 네 명의 데미안이 허공 20미터 높이에서 멈췄다고 느껴진 순간 롱 소드를 들지 않은 두 명의 데미안이 허공을 향해 양손을 뻗었다.

"블리자드!"

몰려드는 마물과 몬스터들의 머리 위로 거대한 마나의 파동이 일어났다. 그리고는 세찬 눈보라가 사정없이 몰아치며 주위의 온도를 삽시간에 극한까지 떨어뜨리기 시작했다.

갑자기 몰아친 눈보라에 마물과 몬스터들의 발걸음이 주춤하는 순간 롱 소드를 들고 있던 두 명의 데미안이 전면을 향해 휘둘렀다.

"라이트닝 버스터!"

롱 소드의 끝에서 뿜어져 나온 붉은색 번개가 수백, 아니, 수천, 수만 줄기로 포악한 손길을 벌리면서 앞으로 뻗어져 나가며 마물과 몬스터들을 휩쓸었다. 붉은색 번개에 휩쓸린 몬스터들은 스치는 순간 마치 풍선처럼 터져 나갔고, 마물들도 붉은색 번개에 섞인 신성력 때문에 순식간에 녹아내렸다.

마치 바닷가의 모래성이 바닷물에 씻겨 순식간에 무너져 내리듯이 마물과 몬스터들이 쓰러져 갔다.

"라이트닝 버스터!"

롱 소드를 든 데미안들의 외침이 들린 후 천공을 온통 붉은색 번개가 뒤덮는다고 느끼는 순간 또다시 마물과 몬스터들이 쓰러졌다.

두 번의 강력한 공격에 마물과 몬스터들의 발걸음이 멈췄고, 그런 그들의 전신으로 눈보라가 덮치며 삽시간에 꽁꽁 얼려 버렸다.

데미안들의 두 번에 걸친 공격을 목격한 토벌군들은 귀족이든 평민이든, 혹은 기사든 일반 병사든 단 한 명의 예외도 없이 찢어져라 눈을 뜰 뿐 탄성조차 터뜨리는 사람이 없었다.

데미안이 7클래스의 대마법사인 데다가 그랜드 마스터라고 불릴 정도로 강한 검사라는 것을 토벌군 가운데 모르는 사람은 아무도 없었다. 하지만 머리로 알고 있는 것과 직접 자신이 경험하는 것은 엄청난 차이가 날 수밖에 없어 데미안의 엄청난 능력을 직접 확인하고 보니 그저 놀랄 뿐 아무런 말도 할 수 없었다.

몰려든 몬스터들의 전열이 완전히 무너져 내렸고, 뒤따라오던 몬스터들도 블리자드의 습격에 모두 얼음으로 만든 조각상이 되어버렸다.

한편 데미안은 전신이 터져 나갈 듯한 마나의 폭주를 견뎌내며 공격을 퍼부었지만 두 번이 고작이었다.

만약 공간의 검 미디아를 가지고 있었다면 미디아가 가지고 있는 신성력과 마나를 증폭시켜 주는 신의 권능 덕분에 몇 번이라도 공격할 수 있었겠지만 지금은 두 번이 한계였다. 그래도 다행히 쿠로얀을 가지고 있었기 때문에 몬스터들에게 막대한 피해를 입힐 수 있었다.

수천 마리의 마물과 몬스터들이 눈처럼 녹아내렸고, 다시 수천 마리의 몬스터들과 마물들이 얼음으로 만든 조각상이 되어버린 것이다.

뒤에서 그 모습을 지켜보고 있던 카렌과 그 친구들도 놀라기는 마찬가지였다. 특히 철혈대주의 놀람은 이루 말할 수 없을 정도였다.

'라크렘!'

—…….

'라크렘! 아직 깨어나지 않았어? 대답해 봐.'

—…….

카렌의 부름에도 라크렘은 대답이 없었다. 아직 각성이 다 끝나지 않았다고 생각한 카렌이 라크렘을 부르려는 생각을 접으려고 할 때였다.

—나를 불렀나?

묵직하고 위엄에 가득 찬 음성이 뇌리를 울렸다.

'라크렘?'

—그렇다. 인간, 아니, 카렌.

'지금 나를 도와줄 수 있어?'

—내 도움이 필요한가? 그렇다면 날 소환해라.

"라크렘!"

라크렘의 말이 있자마자 카렌은 라크렘을 소환했다.

무엇인가가 몸속에서 빠져나오는 것을 느낌과 동시에 몸속의 마나도 거의 대부분 빠져나왔다. 카렌이 오랜만에 무력감을 느끼고 있을 때 라크렘은 허공에서 인간들과 대치하고 있는 몬스터들을 보고 있었다.

"아~"

"저, 저게 뭐지?!"

"뭐야?"

데미안을 보며 놀라던 사람들은 카렌의 몸에서 밝은 빛 하나가 빠져나와 허공에 떠 있는 모습을 보고 의아심을 감추지 못했다.

―나를 소환한 이유가 무엇인가?

'인간들을 공격하려는 저 몬스터들을 막고 싶어.'

―막기만 하면 되는 것인가?

'아니, 해치울 수 있는 만큼 해치워 줘.'

―알았다.

"라이트닝 필드!"

웅혼하기 이를 데 없는 라크렘의 음성이 평원에 울려 퍼지는 순간 토벌군들의 눈앞에 믿을 수 없는 광경이 다시 한 번 펼쳐졌다.

수십, 아니, 수백 미터의 대지 위로 수백, 수천 줄기의 번개가 쏟아진 것이다.

작렬하는 번개에 몬스터나 마물들은 재조차 남기지 못하고 지상에서 사라져 갔다.

"기가 라이트닝 필드!"

하얀 빛덩이에서 팔로 짐작되는 두 개의 빛줄기가 솟아 나왔고, 그 팔에서 뿜어져 나온 빛줄기가 하늘로 솟구쳤다. 삽시간에 시커멓게 먹구름이 몰려들더니 곧 귀청이 터질 것 같은 천둥소리가 평원에 울려 퍼졌다.

번쩍 하는 수천, 수만 줄기의 섬광이 세상을 하얗게 물들여 버렸다.

섬광이 지나간 뒤 사람들이 발견한 것은 텅 빈 평원뿐이었다.

누구 하나 입을 여는 사람이 없었다. 그렇기는 데미안도 마찬가지였다.

네로브가 번개의 정령왕 라크렘을 카렌의 조력자라고 말했을 때만 하더라도 정령왕이이라는 것이 설마 이렇게 가공할 능력을 가진 존재라고는 상상도 못했었다. 객관적으로 냉정하게 판단해도 이 정도 공격력이라면 웜 급 정도 되는 드래곤이 가진 파괴력을 훨씬 벗어나는 것이었다.

놀라기는 카렌도 예외가 아니었다.

지금껏 라이오너나 라이덴이 발휘하는 라이트닝 포스를 경험한 적이 몇 번 있었기에 정령왕인 라크렘의 파괴력도 조금 더 강할 뿐이지 그리 다르지는 않을 것이라 생각했다. 하지만 지금 자신의 눈앞에서 벌어진 광경은 라이오너나 라이덴으로서는 도저히 불가능한 광경이라 하지 않을 수 없었다.

마치 수천, 수만의 라이오너가 모여 그 가공할 능력을 연거푸 서너 번 발휘한 것 같은 광경이었다. 하지만 그 파괴력에서는 도저히 비교가 되지 않았다.

─적지 않은 수의 몬스터가 도주했다. 아직 힘을 사용하는 것에 익숙하지 않아서 조금 실수한 것 같다. 다음번에는 라이덴과 라이오너들을 많이 만들어 몬스터를 몽땅 쓸어버리겠다.

"실수라고? 저 모습이?"

─흥! 너는 정령왕이란 존재를 대체 뭐라고 생각하는 것이냐? 네 몸

속의 그 뇌전지기인가 뭔가 하는 마나의 양이 조금만 더 많았다면 아까 그 몬스터들을 모조리 먼지로 만들어 버리는 것은 손가락을 까딱이는 것보다 오히려 더 쉬운 일이다.

"연환상충폭뢰기로 만들어진 뇌전지기의 양이 부족하다고 했어?"

—네 나이와 비슷한 인간들에 비하면 월등히 많은 양의 마나를 가지고 있지만 정령왕인 내가 능력을 마음껏 발휘하기에는 아직도 많이 부족하다.

"방금 뇌전지기가 부족하다고 했잖아. 그런데 마나가 부족하다는 말은 또 뭐야?"

—순수한 마나는 내가 지상으로 소환당해 현신할 때나 라이오너와 라이덴을 만들 때 사용된다. 하지만 뇌전지기는 현신한 내가 파괴력을 발휘할 때 사용하게 된다. 쉽게 말해 내가 지상에서 좀 더 파괴력을 발휘하길 바란다면 네가 보유하고 있는 뇌전지기의 양을 더 늘리는 것이 좋을 거다. 현재로서는 전력을 다한 공격 한두 번이 고작이다.

뇌리를 울리는 라크렘의 말에 카렌은 고개를 끄덕였다. 그리고 잠시 후 라크렘은 다시 카렌의 몸속으로 스며들며 자취를 감췄다.

조금 떨어진 곳에서 데미안 부자의 모습을 지켜보고 있던 토벌군들은 연이어 벌어진 충격적인 광경에 할 말을 잃었다. 그렇기는 수뇌부나 소드 마스터들도 마찬가지였다.

데미안이야 이미 수십 년 전부터 대륙 전체에 그 능력이 널리 알려진 인물이었지만 아들이라고 알려진 저 건장한 청년, 카렌은 처음 보는 인물이었다. 하지만 싸일렉스 공작에 전혀 뒤지지 않는 엄청난 장면을 보여준 것이다. 놀라지 않는 것이 오히려 이상한 일이었다.

기진해 있던 카렌은 네로브의 신성력으로 겨우 기운을 차릴 수 있었다.

뒤에서 그 모습을 지켜보고 있던 러셀과 알리샤가 재빨리 나서서 카렌을 양쪽에서 부축해 막사로 데리고 갔다.

홀로 남은 철혈대주는 방금 자신의 눈으로 본 광경을 믿어야 할지 말아야 할지 눈을 의심하지 않을 수 없었다. 간혹 카렌이 흑신교의 교도들과 싸울 때 보여준 실력만 해도 믿을 수 없을 만큼 충격적이었거늘 수백, 수천 장 넓이에 흩어져 있는 괴물들을 모조리 쓸어버리는 광경을 어떻게 순순히 믿을 수 있겠는가?

소름이 오싹 끼침을 느끼면서도 한편으로는 황홀한 기분마저 느껴졌다.

카렌에게서 들은 이야기로는 분명 그나 그의 아버지나 이스턴 대륙의 무공을 익혔다고 했다. 그렇다면 자신을 비롯한 이스턴 대륙 사람들도 노력을 아끼지 않는다면 이들과 같은 능력을 가질 수 있다는 말인데 어찌 황홀한 느낌이 들지 않겠는가?

지휘관들은 서둘러 병사들에게 휴식을 명했고, 충격에서 벗어난 병사들은 그제야 동료들과 조금 전 자신들이 봤던 것을 떠들며 뿔뿔이 흩어졌다.

"카렌은 괜찮은 거냐?"

"일시에 많은 마나를 사용한 탓에 잠시 기진맥진한 것뿐이에요. 곧 기운을 차릴 수 있을 거예요."

"정령왕이라는 존재가 그렇게 강한 존재일 줄은 미처 알지 못했다. 하지만 소환자가 기절할 정도로 마나를 빼앗겼다면 오히려 소환자를 위험하게 만드는 것 아니냐?"

"라크렘이 라이덴에서 진화한 후 처음 지상에 모습을 드러낸 것이라 그런 것일 거예요. 앞으로는 나아질 거예요."

"그렇다면 다행이지만 아무리 강한 존재라도 소환자를 위험하게 만들다면 없느니만 못하지 않겠느냐?"

"설사 라크렘이 아니더라도 카렌은 충분히 강해요. 그러니 그렇게 걱정하지 않으셔도 돼요, 아버지."

네로브의 대답에 데미안은 의자에 깊숙이 몸을 묻은 채 허공에 시선을 고정시켰다.

그의 입이 열린 것은 잠시의 시간이 지난 후였다.

"전에 네가 말한 카렌의 임무라는 것이 무엇인지 자세하게 설명해 주겠니?"

"카렌은 흑신교의 교주인 백목존자를 해치워야 돼요."

"백목존자?"

"예, 과거 아버지께서 이스턴 대륙에서 지하르트를 처음 보셨을 때 그 자리에 있었던 지하르트의 부하였어요. 당시 아버지에게 목이 잘리기는 했지만 죽진 않았어요. 그 후에 강찬휘 대협과 주중천 대협이 백목존자가 속해 있던 멸신교의 잔재를 대부분 없애기는 했지만 백목존자는 끝내 없애지 못했어요. 결국 그 백목존자가 흑신교를 세우고 세력을 키우게 되고, 종내에는 이곳에서 키메라를 만들어내던 존재와 힘을 합치게 된 거예요. 결론적으로 그 둘을 없애지 않는다면 몬스터들과의 싸움은 끝나지 않을 거예요."

"그 둘을 해치워 지금의 상황이 끝난다면 차라리 내가 가서 그들을 해치우는 것이 낫지 않겠느냐?"

데미안의 말에 네로브는 가만히 고개를 저었다.

"물론 아버지께서 가신다면 그들을 해치울 수 있으실지 몰라요. 하지만 아버지는 결코 그곳에 가실 수 없어요.”

“자세히 설명해 주겠니?”

“앞으로 몬스터들의 공격이 극에 달할 거예요. 지금까지의 전투는 편하게 느껴질 정도로 엄청난 수의 마물과 몬스터들의 공격이 전 전선에서 한동안 계속 이어질 거예요. 한데 만약 아버지께서 이곳을 떠나신다면 토벌군에 참가한 병사들의 피해가 너무 클 거예요.”

“하지만 내가 여기 있다고 해서 병사들의 피해를 줄일 수는 없는 일 아니냐?”

“제 신성력은 오직 아버지의 능력만 증폭시킬 수 있어요. 내일부터 나타나기 시작할 키메라들은 아버지가 맡아주셔야 해요. 다른 사람들의 능력으로는 키메라들을 막기 힘들어요.”

“그럼 카렌이 그 임무를 해결할 수 있는 거냐?”

“조금 고생되기는 하겠지만… 카렌의 능력으로 충분히 해결할 수 있어요.”

대답을 하는 네로브의 음성이 살짝 흔들렸지만 데미안은 카렌의 일을 생각하느라 미처 느끼지 못했다.

사실 네로브는 아레네스에게서 카렌의 임무에 대해서만 들었을 뿐 카렌의 안전에 대해서는 아무런 계시도 받지 못했다. 물론 개인적으로는 카렌을 말리고 싶은 것이 솔직한 심정이었다. 하지만 자신이 말린다고 될 일도 아니었고 만약 그 임무를 맡지 않아 신의 안배가 틀어지게 된다면 어떤 일이 발생할지는 네로브로서도 알지 못했다.

일단 데미안을 안심시키는 것이 우선이라는 생각에 카렌이 안전하다는 말을 하긴 했지만 그녀 또한 불안한 마음이 드는 것은 감출 수 없었다. 어쩔 수 없이 지금은 라크렘의 능력과 카렌의 능력이 그들을 압도하길 믿을 수밖에 없었다.

"언제 떠날 것 같으냐?"

"아마 정신을 차리면 곧 떠날 것 같아요."

"그럼 이건 네가 전해주도록 해라. 그리고 조심하라고 전하거라."

말과 함께 쿠로안을 뽑아 든 데미안은 네로브에게 건넸다.

"알았어요, 아버지. 그럼 쉬세요."

막사를 빠져나온 네로브는 카렌의 막사로 향했다. 막사 안에는 침대에서 가부좌를 틀고 있는 카렌과 근처에서 그런 카렌을 지켜보고 있는 러쎌과 알리샤, 그리고 철혈대주가 있었다. 잠시 그런 카렌의 모습을 바라보던 네로브는 알리샤에게로 시선을 돌렸다.

"알리샤, 인간의 몸으로 돌아온 기분이 어떤가요?"

"어떻게 표현하면 좋을지 모를 정도로 좋아요. 땀을 흘리고, 눈물을 흐리고, 미소를 짓고, 감정을 느끼는 그 모든 것이 너무나 좋아요."

환하게 미소 짓는 알리샤의 모습을 네로브는 담담한 표정으로 바라보며 고개를 끄덕였다. 그러다 곧 심각한 표정으로 굳어졌다.

"알리샤, 지금부터 내가 하는 말을 잘 들어요."

갑자기 심각해진 네로브의 태도에 알리샤의 얼굴에서도 미소가 사라졌다.

"무슨 말씀이라도 상관없으니까 편하게 말씀하세요, 네로브님."

"앞으로 카렌과 같이 다니다 보면… 누군가를 만나게 될 거예요."

"……?"

애매모호한 네로브의 말에 알리샤의 얼굴에는 의아함이 떠올랐다.

"바로 당신을 산 것도 아니고 죽은 것도 아닌 존재로 만든 사람 말이에요."

“진짜… 그자를… 만날 수… 있는… 건가요……?”

네로브의 말에 알리샤의 얼굴이 삽시간에 굳어졌다.

“그래요. 마계의 마기에 물들어 어둠의 자식이 된 다크 엘프가 지하 르트의 명에 의해 키메라들을 만들었어요. 인간의 몸에 강제로 마계의 기운을 불어넣은 키메라들, 바로 알리샤의 경우가 그런 경우였어요.”

“지금… 다크 엘프라고…… 하셨나요?”

“그래요.”

네로브의 대답에 알리샤의 얼굴에 싸늘한 살기가 어렸다.

그녀와 함께 지낸 시간이 긴 러쎌은 한 번도 본 적이 없는 알리샤의 살기에 소름이 오싹 끼침을 느껴야 했다. 동시에 네로브가 말한 다크 엘프란 말에 호기심이 생겼다.

싸늘하게 굳은 알리샤의 모습과 그 모습을 안쓰럽게 바라보는 네로브 때문에 막사 안의 분위기는 착 가라앉았다.

조금은 긴장한 표정으로 두 여인의 모습을 쳐다보던 철혈대주는 조심스럽게 러쎌에게 궁금한 것을 물었다.

“저어, 러쎌님.”

“왜 그러시오?”

“조금 전 네로브님이 말씀하신 다크 엘프가 뭡니까?”

“나도 다크 엘프를 직접 본 적이 없어 잘은 모르지만 아마 엘프가 마계의 기운을 받아들여 변한 것이 바로 다크 엘프 같소이다.”

“그럼 다크 엘프와 엘프는 다른 겁니까?”

계속된 철혈대주의 질문에 러쎌은 천천히 아는 대로 설명을 해주었다.

“엘프란 인간과 상당히 비슷하게 생긴 종족이오. 우리는 흔히 유사

인종이라고 표현을 하는데, 유사인종은 엘프뿐만이 아니라 드워프란
종족도 있소. 엘프란 종족은 숲의 자식이라고 불릴 정도로 자연과 친
한 참으로 선한 존재들이오."

"아~ 그렇군요. 그런 존재가 마계의 기운 때문에 어둠의 자식이 되
다니…… 안타까운 일이군요. 이스턴 대륙에는 인간을 제외한 유사인
종이 단 한 종족도 없는데 이곳에는 여러 종족이 있다니 신기하기도
하고 또 기회가 닿는다면 만나보고도 싶군요."

"이번 전쟁이 끝난 후 함께 여행을 하지 않겠소?"

뜻밖의 제의에 조금은 놀란 듯 철혈대주가 고개를 들었다.

"정말이십니까?"

"물론이오. 솔직히 나도 그동안 무공 수련만 하느라 여행을 해본 적
이 거의 없소이다. 언젠가 기회가 생기면 여행을 하겠다고 생각해 왔
는데, 귀하와 함께라면 여행을 하는 것도 괜찮을 것 같소. 귀하의 생각
은 어떻소?"

"저야 러쎌님과 함께라면 무한한 영광입니다."

반색을 하는 철혈대주의 모습에 러쎌은 슬며시 웃음을 짓지 않을 수
없었다.

벌써 서른이 넘어 마흔이 다 돼가는 사람이 저렇게 속마음을 감추지
못하다니…… 꽤나 순진한 사람이란 생각이 들었다.

그러는 사이 카렌이 눈을 떴다.

"어? 누나가 여긴 어쩐 일이야?"

"쿠로얀을 주려고 왔어. 보나마나 운공이 끝나는 대로 사라질 거잖
아."

"꼭 그렇다기보다는…… 여기선 내가 할 일이 없잖아. 그래서……."

네로브의 말에 카렌은 쑥스러운 듯 말꼬리를 흐렸다.

"카렌, 물론 네 능력을 모르는 것은 아니지만 몸조심해라. 알겠니? 너한테 무슨 일이 생긴다면 아마 어머니는 당장 쓰러지실 거야. 그러니까 조심하고 또 조심해야 된다."

"걱정하지 마, 누나. 나한테는 친구들도 있고 라크렘도 있잖아. 그렇게 날 믿지 못하겠어?"

카렌은 걱정하지 말라는 듯 자신의 가슴을 두드리며 자신만만해했지만 네로브는 그래도 안심이 되지 않는지 아름다운 얼굴에 걱정스러움이 드리워졌다. 자리에서 일어난 카렌은 천천히 네로브에게 다가가 그녀의 어깨를 잡았다. 그리고는 부드럽게 그녀를 안았다.

"누나, 걱정하지 마. 무사히 돌아올 테니 그렇게 걱정스러운 얼굴은 하지 않아도 돼. 누나, 나 못 믿겠어? 난 뮤란 대륙 최강자의 아들인 동시에 선더버드의 은총을 받는 카브렌시스야. 그런 내게 무슨 일이 있겠어? 그러니까 걱정하지 말고 기다려 줘. 금방 일을 마치고 씩씩하게 다시 돌아올게. 누나, 나 믿지?"

부드럽지만 힘이 실린 카렌의 말에 잠시 동안 동생의 얼굴을 바라보던 네로브는 곧 고개를 끄덕였다.

"그래. 넌 하나밖에 없는 내 동생인데 내가 믿지 못하면 누가 믿겠니? 믿을 테니까 조심해서 건강하게 돌아와야 한다. 약속하겠니?"

"물론이야, 누나."

대답을 한 카렌은 네로브를 다시 한 번 안았고, 잠시 후 동생의 품에서 몸을 떼었을 때 네로브는 안정을 찾은 얼굴이었다.

"잠깐 내 주위로 모여주겠어요?"

느닷없는 네로브의 말에 사람들은 어리둥절한 표정을 지으면서도 네로브 주위로 모여들었다. 그런 사람들의 모습을 보던 네로브는 사람들이 모여들자마자 그 자리에 무릎을 꿇은 채 기도를 하기 시작했다.

경건하고 신성함이 느껴지는 네로브의 모습에 사람들도 옷매무새를 바로 한 다음 눈을 감고 고개를 숙였다.

"대지의 모든 것을 살피시는 아레네스여! 여기 당신의 어린 자식들이 험난한 길로 떠나려 합니다. 그들의 앞길을 보살펴 주시고, 당신의 가없는 사랑을 이들에게 베풀어주시길 간절히 바라옵니다. 당신께서 과거에 데미안 싸일렉스를 보살폈던 것처럼……."

네로브의 간절한 기도가 계속되자 그녀의 몸에서 엷은 보라색의 기류가 흘러나오기 시작했다. 천천히 주위로 퍼져 나간 보라색 기류는 그녀 주위에 있던 사람의 몸속으로 흘러들어 갔고, 보라색 기류가 몸속으로 스미는 순간 사람들은 마음이 평온해짐과 동시에 전신이 활력으로 가득 차는 것을 느낄 수 있었다.

네로브의 기도는 한참 동안 계속되었다.

잠시 후 기도를 마친 네로브가 자신을 바라보고 있던 사람들에게 조금은 지친 모습이었지만 환한 미소를 지어 보였다.

"여러분의 몸에 스머든 신성력은 앞으로 한 달 동안 몸속 마나와 반응해 마물들과 싸울 때 공격에 섞여 나갈 거예요. 몬스터와의 싸움에서는 별 도움이 되지 않겠지만 마물들과 싸울 때는 큰 도움이 될 거예요."

네로브의 설명에 사람들은 그제야 자신들의 몸에 스머든 것이 신성력이라는 것을 깨달았다. 특히 신성력이라는 것을 한 번도 경험해 본 적이 없는 철혈대주는 자신이 지금 느끼고 있는 활력에 놀라지 않을 수 없었다.

이 느낌은 막 운공을 마쳤을 때와 비슷했다. 하지만 근육이 터져 나갈 듯한 충동적인 파괴력이 아니라 극도의 평온을 느끼게 하면서도 무엇이든 파괴할 수 있을 것 같은 힘을 느끼게 하는 감정이었다. 좀 더 자세히 표현하자면 자만심을 느끼게 하는 힘이 아니라 자신감을 느끼게 하는 힘이라는 말이었다.

하여간 묘한 느낌을 주는 힘이었지만 불쾌감은 전혀 느낄 수 없었다.

"누나, 그럼 우리는 이만 가볼게."

"내가 이곳에 있는 마법사들에게 부탁할 테니까 이동 마법진을 이용하도록 해. 어차피 전면에는 마물과 몬스터들이 버티고 있어 한참을 빙 돌아가야 하니까 말이야."

"알았어, 누나. 부탁할게."

"그럼 준비를 하고 나오도록 해."

네로브가 먼저 나가자 카렌은 서둘러 자신의 짐을 챙겼다. 짐이라고 해봐야 두 자루의 도가 전부였지만 말이다.

네 사람이 각자 자신의 무기를 들고 막사를 빠져나왔을 때 그들의 막사 앞에는 커다란 마법진이 설치되어 있었다.

"현재 내가 신성력으로 알아낸 적이 있는 위치에서 가장 가까운 곳으로 보내줄게. 적의 수가 얼마나 많을지는 알 수 없으니까 제발 조심하도록 해. 알겠지?"

"알았어, 누나. 무사히 다녀올 테니까 안심하고 기다려."

"마법진의 중심에 서십시오."

마법진 근처에 있던 수석 마법사의 지시에 카렌을 비롯한 세 사람과 네 마리의 말이 마법진의 중심에 섰다. 네 사람과 네 마리의 말이 선 것을 확인한 수석 마법사가 근처의 마법사들에게 눈짓을 보냈다.

그 신호에 10여 명의 마법사가 동시에 손을 뻗어 주위의 마나를 끌어들여 마법진에 마나를 공급하기 시작했다. 마법진 전체를 마나가 휘감은 것을 확인한 수석 마법사가 때가 되었음을 깨닫고는 큰 소리로 시동어를 외쳤다.

"워프!"

눈을 뜰 수조차 없는 환한 빛에 주위의 사람들이 자신도 모르게 눈을 감았다 떴을 땐 마법진 위에는 아무것도 없었다.

조금은 긴장한 표정을 짓고 있던 네로브는 카렌들의 모습이 사라지자 금세 불안한 표정으로 시동어를 외쳤던 수석 마법사에게 물었다.

"카렌과 동료들이 무사히 이동한 건가요?"

"물론입니다, 네로브님."

수석 마법사의 대답을 듣고도 네로브의 얼굴은 밝아지지 않았다. 그도 그럴 것이 동생과 그 친구들이 고생할 것을 알고 있기 때문이었다. 그리고 조금 떨어진 곳에서 묵묵히 그 광경을 지켜보던 데미안은 그저 주먹을 한 번 움켜쥐었다가 펴고는 몸을 돌려 자신의 막사로 향했다.

"무사하거라, 아들아."

제7장
철혈대주의 환골탈태

팟!

작은 소음과 함께 공간이 일그러졌다 펴지더니 사람과 말들이 갑자기 나타났다.

"엇?"

"조심해."

히히히힝~

지상 1미터 높이에 워프된 카렌은 중심을 잃고 쓰러질 뻔한 알리샤의 허리를 재빨리 끌어안았고, 러쎌도 철혈대주의 손을 잡아주었다. 말들도 갑자기 차이가 난 지면의 높이 때문에 잠시 휘청거리며 울음을 토했다가 곧 안정을 되찾았다.

알리샤의 허리를 감았던 팔을 풀어준 카렌이 주위를 둘러보자 자신의 뒤쪽에 자신들이 넘어온 설산이 멀리 보였다. 대충 거리를 재보니 2일내지 3일 정도 떨어진 것 같았다.

"모두 괜찮아?"

"괜찮아."

"나도."

"저도 괜찮습니다."

"그럼 출발할까?"

카렌의 말이 끝나기 무섭게 말에 올라탄 일행들은 자신들이 목표로 한 서쪽을 향해 말을 몰았다.

자신들이 찾고자 하는 적의 본거지가 얼마나 떨어진 것인지는 모르겠지만 지금 자신들이 가는 곳이 평야 지대라 적의 눈에 쉽게 띌 것이 걱정되었다. 결국 카렌이 전면과 상공을, 좌우에 있던 알리샤와 러쎌이 각각 좌측과 우측을, 마지막으로 뒤에서 따라오는 철혈대주가 후방을 경계하기로 했다.

말을 전력으로 해가 질 때까지 몰았음에도 불구하고 얼마나 넓은지 거의 제자리를 달린 것처럼 느껴졌다. 해가 지자마자 야영 준비를 한 후 일행들이 휴식을 취하고 있을 때 철혈대주는 마음 편히 쉴 수 없었다.

오랜만에 운공을 해야겠다는 생각에―실은 데미안과 카렌의 신위를 본 후 자신도 그들처럼 되고 싶다는 어느 정도의 욕심 때문이었다―철혈대주는 가부좌를 틀고 앉았다.

여느 때처럼 단전의 진기를 움직이려던 철혈대주는 직감적으로 자신의 몸이 이전과 달라졌다는 것을 깨달았다. 진기가 이동하는 통로인 혈도가 깨끗해진 것은 물론, 혈도 자체가 질겨지고 튼튼해진 것이다. 당연히 이동하는 진기의 양이 많아졌고 속도 역시 철혈대주가 감당하기가 힘들 정도로 빨라졌다.

이유는 네로브가 전한 신성력 때문이었지만 지금은 그 이유를 생각할 여유가 없었다.

필사적으로 진기를 유도하던 철혈대주는 제멋대로 움직이던 진기가 생사현관(生死玄關)으로 향하는 것을 깨닫고는 진기의 속도를 늦추고, 그 방향을 다른 곳으로 유도하고자 필사적이었지만 무정한 진기는 그대로 생사현관에 부딪쳤다.

쾅!

천지가 무너져 내리는 것 같은 충격과 굉음이 전해졌다.

부르르 떨리는 몸의 상태를 아는지 모르는지 철혈대주는 필사적으로 진기의 방향을 돌리기에 여념이 없었다. 그러는 사이 진기는 다시 생사현관과 부딪쳤다.

쾅!

털썩!

충격이 얼마나 심했는지 철혈대주의 몸이 떠올랐다가 지면으로 떨어졌다. 동시에 철혈대주의 눈과 귀, 코와 입에서 검은 선혈이 흘러나오기 시작했다.

곁에서 철혈대주의 모습을 지켜보던 카렌과 친구들은 갑작스러운 사태에 깜짝 놀라 재빨리 그의 곁으로 다가갔다. 하지만 운공할 때 건드리는 것이 얼마나 위험한지 잘 아는지라 우선 눈으로 그의 상태부터 살폈다.

전신의 혈도가 불규칙하게 불쑥 솟았다가 가라앉기를 반복하고 있었다.

직감적으로 주화입마(走火入魔)에 빠졌음을 깨달은 카렌은 우선 놀란 마음을 진정시키고는 한 손에는 샤이닝 블레이드를 잡고, 다른 한 손으로는 철혈대주의 명문혈에서 한 치 정도 떨어진 곳에 활짝 펴고는 천천히 마나를 일으키기 시작했다.

연환상충폭뢰기의 기운을 전해주었다가는 충격을 받아 목숨을 잃을 수도 있는 일이었기에 극양지기를 약간만 섞은 마나를 천천히 명문혈에 전해주었다.

[대주, 지금부터 내가 진기를 유도할 테니 놀라지 말고 내가 인도하는 대로 진기를 유도하기 바랍니다.]

폭주한 진기는 철혈대주의 의도와는 달리 제멋대로 움직이려고 발버둥 쳤지만 카렌이 극양지기를 주입한 순간부터는 마치 맹수를 보고 놀란 초식동물처럼 단전에 웅크리고는 꼼짝도 하지 않았다. 하지만 극양지기가 몇 번 단전을 자극하자 철혈대주의 진기는 성난 물소처럼 극양지기를 쫓아왔다.

쫓고 쫓기던 두 진기는 어느 순간 하나로 합치더니 그대로 생사현관을 향해 부딪쳐 갔다.

쾅!

지금까지와의 충돌과는 비교도 안 될 정도의 굉음과 함께 충격이 전신으로 전해졌다.

요지부동이었던 생사현관은 그 순간 마치 모래로 만든 성처럼 순식간에 허물어졌고, 생사현관을 관통한 진기가 전신을 휘돌자 전신의 뼈와 근골이 늘었다 줄었다를 반복하기 시작했다. 단전으로 돌아온 진기가 다시 전신 세맥(細脈)으로 향하는 것을 확인하고서야 카렌은 조심스럽게 진기의 양을 줄이다 천천히 명문혈에서 손을 뗐다.

전신이 풍선처럼 부풀다 수축하기를 몇 차례 하더니 결국 이마부터 피부가 벗겨지기 시작했다. 동시에 전신 모공을 통해 시커먼 선혈과 함께 정체를 알 수 없는 검고 끈끈한 것이 흘러나오기 시작했다.

비록 그 양이 많지는 않았지만 그 냄새만큼은 끔찍할 정도로 불쾌했다. 또한 머리카락과 눈썹이 빠졌다가 다시 나길 몇 번이나 반복했다. 조금 전부터 벗겨지기 시작한 피부와 머리카락으로 철혈대주의 몸 주위는 금세 수북해졌다.

잠시 후 철혈대주의 운공이 정상을 되찾은 것을 확인한 세 사람은 철혈대주가 운공을 마치기만을 기다렸다. 운공을 마친 철혈대주가 상쾌한 표정으로 눈을 떴다가 자신의 몸 주위에 떨어져 있는 머리카락과 피부들을 발견하고는 깜짝 놀란 표정을 지었다.

"아니, 이, 이게 뭡니까?"

"연 대협, 축하드립니다."

느닷없는 카렌의 축하 인사에 철혈대주는 어리둥절한 표정을 짓지 않을 수 없었다.

"그게 무슨 말이십니까?"

"본인이 환골탈태를 경험했다는 것을 아직 모르겠습니까?"

"예? 환골탈태라니요? 그게 무슨 말씀이십니까?"

철혈대주는 카렌의 말을 전혀 이해하지 못한 채 고개를 갸웃거렸다. 그러다 자신을 보고 빙그레 웃고 있는 세 사람의 모습에서 뭔가를 깨달은 듯 격렬하게 몸을 떨었다.

"그, 그럼 저, 정말 제가 환골탈태를 했단 말입니까?"

"그렇습니다."

"정말입니까?"

철혈대주가 재차 물었지만 세 사람은 여전히 미소를 짓고 있을 뿐이었다.

그 모습을 본 철혈대주의 얼굴은 도저히 믿을 수 없다는 표정뿐이었다.

"집검련의 련주이신 수라마검 곽세찬 대협께서도 경험하지 못한 환골탈태를 정말 내가 경험하다니……."

"연 대협, 환골탈태를 했다고 해서 당장 무공의 경지가 올라가는 것은 아닙니다. 그저 상승 무공을 익힐 수 있는 몸 상태가 된 것이니 남들보다 좀 더 유리한 위치에 선 것뿐입니다. 당장의 변화라면 단전의 크기가 커졌기에 공격할 때 더 많은 내공을 이용할 수 있기 때문에 좀 더 파괴력을 보일 수 있을 겁니다."

카렌의 설명에 철혈대주는 고개를 끄덕이면서 우선 단전의 크기부터 확인했다.

이전과 비교하면 거의 세 배 가까이 커진 것을 금세 확인할 수 있었다. 하지만 단전에 차 있는 내공은 예전에 비해 거의 늘지 않았다. 철혈대주는 이전의 경험대로 어느 정도 운공을 하고 멈췄지만 그것은 커진 단전의 상황을 모른 탓 때문이었다.

"하지만 어느 정도만 노력한다면 이전에 비해 두 단계 이상 발전하는 것은 그리 어려운 일이 아닐 겁니다."

카렌의 말에 철혈대주는 마음을 진정시키면서 자신이 어떻게 환골탈태를 경험하게 된 것인지에 대해 생각해 보았다. 이전과 비교해 달라진 것은 얼마 전 네로브의 신성력을 경험했다는 것뿐임을 기억하고는 이 모든 것이 그녀 덕분에 일어난 일이라는 것을 곧 깨달을 수 있었다.

"누님이신 네로브님께 어떻게 감사를 드려야 할지……."

"후후후, 누님께선 연 대협에게 고맙다는 말을 듣기 위해 한 일은 아닐 겁니다."

"그래도 난생처음 보는 저에게 무조건적으로 은혜를 베푸셨는데 제가 어떻게 고마워하지 않을 수 있겠습니까? 후일 제가 은혜 갚을 기회가 있을지 모르겠지만 기회가 생긴다면 반드시 보답해 드리고 싶습니다."

말을 하는 철혈대주의 얼굴에는 고집스러운 일면이 보였다.

카렌은 그를 설득하려다 그만두었다. 네로브에게 악감정을 가지고 있는 것도 아니고, 고마운 마음을 가진 것이니 상관없겠다는 생각이 들었기 때문이다.

"우선은 운공을 해서 단전을 채우도록 하는 것이 좋을 것 같습니다."

"알겠습니다. 그리고 앞으로도 많은 가르침을 주시기 바랍니다."

"가르침보다는 더 높은 무공의 경지에 대해 함께 고민해 보도록 하는 것이 좋을 것 같습니다."

카렌의 말을 들으면서 철혈대주는 운공에 들어갔지만 단전을 채우는 것은 생각만큼 간단한 일이 아니었다. 생각보다는 빨랐지만 그래도 예전보다는 훨씬 오랜 시간이 지나서야 겨우 단전을 채울 수 있었다.

철혈대주가 눈을 뜨자 카렌이 잔 하나를 내밀었다.

"연 대협, 환골탈태를 경험하신 것을 진심으로 축하드립니다. 도시에 있었으면 좀 더 나은 자리를 마련할 수 있었겠지만 지금은 사정이 여의치 않으니 그저 이 한 잔의 술로 만족해 주기 바랍니다."

잔을 받아 들면서 주향(酒香)을 맡아보니 얼마 전에 마셔본 적이 있는 볼케이노란 술이었다. 독한 것이 좀 흠이기는 했지만 다음날 후유

중이 덜한 것이 개인적으로는 좋아하는 술이었다.

"감사합니다. 이 모든 것이 여러분과 함께 지냈기 때문에 제가 얻은 기연(奇緣)이라고 생각합니다. 누구보다 여러분께 감사를 드리고, 카렌 님의 누님이신 네로브님에게도 감사를 드립니다. 제가 어떻게 보답해 드려야 할지 모르겠습니다."

"우리보다는 누님이 전해준 신성력 덕분일 겁니다. 하지만 만약 연 대협이 준비가 된 사람이 아니었다면 이런 기연을 얻을 수 없었을 것 이며, 또한 환골탈태를 경험한 것은 모두 연 대협이 그동안 노력을 해 왔기 때문입니다. 누님의 신성력은 그저 연 대협을 약간 도왔을 뿐이 니 그렇게 생각할 필요까지는 없을 것 같습니다."

"그렇지 않습니다. 그동안 제가 노력을 해오기는 했지만 그보다는 여러분의 도움이 훨씬 컸습니다. 미력한 힘이지만 앞으로 여러분께서 하시는 일에 도움이 되도록 하겠습니다."

"이유야 어떻든 지금 이 순간만큼은 연 대협을 축하하고 싶습니다. 건배하죠."

"건배!"

"감사합니다, 여러분. 그럼 전 저희들의 앞길에 안녕이 깃들기만을 기원하겠습니다."

건배를 한 일행들은 단숨에 술잔을 비웠고, 남은 술을 나눠 마시며 지나간 일과 앞으로의 일에 대해 담소를 나눴다.

카렌이 친구들과 다시 여행을 시작한 지도 벌써 열흘 이상 흘렀지만 적의 본거지로 의심되는 곳은 어디에서도 발견할 수 없었다.

벌써 몇 달 동안 계속된 여행에 일행들도 슬슬 지쳐 가고 있었다.

처음 만나는 구릉 아래에서 간단하게 요기를 한 일행들은 주위를 둘러보며 휴식을 취하고 있었다. 저녁 식사를 마치고 잠들기 전까지 쉬고 있던 철혈대주는 나직하게 한숨을 내쉬었다.

"휴우~"

"힘드십니까?"

"아닙니다. 힘들다기보다는 아무런 일도 없어 좀 지루하군요."

"아닌 게 아니라 나도 좀 지겨워지기 시작했어. 빨리 적들을 만났으면 좋겠는데…….."

곁에 있던 러쎌도 한마디 거들었다.

저녁마다 잠만 자기 지겨워서 철혈대주는 러쎌, 혹은 알리샤와 대련을 하기도 했다.

대결을 처음 시작했을 때는 철혈대주가 일방적으로 패하기 일쑤였다.

은밀하면서도 치명적인 공격을 하는 일격필살의 알리샤와 앞을 가로막는 것은 무엇이든 파괴해 버릴 것 같은 무지막지한 러쎌의 공격 형태는 달라도 너무 달랐다. 게다가 두 사람 모두 철혈대주보다 앞서 환골탈태를 경험했고, 익힌 무공도 그보다는 강한 무공이었기에 철혈대주의 패배는 너무 당연한 일이었다.

다만 패배는 계속 이어졌지만 철혈대주도 환골탈태를 경험하여 대련 시간은 점점 더 길어졌기에 그도 나름대로 패배에 만족하고 있었다. 카렌에게서는 이론적인 면을, 그리고 알리샤와 러쎌에겐 실전적인 면을 교육받은 덕분에 철혈대주는 짧은 시간 안에 빠르게 강해져 가고 있었다.

자신만 일행들에게 아무런 도움이 못 된다는 생각에 철혈대주는 자는 시간도 줄여가며 노력하고 또 노력했다. 그런 철혈대주의 노력을 일행들도 아는지라 그가 물어오면 최대한 자세하게 설명해 주었다. 하지만 그것은 그야말로 실전 같은 대련이지 실전일 수는 없는 일이었다.

"적의 본거지와 얼마나 떨어진 것인지는 알 수 없지만 우리가 달려가는 만큼 줄어드는 것은 사실이니까 긴장을 너무 풀지는 마. 내일도 또 먼 길을 가야 하니까 오늘은 일찍 쉬자."

카렌의 말에 일행들은 일찍 잠자리에 들었다.

잠자리에 일어나 간단히 요기를 마친 일행들은 슬슬 출발할 준비를 하고 있었다.

출발 준비라고 해봐야 잠자리로 썼던 로브와 담요를 뚤뚤 말아 말안장에 묶는 것이 고작이었지만, 그나마도 그동안의 생활 때문인지 금방 끝이 났다. 야영했던 자취를 없애고 막 말에 오르려던 카렌이 갑자기 동작을 멈추고는 일행들에게 손짓을 했다.

갑작스런 카렌의 행동에 일행들은 재빨리 말을 한곳으로 모으고 혹시라도 있을지 모르는 적의 공격에 대비해 자세를 낮췄다.

실피드의 등에서 내린 카렌은 샤이닝 블레이드의 손잡이를 움켜잡은 채 자세를 낮추고는 전면의 구릉 꼭대기로 신속하게 이동해 갔다. 그리고는 곧 엎드려 전면을 살피기 시작했다. 그 모습에 일행들도 구릉으로 이동했다.

카렌이 보고 있는 곳은 높고 낮은 구릉이 줄지어 있는 구릉 지대였는데 약 2킬로미터쯤 전방에 인간보다 작아 보이는 괴생명체 10여 마리가 어슬렁거리고 있었다. 철혈대주로서는 난생처음 보는 생명체였다.

"저 괴상하게 생긴 것들이 대체 뭡니까?"

"고블린이라고 불리는 몬스터요."

"몬스터라면 인간을 공격한다는 그 괴물들을 말하는 것 아닙니까?"

"그것도 그렇지만, 그보다 저놈들이 저곳에 있다는 것은 적의 본거지가 가까워졌다는 것을 증명하는 것이니 더욱 조심해야만 할 거요."

철혈대주와 러쎌이 대화를 나누는 사이 카렌은 고블린들을 어떻게 처리해야 할지 고민하고 있었다. 그도 그럴 것이 현재 카렌들이 있는 구릉과 고블린들이 있는 구릉 사이에는 넓은 평원이 펼쳐져 있었기 때문에 고블린들의 눈에 띄지 않고 접근하기란 거의 불가능한 일이었기 때문이다.

그런 자신의 생각을 일행들에게 이야기해 봤지만 그들이라고 별다른 방법이 있을 리 만무했다. 설사 마법사가 일행 가운데 있다고 하더라도 고블린들과의 거리가 너무 멀어 들키지 않고 공격하기란 불가능한 일이었다.

잠시 고민하고 있을 때 그런 카렌의 고민을 알기라도 한 듯 실피드가 다가왔다.

두레질과 함께 몸을 흔들자 유일한 마구(馬具)라고 할 수 있는 담요가 흘러내렸다. 그리고는 구릉을 내려와 고블린들이 있는 곳으로 가벼운 속도로 달려갔다.

느닷없이 말 한 마리가 자신들에게로 다가오자 고블린들은 행동을 멈추고 실피드를 쳐다봤다. 일반적으로 고블린들은 숲에서 생활하며 나무 위에서 뛰어내려 동물이나 사람을 사냥하지만 지금 같은 평원 지역에서는 사냥감을 포위한 채 사냥을 한다.

덩치는 작지만 육식을 하는 고블린들은 자신들의 거주지를 떠나 이오지로 온 후론 항상 굶주림에 시달렸다. 자신들이 살던 거주지와는 달리 이곳에는 사냥을 할 만한 작은 동물이나 초식동물이 너무나 적었다. 그런 와중에 맛있어(?) 보이는 말이 나타났으니 어떻게 참고 그냥 지나칠 수 있겠는가?

자신들이 반월형의 포위망을 유지한 채 다가오는 것을 보면서도 실피드가 고개만 갸웃거릴 뿐 도망치지 않자 고블린들은 자신들의 사냥이 성공할 것을 믿어 의심치 않았다. 단검과 뾰쪽한 쇠붙이를 움켜쥔 고블린들이 포위망을 막 완성시키려고 하는 순간 그때까지 가만히 있던 말이 갑자기 몸을 돌리더니 도망을 치는 것이었다.

고블린들이 아무리 빨리 달린다고 하더라도 결코 말의 속도를 따라잡을 수는 없는 일이었지만 그럼에도 불구하고 고블린들이 포기하지 않고 실피드의 뒤를 따라 달려간 것은 조금 전 도망칠 때 다리를 다친 것처럼 말이 다리를 절었기 때문이다.

금방이라도 잡힐 것 같던 말과의 거리는 좀처럼 좁혀지지 않았고 약이 오른 고블린들은 거의 2킬로미터를 뒤쫓아갔다. 그러다 드디어 말을 완전히 포위했을 때 고블린들은 그 자리에 자신들만 있는 것이 아님을 곧 깨달았다.

고블린들이 비록 조잡하지만 도구를 사용하고 무리 생활을 하지만 몬스터 가운데에서도 상당히 약한 몬스터였다. 그렇기에 적이 출현하면 맞서 싸우기보다는 항상 도망치는 쪽을 택했다. 지금도 예외일 수 없었다. 하지만 나타난 적은 고블린들의 상상을 초월하는 능력을 가진 자들이었다.

카렌이나 알리샤, 러쎌이 미처 움직일 사이도 없이 철혈대주가 그들을 몰살시킨 것이다. 혹시 카렌이 물을 것이 있을지 모른다는 생각에 고블린 한 마리를 남겨두긴 했지만 곧 그들과는 대화가 통하지 않는다는 말을 듣고는 그 고블린마저 죽여 버렸다.

그러는 사이 카렌은 다시 전면을 살폈고, 눈에 보이는 몬스터나 마물들이 없는 것을 확인하고서야 일행들에게 출발 신호를 보냈다. 전속력으로 평원을 가로지른 네 사람은 구릉 지대에 도착하고서야 겨우 마음을 놓을 수 있었다.

"이제부터 시작이니 절대 방심하지 말도록 해. 연 대협도 조심하시오. 우리를 도와줄 사람은 우리뿐이라는 것을 잊지 말고, 그리고 오늘부터는 불침번도 서야 할 것 같습니다."

카렌의 말에 일행들은 고개를 끄덕였다.

알리샤, 러셀, 철혈대주, 카렌순으로 불침번을 서기로 하고는 잠을 청했다.

내공이 모두 어느 정도 경지에 도달했기에 모닥불은 피우지 않아도 자는 데는 문제가 없었다. 먼저 불침번을 서게 된 알리샤는 가부좌를 틀고 모든 신경을 청각에 집중한 채 주위의 소리를 듣는 데 열중했다.

들리는 것은 오직 바람 소리뿐이었다.

차가운 날씨라 벌레의 울음소리가 들리지 않는 것을 이해할 수도 있었지만 적의 본거지가 가깝다고 생각하니 혹시 뭐가 있을지도 모른다는 생각에 그것조차 마음에 들지 않았다.

결국 카렌의 차례가 올 때까지 별다른 일은 일어나지 않았다.

아직도 주변은 짙은 어둠에 싸여 있었다.

잠들어 있는 친구와 철혈대주의 모습을 보며 카렌은 그들이 참으로 고맙다고 생각했다.

비록 직접적으로 그들에게 고맙다는 말을 한 적은 없었지만 무사히 이번 일을 마친다면 꼭 고맙다고 말해야겠다고 내심 결심했다. 그렇게 한 시간 정도가 지났을 때 불침번을 서고 있던 카렌의 귀에 마른 풀잎을 밟는 소리가 희미하게 들려왔다. 그것도 하나가 아니라 여럿이 동시에 풀을 밟는 소리였다.

거리상으로는 거의 1킬로미터 이상 떨어진 것 같았다. 풀을 밟는 소리가 희미하게 들리는 것으로 보아 무게가 가벼운 존재였다. 당장 생각나는 것은 인간보다 크기가 작은 몬스터인 고블린이나 놀이었다.

카렌은 조용히 일행들을 깨웠다. 조용히 하라는 카렌의 손짓에 일행들은 재빠르게 싸울 준비를 했다. 그리고 얼마 지나지 않아 1미터 30센티미터가량의 키를 가진 코볼트 10여 마리가 나타났다.

일반적으로 코볼트는 인간보다 지능이 떨어지긴 했지만 도구도 약간 사용할 줄 알고 자신의 약한 힘을 보충하기 위해 집단 생활을 하는 몬스터였다. 하지만 지금 나타난 코볼트들은 그런 인간의 상식을 깨기 충분했다.

조잡하지만 브레스트 메일과 쇼트 소드, 그리고 활로 중무장을 하고 있었던 것이다.

우두머리로 보이는 큰 덩치의 코볼트들이 흡사 새가 지저귀는 듯한 음성으로 지시를 내리자 10여 마리의 코볼트은 즉시 주위로 흩어져 무엇인가를 찾기 시작했다. 바위 뒤에서 그 모습을 지켜보고 있던 카렌은 일행들에게 손짓을 했다.

일행들은 동시에 몸을 날려 코볼트들을 공격했고, 코볼트들은 삽시간에 몰살을 당했다. 하지만 우두머리로 보이는 코볼트은 놀랍게도 죽기 전 일행들을 노려보며 한마디를 남겼다.

"침… 입… 자……."

우두머리 코볼트가 쓰러진 후 죽은 코볼트들의 몸에서 검은색 기류가 뿜어져 나왔고, 허공을 맴돌던 검은색 기류는 알리샤가 들고 있던 다크문으로 삽시간에 빨려 들어갔다.

"다크문은 마계의 기운을 빨아들여. 그렇다는 것은 저 코볼트들이 마계의 기운에 물들었다는 거잖아."

"내 짐작으로는 이 코볼트들은 이미 마계의 부하가 돼버린 것 같아. 이제 완전히 적의 세력권 안에 들어선 것 같으니까 더욱 조심해야 해."

"어떻게 하는 게 좋을까? 이대로 그냥 계속 이동을 할까? 아니면 작전이라도 세우고 이동할까?"

"무조건 이동할 수는 없지만 특별한 작전이 필요할까?"

"그럼 경계만 철저히 하면서 계속 이동하자는 말이야?"

러쎌의 질문에 카렌은 고개를 끄덕였다.

"어차피 우리의 행적을 들키지 않으려면 최대한 흔적을 줄여가면서 계속 이동하는 게 좋을 것 같아. 그리고 마주치는 적들은 모두 해치워야 할 것 같아."

"어떤 녀석들이 나타날지 모르는데 우리의 힘만으로 가능할까?"

"알리샤, 걱정하지 마. 우리가 힘을 합친다면 충분히 물리칠 수 있을 거야."

불안하기는 카렌도 마찬가지였지만 일단 일행들을 다독여야 했다.

"준비가 되었으면 가자."

"잠깐, 카렌."

러쎌의 부름에 카렌은 고개를 돌려 그를 쳐다봤다.

"왜?"

"출발하기 전에 너에게 고맙다는 말을 하고 싶다."

"그게 무슨 말이야?"

"너를 만나지 않았다면 평민에 불과한 내가 왕립 아카데미에 들어갈 수도 없었을 것이고, 또 스승님이신 싸일렉스 공작님의 제자가 될 수도 없었을 거야. 하지만 그 모든 것보다 너와 친구가 되었다는 것이 너무 즐거웠고 또한 고마웠다. 오래 살지는 않았지만 넌 내 인생 최고의 선물이라고 자부한다."

러쎌의 말에 카렌은 얼굴이 화끈거렸다. 동시에 가슴 한구석이 따뜻해져 왔다.

"나도 한마디 할게."

가만히 있던 알리샤도 입을 열었다.

"알다시피 나 역시 카렌을 만나지 못했다면 아직까지 키메라로 살아가고 있었을 거야. 네로브님께 도움도 많이 받았고 또 지옥마제님에게 무공을 전해 받아서 지금은 이렇게 다시 사람이 될 수 있었던 것이 모두 카렌, 네 덕분이야. 너무 고맙게 생각해."

"이 기회를 빌어 저도 한 말씀 드리겠습니다. 제가 카렌님을 안 지는 얼마 되지 않았지만 카렌님이 어떤 분인지는 충분히 짐작이 됩니다. 그저 그런 무인에 불과한 제가 지난 300년 내에 최초로 환골탈태를 경험한 사람이 되었습니다. 물론 더 높은 경지를 경험하고 싶은 마음이 없는 것은 아니지만 환골탈태를 경험한 지금만 해도 너무나 기쁩니다. 이런 기회를 주신 카렌님께 정말 감사드립니다."

갑작스러운 세 사람의 감사 인사에 카렌은 쑥스러움을 감추지 못했다. 그러다 곧 정색을 하고는 세 사람에게 고개를 숙여 인사했다.

"아닙니다. 감사 인사를 해야 할 사람은 오히려 접니다. 원래는 저혼자 해결했어야 하는 일인데 이렇게 도와주셔서 뭐라 감사를 드려야 할지 모르겠습니다. 다시 한 번 감사드리겠습니다. 고맙습니다, 여러분."

카렌의 답례 인사에 세 사람은 보는 사람의 가슴이 따뜻해지는 웃음을 짓고 있을 뿐이었다.

"잠시 주위를 둘러보니 한동안 구릉 지대가 계속될 것 같습니다. 은밀하게 이동하는데 더 이상 말들은 필요없으니 이만 풀어주는 것이 어떨까 하는데… 여러분들의 생각은 어떻습니까?"

"그게 좋을 것 같은데?"

"내 생각도 그래."

사람들이 자신의 말에 찬성하자 카렌은 실피드 등에 올려져 있던 담요를 벗겼고, 다른 사람들은 말에 채워져 있던 안장과 고삐를 풀어주었다. 하지만 너무 오랫동안 인간의 손에 길들여진 탓인지 마구(馬具)가 제거되었음에도 불구하고 전혀 달아날 생각을 하지 않았다.

그렇기는 실피드 역시 마찬가지였다. 카렌과 함께 지낸 시간이 길어서인지 카렌의 곁에서 떨어질 생각을 하지 않았다. 몇 번이나 다른 말들과 함께 자유롭게 풀어주려고 했지만 그들 곁에서 조금도 떨어지려하지 않았다.

결국 카렌이 생각해 낸 것은 실피드를 속이는 것이었다. 실피드에게 다른 말들과 함께 누나를 찾아가라고 한 것이었다. 그러면서 누나에게 전할 편지라고 하고는 실피드의 목에 걸어주었다. 실피드가 네로브에게 편지를 전해줘도 괜찮고, 설사 전해주지 못한다 하더라도 상관이 없었다. 편지에도 실피드를 풀어주라는 내용밖에 없었으니까.

"실피드, 친구들과 같이 누나를 찾아가. 어서."

카렌의 손짓에 다른 말에게 몇 번 히힝거린 실피드는 걸음을 옮기다 카렌을 돌아보고, 또 몇 걸음 옮기다 카렌을 쳐다보기를 몇 번이나 반복하다 멀어져 갔다. 그 모습을 묵묵히 쳐다보던 카렌은 안타까운 마음을 애써 감추며 일행들에게로 몸을 돌렸다.

"갑시다."

카렌의 말에 세 사람은 자신의 무기에 손을 올려둔 채 그대로 전진했다.

경공을 펼친 탓인지 네 사람은 꽤나 빠른 속도로 이동해 갔다.

그들이 발걸음을 멈춘 것은 생각지도 못했던 존재를 만났기 때문이었다.

[저게 뭡니까?]

'으음~ 설마 켄타우로스가 여기 있을 줄이야.'

[켄타우로스라는 이종족입니다.]

철혈대주의 전음에 카렌도 전음으로 대답했다.

[이종족이라는 말은 저들도 무리 생활을 하는 존재들이란 말입니까?]

[그렇습니다. 나름대로 자신들만의 문화를 가지고 있는 지성체들이라고 할 수 있습니다.]

카렌의 대답에 고개를 끄덕이면서도 철혈대주는 황당함을 감추지 못하고 있었다. 그도 그럴 것이 몬스터란 존재가 전혀 없는 이스턴 대륙에서만 살아오던 철혈대주가 상체는 인간인 데다 하체는 말인 존재를 언제 만나봤겠는가? 아니, 본 것은 고사하고 저런 존재가 세상에 존재하리라고 상상해 본 적도 없었다.

일행들이 몸을 숨기고 있는 사이 창과 화살로 중무장한 켄타우로스 서넛이 주위를 돌아다니고 있었다. 창을 움켜쥔 채 주위를 두리번거리고 있는 것을 보면 경계하는 기색이 역력했다. 그 모습을 보며 러쎌이 전음을 보냈다.

[카렌, 어쩔 거냐? 켄타우로스들이 비록 이종족이라고는 하지만 인간들과는 사이가 별로 나쁘지 않잖아.]

[하지만 여기 저들이 있는 것을 보면 저들도 마계의 부하가 된 것 같지 않아? 마계의 부하라면 하나도 남겨둘 수 없어. 결국 지금의 사태도 과거 지하르트의 부하들을 완전히 소탕하지 못해서 생긴 일이잖아. 하나라도 남겨둔다면 이런 일이 또 생길지 몰라.]

[나같이 불행한 일을 겪는 사람이 생기지 않게 하기 위해서라도 하나도 살려둘 수 없어.]

알리샤의 단호한 말에 일행들은 고개를 끄덕였다.

[그럼 제거하기로 하자. 마침 켄타우로스도 넷이니 각자 하나씩 맡는 것이 좋겠어. 난 정면에 있는 창을 든 저 켄타우로스를 맡을게.]

[난 좌측에 있는 켄타우로스.]

[그럼 난 우측에 있는 켄타우로스를 맡지.]

[전 뒤쪽에 있는 활을 든 켄타우로스를 맡겠습니다.]

각자 자신이 맡을 켄타우로스의 위치를 확인한 일행들은 카렌의 수신호를 보고 적을 향해 그대로 몸을 날렸다.

소리도 없이 나타나 갑자기 공격을 퍼붓는 카렌 일행들 때문에 켄타우로스들은 일순간 당황해서는 일제히 뒷걸음질을 쳤다. 하지만 연이어 계속된 일행들의 공격에 켄타우로스는 각자 무기를 들어 대항하기 시작했다.

채채채~챙~

요란한 쇳소리와 함께 부딪친 무기에서 불똥이 튀었다.

그런 상황에 놀란 이는 바로 카렌 일행이었다.

처음부터 켄타우로스들을 제거할 생각이었기에 일행들은 모두 자신의 무기에 진기를 실었다. 소드 오러를 사용했기에 무기는 물론 켄타우로스들도 단번에 두 동강을 낼 것이라 생각했는데 켄타우로스는 고사하고 그들이 가진 무기조차 잘라내지 못한 것이다.

기습 공격이 실패로 돌아가자 카렌은 우선 켄타우로스들이 들고 있는 무기를 살폈다. 자신들이 마나를 이용한 소드 오러, 즉 검기를 사용했는 데 반해 켄타우로스의 무기는 검은색 기류가 휘감고 있었다.

"모두 오러 스매쉬를 사용해!"

카렌의 외침에 일행들은 더욱 진기를 뽑아 오러 스매쉬, 즉 검강을 사용해 켄타우로스를 공격해 갔다.

"청염폭우!"

"혈뢰만천!"

"사령혈(邪靈血)!"

"철혈비격(鐵血飛擊)!"

이전과 비교해 판이하게 강력해진 네 사람의 공격을 깨닫지 못한 켄타우로스들은 조금 전과 마찬가지로 자신들의 무기에 마기를 주입한 채 마주쳐 갔다.

챙!

날카로운 쇳소리와 함께 켄타우로스들이 들고 있던 창들이 일제히 잘려 나갔다. 갑작스러운 상황에 켄타우로스들이 당황해 뒤로 물러섰지만 카렌과 알리샤의 공격은 계속 이어졌다.

뒤로 물러서는 켄타우로스를 향해 몸을 날린 알리샤는 반쪽만 남은 창대를 피해 다크문을 힘껏 찔러 넣었다.

"컥!"

짧은 신음 소리와 함께 공격을 당한 켄타우로스는 급속히 말라가기 시작하더니 종내에는 바스러져 불어오는 바람에 실려 날아가는 먼지가 되었다.

카렌의 경우도 거의 대동소이했다. 붉은색의 번개가 번쩍 했다고 느낀 순간 카렌의 샤이닝 블레이드가 켄타우로스의 심장을 관통했고, 샤이닝 블레이드에서 흘러나온 신성력은 켄타우로스의 몸을 구성하고 있던 마계의 기운과 충돌하며 폭발을 일으켰다.

쾅!

박살이 나 사방으로 흩어지는 켄타우로스의 모습에 카렌이 가볍게 눈살을 찌푸리는 동안 러셀과 철혈대주의 공격을 피한 켄타우로스들이 급격하게 몸을 떨기 시작했다. 그러더니 그들의 상체가 급격한 변화를 일으키기 시작했다.

가장 먼저 보인 변화는 상체 전체가 시커멓고 딱딱한 각질로 뒤덮이더니 보기에도 섬뜩해 보이는 날카로운 가시들이 솟아나는 것이었다. 동시에 신체 곳곳에서 솟아난 가시는 곧 촉수로 변했고, 그렇게 솟아난 수십여 개의 촉수가 러셀과 철혈대주를 향해 날아왔다.

"차앗!"

철혈대주는 황급히 몸을 비틀고는 날아오던 촉수를 향해 검을 휘둘렀다. 하지만 새파란 검강에 당장이라도 잘려 나갈 듯 보였던 촉수들이 오히려 검을 휘감으려고 요동쳤다.

퍽퍽퍽!

검강과 부딪친 촉수에서는 믿을 수 없게도 둔탁한 소리가 연이어 들려왔다.

비록 잘리지는 않았지만 상당한 통증을 느꼈는지 축수들이 허공에서 심하게 요동치는 순간 철혈대주는 황급히 뒤로 물러섰다. 세상에 검강에도 잘리지 않는 것이 존재하다니……. 철혈대주는 허공에서 꿈틀거리고 있는 축수들의 존재를 도저히 믿을 수 없었다.

철혈대주가 난감한 상황을 처해 있는 사이 러쎌은 들고 있던 핸드 엑스에 더욱 많은 벽력지기를 주입하고는 축수들을 향해 재차 핸드 엑스를 휘둘렀다.

"묵영난비!"

핸드 엑스의 검은 그림자가 축수들 사이에서 궤적을 그린 순간, 핸드 엑스와 부딪친 축수들이 무참히 잘려 나갔다. 핸드 엑스에 잘린 고통에 공중에서 몸부림치던 축수에서 뿌려진 검은 체액들이 주변의 대지를 녹여 버리는 모습을 보고 러쎌은 자신감을 가지고 재차 켄타우로스에게로 달려들었다.

"청염폭우!"

새파란 강기덩어리가 마치 비처럼 쏟아져 내리며 켄타우로스에게 쏟아졌다. 강기덩어리와 부딪친 것은 그것이 축수든, 아니면 각질로 뒤덮인 몸뚱이든 모조리 잘리고 뭉개져 버렸다.

그러는 사이 다가온 카렌과 알리샤의 공격에 의해 남았던 켄타우로스가 재로 변해 버렸다.

긴장이 풀리자 철혈대주는 그 자리에 털썩 주저앉았다.

환골탈태를 경험한 후 처음 겪는 격전이었다. 고블린이나 코볼트 따위와는 비교도 할 수 없이 힘든 싸움이었다. 비록 잠깐 사이었지만 참으로 여러 가지를 느끼게 했다.

다른 사람들의 소드 오러에는 잘려 나갔던 축수가 왜 자신의 소드 오러에는 잘리지 않았을까? 못 자를 것이 없다던 소드 오러만 믿다가 목숨을 잃을 뻔했기에 철혈대주의 자괴감은 클 수밖에 없었다.

한동안 자신을 자책하던 철혈대주는 문득 자신이 너무 굉장한 사람들과 함께 여행을 해서 어느새 자신도 굉장한 사람이 되었다고 생각하고 있었던 것은 아닐까 하는 생각이 들었다. 물론 자신도 20여 년 가까이 무공을 수련했다고는 하지만 카렌들과 비교하면 그 수준의 차이가 너무나 컸다. 그런 자신이 그들과 같이 환골탈태를 경험했다고 해서 자신도 그들만큼 강해졌다고 생각하다니…… 한심스럽다는 생각밖에 들지 않았다.

비록 자신이 예전과 비교하면 월등히 강해진 것은 사실이지만 만약 저들 가운데 한 명과 목숨을 건 대결을 한다면 아마도 삼 초 내에 목숨을 잃을 것이 분명했다. 그 점을 생각하면 너무나 일천한 자신의 능력에 한숨이 나왔지만 자만하지만 않는다면 자신도 언젠가는 저들만큼 강해질 수 있을 거라 생각하며 자위해야만 했다.

"연 대협, 방심하지 마십시오."

조금은 무뚝뚝하게 들리는 러쎌의 말에 철혈대주는 고개를 숙였다.

"죄송합니다. 아직 경험이 미천해서……."

"사과할 필요는 없습니다. 아직 오러 스매쉬를 사용한 경험이 없기 때문이니까요. 앞으로 나아질 겁니다."

"알겠습니다."

"그럼 또 전진합시다."

제8장
키메라 1

키메라 *1*

　구릉 지대는 생각보다 길게 이어져 거의 4일이 지나서야 겨우 빠져 나올 수 있었다.

　카렌 일행이 구릉 지대 다음으로 만난 것은 금방이라도 허물어질 것 같은 암석들이 까마득히 쌓여 있는 암석 지대였다.

　풀 한 포기 자라지 않는 그야말로 삭막한 곳이었다.

　휴식을 취하면서 주변을 살피던 일행들은 아무것도 보이지 않자 마음을 놓으면서도 한편으로는 불안함을 감출 수 없었다.

　거의 하루에 한 번 이상은 몬스터 혹은 마물들과 싸움이 벌어졌고, 어렵지 않게 적들을 물리칠 수 있었다. 만난 적들의 수가 적은 탓도 있었지만, 아직 정말 강한 적은 나타나지 않은 상태였기 때문이다.

　철혈대주는 며칠 전에 있었던 켄타우로스와의 싸움 때 일행들에게 아무런 도움도 되지 않았던 자신을 떠올리면서 잠도 거의 자지 않은 채 무공 수련에 열을 올렸다. 덕분에 불과 며칠의 변화라고는 믿을 수 없을 만큼 진기의 운용이 능숙해졌다.

그런 노력 덕분에 철혈대주의 오러 스매쉬는 더욱 정순해졌다. 지금은 켄타우로스들이 다시 나타난다 하더라도 그들을 물리칠 자신이 충분히 있었다. 아니, 오히려 지금은 그들이 나타나기를 기다릴 정도였다.

잠시 일행들이 주위를 둘러보고 있을 때 카렌이 일행들에게 주의를 주었다.

"잠깐, 뭔가가 다가오고 있어."

카렌의 말에 일행들은 무기를 움켜쥔 채 뭔가가 나타나기를 기다렸다.

잠시 시간이 지나자 100여 미터 떨어진 암석 더미의 일부가 무너지며 나타난 것은 30여 마리의 오크들이었다. 각종 무기들로 중무장한 채 주위를 두리번거리던 오크들은 곧 암석 위에 걸터앉아 휴식을 취했다.

예전에 보아왔던 오크들보다 덩치도 더 크고 살결도 훨씬 검었다.

오크들의 동태를 살피던 카렌은 움켜쥐고 있던 샤이닝 블레이드가 진동하고 있음을 깨닫고는 저들이 일반 오크들이 아님을 직감했다.

[모두 조심해. 샤이닝 블레이드가 진동하는 것을 보면 단순한 오크들이 아니야. 마물이 아니면 키메라 같으니까 섣불리 공격할 생각은 하지 않는 게 좋아.]

카렌의 말에 일행들은 무기를 잡은 손에 더욱 힘을 주어 움켜잡았다.

잠시 오크들을 살피던 카렌은 중앙에 유달리 덩치가 큰 오크가 그들

무리의 우두머리라는 것을 깨달을 수 있었다. 사방이 암석들이 어지럽게 쌓여 있는 것이 공격하기가 쉽지 않을 것 같았다.

[암석들 때문에 기습하기는 어렵지 않겠지만 지속적인 공격을 이어가기는 쉽지 않을 것 같아. 어떻게 하는 게 좋을까?]

[물론 우리도 공격하기가 쉽진 않겠지만 그렇기는 오크들도 마찬가지 아닐까? 난 그냥 공격하는 게 좋을 것 같은데?]

[내 생각도 마찬가지야. 게다가 이런 지형에서 러셀하고 난 싸워본 적이 많아.]

[알았어. 그럼 내가 정면을 맡을 테니까 러셀이 왼쪽, 알리샤가 오른쪽을 맡아줘. 그리고 연 대협은 도망치는 오크들이 없도록 준비해 주시오.]

[맡겨주십시오. 이번만큼은 여러분을 실망시키지 않도록 하겠습니다.]

[연 대협, 너무 무리하지는 마십시오. 연 대협이 다치는 것보다는 오크를 놓치는 것이 차라리 나으니 말입니다.]

[명심하겠습니다, 카렌님.]

철혈대주의 말을 들으며 일행들은 자신이 기습할 장소로 은밀하게 이동했다.

소리없이 무기를 뽑아 든 일행들의 모습을 본 카렌은 심호흡을 한 번 하고는 그대로 지면을 박찼다.

"혈뢰십방살(血雷十方殺)!"

내려치는 샤이닝 블레이드에서 열 줄기의 붉은 번개가 오크들을 향해 날아갔다.

카렌의 공격에 오크들의 좌우에 있던 러셀과 알리샤도 몸을 날렸다.

"묵영난비!"

"사령음령살(邪靈陰靈殺)!"

그렇지 않아도 카렌의 공격에 당황하던 오크들은 연이어 이어진 러셀과 알리샤의 공격에 혼비백산하지 않을 수 없었다.

붉고, 검고, 흰색의 오러 스매쉬들이 난무하는 가운데 세 사람의 공격은 삽시간에 10여 마리의 오크를 도륙했다.

지면에 내려서자마자 좀처럼 뽑아 들지 않던 헬 블레이드마저 뽑아 든 카렌은 샤이닝 블레이드는 오른손에 똑바로, 헬 블레이드는 왼손에 역수로 움켜쥐고는 오크들 사이로 뛰어들었다.

붉은색 마나에 휩싸인 채 두 자루의 도를 휘두르는 카렌의 모습은 무시무시하기 이를 데 없었다. 물론 그렇기는 커다란 도끼를 휘두르는 러셀이나 소리없이 이동해 다크문을 휘두르는 알리샤 역시 마찬가지였다.

세 사람의 공격을 막아내던 오크들이 제대로 대항도 못한 채 쓰러지자 중앙에서 글레이브를 들고 있던 대장 오크가 명령을 내렸다.

"모두 변신해라."

대장 오크의 명령이 떨어지자마자 오크들의 몸에 변화가 일어났다.

1미터 50센티미터를 약간 넘는 오크들이 계속 커져 갔고, 신체의 피부 또한 강철처럼 딱딱하게 굳어지기 시작했다. 게다가 변화는 그것뿐만이 아니었다. 오크들의 겨드랑이에서 한 쌍의 팔이 돋아나기 시작한 것이었다.

오크들의 키가 3미터에 달했을 때 마침내 모든 변화가 끝났다.

설명은 길었지만 오크들의 변신은 불과 눈 몇 번 깜빡일 사이에 일어났고, 또 그렇게 금세 끝났다.

조금 떨어진 곳에서 그 광경을 지켜보던 철혈대주는 갑자기 변한 돼지머리 인간들의 변신 모습에 기가 질려 버렸다. 순간 뛰어나가 일행들을 도울까 생각했다가 자신은 카렌의 말대로 퇴로를 맡고 있는 것이 일행들을 돕는 길이라 판단하고는 그 자리를 지켰다.

갑자기 배 이상 커진 오크들의 모습에 카렌은 오크들이 갑자기 커졌기 때문에 대응하는 속도가 느릴 것이라 판단하고는 신속하게 측면으로 돌아갔다. 그리고는 오크의 허벅지와 종아리를 향해 두 자루의 도를 휘둘렀다.

챙!

단숨에 잘려 나갈 줄 알았던 오크의 다리는 쇳소리를 내며 카렌의 도를 튕겨냈다. 변신한 오크들의 몸이 너무나도 단단하게 변해 카렌도 믿기 힘들 정도였다. 하지만 카렌의 공격은 끝난 것이 아니었다.

두 자루의 도가 서로 교차하면서 연속된 궤적을 허공에 그려냈고, 오러 스매쉬의 강력한 파괴력이 거대하게 변신한 오크의 다리에 작렬했다. 몇 번을 튕겨내던 오크의 다리는 연속된 카렌의 공격에 마침내 상처를 입고는 검은 선혈을 사방으로 뿌렸다.

막 손에 들고 있던 창으로 카렌으로 공격하려던 오크는 다리의 상처로 잠시 휘청거리다가 곧 무릎을 꿇을 수밖에 없었다. 오크가 쓰러져 무릎을 꿇는 순간 카렌은 몸을 회전시켜 헬 블레이드로 쓰러지는 오크의 심장을 찔렀다.

챙!

역시나 조금 전처럼 날카로운 쇳소리가 들리면서 헬 블레이드가 튕겨 나왔다.

헬 블레이드가 튕겨지는 반탄력을 이용해 샤이닝 블레이드로 오크의 턱 밑 부분을 힘껏 찔렀다. 좀 전과는 달리 여린 짐승의 가죽을 꿰 뚫듯 샤이닝 블레이드는 너무나도 쉽고 간단하게 뚫고 들어갔다. 동시에 샤이닝 블레이드에 실린 마나와 신성력은 오크의 뇌를 곤죽으로 만들어 버렸다.

얼굴의 모든 구멍으로 시커먼 피를 토해내며 오크는 쓰러졌고, 삽시간에 정상 체격으로 줄어들더니 곧 먼지로 변해 바람에 날려갔다.

"턱 밑이 급소야. 턱을 공격해!"

카렌이 다른 오크를 찾아 공격하는 동안 오크들의 믿어지지 않는 방어력에 당황하던 러셀과 알리샤는 나름대로의 방법으로 오크들을 공략했다. 조금은 우직하게 공격을 퍼붓는 러셀과는 달리 알리샤는 여성 특유의 유연성과 민첩성으로 곡예와 같은 몸놀림을 보이면서 오크들의 턱을 공격해 쓰러뜨렸다.

오크들의 몸을 밟고 허공 높이 몸을 띄운 알리샤가 지면으로 거꾸로 떨어져 내리면서 오크의 턱 밑에 다크문을 꽂아 넣는 모습은 그야말로 한 폭의 그림이었다. 지켜보던 철혈대주는 감탄을 금할 길이 없었다.

그러는 사이 최초 공격에서 살아남았던 오크들은 변변한 공격도 하지 못한 채 재로 변해갔고, 그러는 동안 대장 오크는 거의 4미터가 넘는 크기로 변신을 마친 다음이었다.

대장 오크는 네 개의 손에 글레이브와 검, 핸드 엑스를 움켜쥔 채 친구들을 도우러 가려던 카렌의 뒤를 덮쳤다.

쾅!

우당탕탕!

대장 오크의 공격을 감지한 카렌이 재빨리 피하자 애꿎은 돌무더기에 작렬한 대장 오크의 공격은 아슬아슬하게 쌓여 있던 거대한 돌무더

기를 무너뜨렸다. 그 여파는 살아남은 오크들을 몰아치고 있던 알리샤
와 러셀에게까지 미쳤고, 두 사람이 무너지는 돌들을 피해 뒤로 물러서
는 순간 공격을 힘겹게 피하던 오크 가운데 한 마리가 무리에서 떨어
져 나가더니 격렬하게 몸을 떨었다.

다음 순간 그 오크의 등에서는 시커멓고 커다란 날개가 솟아나 크게
날갯짓을 치기 시작했다. 그러자 덩치와는 어울리지 않게 오크의 커다
란 몸이 가뿐하게 허공으로 떠올랐고, 허공에서 한 바퀴를 돌며 싸움터
의 모습을 살핀 다음 북쪽으로 몸을 틀었다.

그 모습을 지켜보던 철혈대주는 흥분한 가슴을 진정시켰다.

'검이 나이며 내가 곧 검이다. 뜻이 생기면 내 육체는 어디에도 깃
들 수 있으며, 원하는 것을 이루지 못할 것이 없다. 무조건 잡는다.'

철혈대주가 얼마 전에 얻은 깨달음을 떠올리는 순간 그가 들고 있던
철검이 파랗게 물들었고, 그 순간 그의 몸은 검과 하나가 되어 막 북쪽
으로 방향을 바꾸려던 오크의 몸을 단숨에 꿰뚫어 버렸다.

"퀘액!"

요란한 비명 소리와 함께 오크의 몸은 두 쪽으로 갈라졌고, 철혈대
주는 자신이 방금 한 일을 믿지 못한 채 천천히 지상으로 떨어져 내렸
다. 그러는 사이 러셀과 알리샤는 살아남은 오크들을 정리했고, 남은
것은 오직 대장 오크뿐이었다.

부하들이 결국 모두 목숨을 잃었음에도 대장 오크는 조금도 당황하
지 않은 채 계속해 카렌에게 공격을 퍼붓고 있었다. 네 개의 팔과 무기
에서 쏟아지는 공격은 한순간도 끊이지 않은 채 카렌이 서 있던 자리
를 박살 냈다.

카렌이 대장 오크의 공격을 피하는 동안 부하 오크들을 모두 해치운

알리샤와 러셀이 대장 오크의 배후를 공격했다.

"청염폭우!"

"사령월락(邪靈月落)!"

크고 하얀 달이 천공에서 대장 오크의 등으로 떨어질 때 푸른색의 강기덩어리가 밑에 위로 치솟으며 오크의 등을 파고들었다.

쾅!

도저히 살아 있는 생명체와 강철로 만든 무기가 부딪치며 날 수 있는 소리가 아니었다. 비록 치명적인 상처를 입히지는 못했지만 대장 오크를 휘청거리게 만드는 것에는 성공했다.

대장 오크의 공격이 잠시 멈춰지는 그 짧은 틈을 놓치지 않고 카렌은 대장 오크의 가슴으로 파고들며 공격을 퍼부었다.

"혈뢰만천!"

수백 줄기의 붉은 번개가 천공에서 떨어졌고, 본능적으로 위기감을 느낀 대장 오크는 들고 있던 무기들을 머리 위로 들어 공격을 막아내려고 했다. 그 모습에 허공에서 몸을 비튼 카렌은 지면에 내려서자마자 대장 오크의 턱을 향해 헬 블레이드를 힘껏 찔러 넣었다.

"블러드 스네이크!"

붉은 마나에 싸인 헬 블레이드는 마치 한 마리 독사처럼 빠르게 지면을 스치듯 전진하다 대장 오크의 턱 밑에서 위로 솟구쳤다. 대장 오크는 순간적으로 카렌의 모습을 놓쳤고, 그의 모습을 다시 발견하는 순간 헬 블레이드가 자신의 얼굴을 향해 날아오는 것을 보고는 감짝 놀랐다.

황급히 허리를 비틀어 카렌의 공격을 피하려고 했지만 카렌의 예상대로 덩치가 커진 만큼 움직임은 확실하게 느렸다. 햇빛을 받아 헬 블레이드가 번쩍이는 순간 대장 오크는 최대한 고개를 뒤로 젖혔지만 무정한 헬 블레이드는 대장 오크의 턱 밑을 파고들었다.

"크악!"

대장 오크의 턱 밑에 박혀든 헬 블레이드에서 쏟아진 신성력은 대장 오크의 생체 조직을 먼지로 만들며 전신으로 무섭게 퍼져 나갔다. 대장 오크가 살아날 수 없음을 깨달은 카렌은 그의 가슴을 박차며 힘껏 헬 블레이드를 뽑았다.

쿵!

지면에 쓰러진 대장 오크는 카렌을 무섭게 노려보며 손을 뻗다가는 먼지로 변해갔다. 그리고는 불어오는 바람에 날려 흔적도 없이 사라졌다.

"휴우~"

가슴속의 탁한 기운을 뱉어내고 나니 한결 상쾌한 기분이 들었다.

두 자루의 도를 회수하는 동안 흩어져 있던 일행들이 모여들었다. 카렌은 잔뜩 걱정스러운 얼굴로 자신을 바라보고 있는 철혈대주를 보고는 빙그레 미소를 지었다.

"카렌님, 괜찮으십니까?"

"괜찮으니 걱정하지 않아도 됩니다. 그보다… 연 대협, 언제 신검합일(身劍合一)의 경지에 들어선 것입니까?"

"아~ 그걸 신검합일이라고 부르는군요."

철혈대주는 세 사람이 자신을 빠히 쳐다보자 쑥스러운 듯 얼굴을 붉혔다.

카렌의 말에 알리샤와 러쎌도 눈빛을 반짝이며 철혈대주의 얼굴을 쳐다보았다.

오러 스매쉬를 사용할 수 있고, 또 어검술(馭劍術)에 대한 단서도 잡았다. 하지만 신검합일이란 경지는 그들로서는 처음 듣는 말이었기 때문이다.

"며칠 전에 운공을 하면서 작은 깨달음이 있었습니다. 하지만 그것이 정확히 무엇인지는 모르고 있었습니다. 그러다 조금 전 돼지인간 하나가 달아나려고 해서 어떻게든 잡아야겠다고 생각하는 순간 검과 함께 허공을 가로지르고 있는 절 발견할 수 있었습니다. 하지만 그 경지를 신검합일이라고 부른다는 것은 카렌님의 말씀을 듣고서야 알게 되었습니다."

"신검합일을 뮤란 대륙식으로 표현하면 마인드 소드라 부를 수 있을 겁니다. 자신의 무기를 마음만으로 다스릴 수 있는 세 단계 가운데 가장 기초가 되는 첫 번째 단계가 바로 연 대협이 도달한 경지입니다. 그 다음 단계는 멀리 있는 적을 향해 던진 무기를 조종해 물리치는 것이며, 마지막은 자신이 가진 마나만으로 무기를 만들어 적을 물리칠 수 있는 단계지요."

카렌의 설명에 일행들은 고개를 끄덕이면서도 마나로 무기를 만들 수 있다는 말은 선뜻 이해가 되지 않았다.

"지금 마나로 무기를 만든다고 했어?"

"스승님께 그렇게 들어서 알고 있을 뿐 나도 잘 이해가 되지 않는 것은 마찬가지야. 아버지가 과거 소드 그렌저라고 불렸을 때 수백 미터 밖의 몬스터와 마물들을 꼼짝 못하게 만든 후 모조리 해치웠다고 들었어. 그런 공격이 가능하다면 마나로 무기를 만드는 것도 가능하지 않을까?"

"알게 되면 될수록 스승님은 정말 굉장하신 분이야. 검술 실력만 해도 당해낼 사람이 없는데 지금은 마법 실력도 대륙 최강이시잖아. 어떻게 하면 그렇게 강해질 수 있는지 정말 궁금해."

"러쎌의 말에 나도 동감이야. 싸일렉스 공작님은 도저히 인간이라고 부를 수 없을 정도로 너무 강해서. 어떤 노력을 하셨고, 또 얼마나 훈련을 하셨기에 그렇게 강해지신 것인지 나도 궁금해."

두 사람의 말에 철혈대주는 얼마 전에 보았던 카렌의 아버지, 데미안을 떠올렸다.

도저히 인간의 능력이라고는 볼 수 없는 그 가공할 파괴력에 얼마나 놀랐던가? 몸이 서넛으로 나뉜 것은 카렌이 지금 가지고 있는 신물(神物) 때문이라고 해도 그가 보인 가공할 파괴력은 그야말로 신의 분노가 지상에 떨어진 것처럼 느껴졌다.

물론 그를 목표로 앞으로도 계속 무공을 수련하기는 하겠지만 인간처럼 여겨지지 않는 것만은 사실이었다. 그리고 그라면 카렌이 방금 말한 마나로 무기를 만드는 경지도 가능하지 않을까 하는 생각이 들었다.

"잠시만 기다려."

일행들에게 말을 한 카렌은 암석 지대 가장 높은 곳으로 향했고 곧 되돌아왔다.

"암석 지대가 그리 넓지는 않은 것 같아. 혹시 우리의 흔적이 남았을지 모르니까 흔적을 지우고 이 자리를 빨리 떠나는 것이 좋을 것 같은데…… 여러분 생각은?"

"나도 그게 좋을 것 같아."

일행들이 찬성을 하자 네 사람은 각자 흩어져 싸움의 흔적을 지우기 시작했다. 그래도 다행인 것은 키메라로 변한 오크들이 네 사람의 공

격에 먼지로 변했기 때문에 바닥에 떨어진 오크들의 선혈을 지우거나
사체를 치우지 않아도 된다는 점이었다.

주변을 둘러보던 일행들은 이상이 없음을 확인하고서야 그 자리를
떠났다.

암석 지대를 벗어난 일행들은 평원을 가로질러 계속 걸음을 재촉했
지만, 거대한 산맥과 만나기까지 거의 보름 이상을 보내야 했다. 물론
말이 있었다면 조금 더 빨리 도착할 수 있었겠지만 대신 본인의 무공
을 가다듬는 시간은 가질 수 없었을 것이다.

본인이 익힌 무공 가운데 가장 파괴력이 강한 공격 초식을 갈고닦은
이유는 정말 위급한 순간 스스로의 목숨을 구할 수 있는 구명절초로
사용하기 위해서였다. 물론 시간이 충분하지 않은 관계로 완벽하게 익
히는 것은 불가능했지만 최대한 완벽에 가깝게 익히려고 노력하고 또
노력했다.

물론 시간이 있으면 좀 더 완벽하게 초식을 익혔겠지만 현실적으로
그것은 불가능한 일이었다. 아쉬운 마음을 달래며 일행들은 걸음을 재
촉했다.

지금까지와는 달리 산세도 험했고, 나무들도 빽빽하게 자란 것이 꽤
나 오랫동안 사람들의 발길이 거의 닿지 않은 것처럼 보였다. 또 다른
지역과는 달리 산맥 위에 먹구름처럼 보이지는 않지만 검은 그림자 같
은 것이 드리워져 있어 유난히 어두워 보였다.

산기슭에 도달한 일행들은 불쾌함과 함께 약하게 몸이 떨리는 것을
느꼈다. 다른 사람은 영문을 몰라 어리둥절한 표정을 지었지만 카렌은
왜 그런 현상이 일어나는 것인지 직감적으로 깨달을 수 있었다.

카렌의 경우에는 마물들의 출현을 샤이닝 블레이드나 헬 블레이드의 진동으로 깨달을 수 있었는데 지금 몸이 떨리는 것도 그와 같았다. 물론 두 자루의 무기가 도착하면서부터 진동을 일으켰음은 말할 필요도 없었다.

아마도 적의 본거지가 멀지 않은 곳에 있지 않을까 하는 것이 카렌의 판단이었다.

"잠깐 내 말 좀 들어봐."

카렌의 말에 일행들의 시선이 카렌에게 쏠렸다.

"여러분도 느꼈겠지만 아마도 멀지 않은 곳에 적의 본거지가 있지 않을까 생각돼. 이제부터는 정말 조심해야 된다는 것을 명심했으면 해."

"내 생각도 카렌과 마찬가지야. 내가 무기로 사용하는 이 다크문은 마기를 느낄 때마다 진동을 일으키는데 이렇게 격렬한 진동은 처음이야. 아마도 지금까지 우리가 만났던 마물 가운데 가장 강한 녀석이 있거나 아니면 마물들이 상당히 많은 거야."

"그렇다면 이곳에서 충분한 휴식을 취한 후에 올라가는 것이 어떻겠습니까?"

철혈대주의 말에 카렌이 고개를 끄덕였다.

"그러는 것이 좋겠습니다. 그럼 내가 먼저 경계를 설 테니 여러분들은 운공을 해 소모된 마나를 보충하고 피로를 풀도록 하십시오."

"아닙니다, 카렌님. 제가 진법을 설치할 줄 아니까 한꺼번에 운공을 마치는 것이 좋을 것 같습니다."

"진법?"

"그렇습니다. 철혈대를 맡고 있을 때 배운 것인데 잠시 동안 적의 눈을 피해 몸을 숨기엔 안성맞춤입니다. 간단히 설명을 드리자면 언젠가 보았던 이곳의 마법진과 비슷하지만 좀 더 자연과 조화를 이루는 것입니다. 제가 직접 보여 드리겠습니다.”

주변에서 나뭇가지를 주워온 철혈대주는 곧 일행들 주위 곳곳에 나뭇가지를 꽂기 시작했다. 어찌 보면 둥글게 나무를 꽂는 것처럼 보이기도 했지만 무질서하게 마구 나뭇가지를 꽂는 것처럼 보이기도 했다.

“반오행연무진(反五行煙霧陣)이라는 것입니다. 어떠십니까?”

자신만만해하는 철혈대주와는 달리 세 사람은 어리둥절한 표정을 짓지 않을 수 없었다. 그도 그럴 것이 그들은 아무런 변화도 느낄 수 없었기 때문이다.

“그럼 이러면 어떻습니까?”

말과 함께 철혈대주가 들고 있던 나뭇가지를 지면의 어느 곳에 꽂는 순간 그가 서 있던 주위에 뿌연 안개가 생기더니 철혈대주의 모습이 감쪽같이 사라져 버린 것이다.

믿을 수 없는 상황에 세 사람은 놀란 표정을 감출 수 없었다. 세 사람은 나름대로 철혈대주를 찾았지만 어디에서도 그의 존재감을 느낄 수 없었다.

냄새도, 호흡 소리도, 그의 기운도 전혀 느낄 수가 없었다.

불과 10미터도 떨어지지 않은 곳에 있던 철혈대주가 대체 어디로 사라진 것이란 말인가?

당황하던 세 사람은 거의 동시에 철혈대주의 기운과 냄새, 그리고 그의 호흡을 발견했다.

감쪽같이 사라졌던 철혈대주가 어느샌가 다시 모습을 드러낸 것이다.

“그것이 이스턴 대륙의 진법이라는 것입니까?”

“그렇습니다, 카렌님. 잠시 동안 몸을 피하는 것이라면 충분할 겁니다.”

“알겠습니다. 그럼 서둘러 운공을 마치도록 합시다.”

“그럼 제 주위로 모여주시기 바랍니다.”

철혈대주의 말에 세 사람은 자리를 옮겼고, 철혈대주가 다시 지면에 나뭇가지를 꽂자 그들의 모습은 소리도 없이 사라졌고, 그들이 다시 모습을 보인 것은 거의 3시간 정도가 지난 후였다.

다시 모습을 보인 네 사람은 완전히 피로를 회복한 모습이었다.

그들이 운공을 끝내고 잠깐 쉬는 동안 땅거미가 지기 시작하더니 곧 1미터 앞도 제대로 확인하기 힘들 정도가 되었다.

일행들이 환골탈태를 경험하지 못했다면 한 발자국도 움직일 수 없을 정도의 어둠이었다. 게다가 나무들마저 빽빽하게 자라 있어 보통 사람들은 꼼짝도 할 수 없을 지경이었다.

천천히 나무들을 헤치며 위로 올라가던 일행들은 앞서서 걸음을 옮기던 카렌의 제지로 걸음을 멈춰야 했다.

[앞쪽에 꽤나 많은 숫자의 뭔가가 모여 있는 것 같아. 적의 본거지가 있을지 모르니까 우회하는 것이 어떨까 하는데…….]

[피하는 게 좋겠어. 일단은 적의 본거지를 찾는 것이 먼저잖아.]

러쎌의 대답에 카렌은 우회하기로 결심했다.

[전방과 우측에서 적들의 존재가 느껴지니까 왼쪽으로 이동하자.]

카렌의 말에 일행들은 은밀하게 좌측으로 이동하기 시작했다. 하지만 나무들이 너무 빽빽하게 자란 나머지 발걸음을 옮기기도 힘들 정도였다. 게다가 나무 밑에 쌓인 바짝 마른 나뭇잎 때문에 일행들의 발걸음은 더욱 조심스러울 수밖에 없었다.

한참의 시간이 걸려 일행이 크게 우회해 도착한 곳은 가파른 절벽이었다.

수십 미터는 족히 되어 보이는 절벽은 마치 신이 거대한 도끼로 내려쳐 만든 것인 양 표면이 너무나 매끄러워 잡거나 밟거나 잡고 올라갈 것이 전혀 보이지 않았다.

잠시 절벽을 바라보던 카렌은 심호흡을 한 다음 제일 먼저 절벽을 올라갔다.

물론 카렌의 실력으로는 한 번 정도 절벽을 박차고 올라가면 단숨에 올라갈 수 있었지만 일행들을 위해 네 번에 걸쳐 절벽에 손과 발을 디딜 자리를 만들며 올라갔다.

그 모습에 일행들은 왜 카렌이 그런 행동을 한 것인지 충분히 짐작할 수 있었다.

차례차례 절벽을 올라간 일행들은 우선 주위부터 살폈다.

들리는 것은 불어오는 바람 소리와 그 바람에 이리저리 뒹구는 낙엽과 나뭇가지가 서로 몸을 비비대는 소리뿐이었다.

[본거지로 의심되는 곳은 더 높은 곳이야. 내가 앞장설게.]

[아니야. 지금까지 수고했으니까 지금부터는 내가 앞장설게.]

카렌에게 전음을 보낸 알리샤는 일행들이 제지할 사이도 없이 앞으로 달려나갔다.

그런 그녀의 모습은 마치 한줄기 바람처럼 나무 사이를 헤치며 앞으로 나갔는데 혹시 엘프가 아닌가 착각을 일으킬 정도로 무척이나 빨랐다. 일행들은 서둘러 그녀의 뒤를 따라갔다.

빽빽하게 자란 나무 사이로 일행들이 통과할 수 있을 정도의 넓은 틈을 찾아 빠르게 전진하는 그녀의 모습을 보면 이곳이 그녀의 고향이라고 해도 믿을 정도였다.

그렇게 앞장서서 숲 속을 달려가던 알리샤의 발걸음이 멈춘 것은 제법 커다란 나무들이 서 있는 곳이었다. 나무 그늘에 숨는 그녀를 보고 일행들도 모두 근처 나무에 찰싹 붙어 모습을 감추었다.

알리샤가 손짓을 보내자 한 사람씩 그녀 곁으로 이동했다. 그리고는 그녀가 손으로 가리키는 곳을 바라봤다.

현재 카렌들이 서 있는 곳은 그녀가 가리킨 동굴보다 위쪽에 위치해 있었는데, 동굴의 앞쪽에는 꽤나 넓은 공터가 있었다. 그리고 그 공터에는 거대한 전갈 모양을 한 괴상한 존재 셋이 서성이고 있었다.

시커먼 전갈 몸체 위에는 인간의 상체가 달려 있었는데, 바짝 말라버린 미라처럼 생긴 것이 보기에도 혐오스럽기 이를 데 없었다. 새파란 안광을 빛내며 주위를 두리번거리는 것이 경계를 서고 있는 것처럼 보였다.

드래곤의 레어라도 되는 양 엄청나게 큰 동굴의 입구는 높이만 해도 거의 7미터 이상이 되어 보였고, 넓이도 10미터는 넘어 보였다. 아무리 봐도 자연적으로 생긴 동굴이라고는 보기 힘들었다. 더구나 그 동굴로부터 느끼지는 음습하고 불쾌한 기운은 마계의 기운이 틀림없었다.

현재의 위치에서 동굴로 향하는 가장 빠른 길은 절벽을 타고 내려가는 것과 조금 돌아서 몸을 숨긴 채 상황을 봐서 동굴로 잠입하는 것뿐이었다.

어느 방법을 택할까 카렌이 잠시 고민하는 사이 알리샤가 몸을 날렸다.

[내가 저것들을 맡을 테니까 너희들은 상황 봐서 잠입하도록 해.]

[알리샤, 잠깐만 기다려.]

카렌이 알리샤를 불렀지만 알리샤는 이미 나무 사이로 사라진 후였다.

일행들은 어쩔 수 없이 키메라들이 동굴 앞에서 사라지기만 기다릴 수밖에 없었다.

잠시의 시간이 지난 후 세 마리의 키메라 가운데 한 마리가 뭔가를 발견한 것처럼 주위를 두리번거리다가 숲 속으로 사라졌다. 그리고 얼마 지나지 않아 또 한 마리가 사라졌고, 마지막 남은 키메라가 숲으로 모습을 감추는 순간 카렌 일행들은 그대로 절벽에서 뛰어내려 동굴 앞 공터에 내려섰다. 그리고는 그대로 동굴 안으로 향했다.

안에서 확인한 동굴은 일직선으로 뚫려 있었는데, 동굴 안쪽은 짙은 어둠에 싸여 있어 전혀 보이지 않았다. 언제 나타날지 모르는 적의 출현에 대비하느라 일행들의 이동 속도는 느릴 수밖에 없었다.

그렇게 한참을 전진하던 카렌을 비롯한 두 사람은 갈래 길을 만나 잠시 고민하지 않을 수 없었다. 하나는 완만하게 위로 향하는 길이었고, 또 하나는 급격하게 아래로 향하는 길이었다. 세 사람이 잠시 고민하는 사이 동굴에서 풍기는 기운보다 정제되었지만 차가운 기운이 급격하게 다가왔다.

잔뜩 긴장하고 있던 러쎌과 철혈대주는 즉시 몸을 돌려 다가오는 존재에게 공격을 퍼부을 준비했다. 그런 와중에 다가오는 기운이 익숙한 것을 깨달은 카렌이 두 사람을 제지하며 상대가 나타나기만 기다렸다. 역시 예상했던 대로 알리샤였다.

[기다렸지?]

[무사했구나. 다행이다.]

[카렌. 내가 다크문을 가졌다는 걸 잊은 것 아니야?]

[그럼 그 키메라들을 모두 해치운 거야?]

[그건 아니야. 다만 다크문이 가진 권능으로 동굴 앞을 지키도록 명령했을 뿐이야.]

알리샤의 설명에 일행들은 그녀의 검을 쳐다보았지만 지금껏 보아 왔던 모습 그대로일 뿐이었다.

[처음엔 해치울 생각이었는데 다크문을 뽑아 드니까 키메라들이 무조건 엎드려 복종하더라고. 그래서 우리가 나올 때까지 동굴 입구를 지키라고 했더니 곧바로 동굴 입구에서 경계를 서기에 안으로 들어온 거야.]

[다치지 않았다니까 다행이다. 그보다 길이 둘인데 어떻게 하는 게 좋을까?]

[둘로 나누는 게 어때?]

[따로따로 조사를 하면 이곳이 저들의 본거지인지 아닌지는 빨리 알 수 있을지 모르지만 언제 적들이 나타날지 모르니 너무 위험하지 않을까?]

[물론 그럴 수도 있겠지만 시간을 정해놓고 그 시간까지만 조사를 한다면 그렇게 위험할 것 같지는 않은데…… 다른 사람들 생각은 어때?]

어느 때보다 적극적인 알리샤의 말에 일행들은 잠시 생각해 보았지만 그녀가 말한 방법이 그리 나쁜 것처럼 느껴지지는 않았다.

[그럼 위로 난 길은 누가 맡을래?]

[나하고 러셀이 위쪽을 맡을게.]

알리샤는 위쪽에서 뭔가가 자신의 영혼을 잡아당기는 듯한 느낌이 들어 카렌의 전음이 끝나기 무섭게 자신이 위쪽을 맡겠다고 전음을 보냈다. 동시에 언젠가 네로브가 자신에게 말한 자신의 일생을 망친 존재가 자신과 그리 멀지 않은 곳에 있을 거라는 느낌이 들었기 때문에 조금은 억지스럽게 자신의 의견을 피력했다.

평상시와는 다른 알리샤의 태도에 조금 걱정이 되긴 했지만 경솔한 행동을 하지는 않을 거란 생각에 고개를 끄덕였다. 그리고 일행들 가운데 무공 실력이 가장 떨어지는 철혈대주가 자신과 함께 다니는 것이 좋을 것 같다는 판단이 들었기 때문에 그녀의 의견에 반대할 이유가 없었다.

[좋아. 그럼 내가 연 대협과 아래로 내려가 살펴볼게. 그리고 정확히 한 시간 후에 이곳에서 다시 만나도록 하자.]

[알았어. 카렌, 몸조심하도록 해.]

전음이 끝나자마자 알리샤는 신속하게 그 자리를 떠났고, 러쎌도 서둘러 그 자리를 떠났다. 평소보다 알리샤가 유난히 서두른다는 느낌이 들긴 했지만 자신도 해야 할 일이 있었기에 그저 그녀의 뒷모습을 한 번 본 다음 철혈대주와 그 자리를 떠났다.

제9장
키메라 2

키메라 2

두 사람과 헤어진 카렌과 철혈대주는 조심스럽게 아래로 향했다. 그러면서 든 생각은 대체 무슨 이유로 이렇게 커다란 통로를 만든 것인가 하는 것이었다.

물론 동굴 밖에 있는 키메라처럼 덩치가 커다란 키메라들이 많다면 이만한 통로가 필요하겠지만, 그런 키메라들이 많을지도 모른다고 생각하니 내심 걱정스러움을 떨쳐 버릴 수 없었다.

이 동굴의 특징이라면 일반적인 동굴이라면 당연히 있어야 할 횃불이 보이지 않는다는 것, 그리고 무너짐을 방지하기 위해 천장을 받치고 있어야 할 기둥들이 어디에도 보이지 않는다는 점이었다. 긴장을 풀지 않고 전진하던 두 사람은 다시 두 갈래 길을 만났다.

둘 다 아래쪽으로 향해 있었는데 하나는 지금 카렌과 철혈대주가 지나온 길처럼 크고 넓었지만, 다른 하나는 성인 남자 둘이 겨우 지나갈 정도로 작았다.

잠시 고민을 하던 카렌은 작은 길을 택했다.

어느 정도 전진을 하자 웬만한 집 크기 정도 되는 공동(空洞)이 나타났다.

공동은 여러 개의 동굴들과 이어져 있었는데 그 동굴 가운데 하나에서 희미한 신음 소리가 들려왔다. 서로의 얼굴을 쳐다보던 카렌과 철혈대주는 소리가 들리는 곳을 향해 은밀하고 재빠르게 이동했다.

동굴 안으로 들어서는 순간 갑자기 온도가 뚝 떨어진 것을 확인하고는 주위를 둘러보았다. 동굴 벽을 깎아 감옥을 만든 듯 보이는 감옥이 줄지어 있었는데, 그 수를 헤아릴 수 없을 정도로 많았다.

감옥 안을 살피던 카렌과 철혈대주는 그 처참한 모습에 자신도 모르게 고개를 돌리고 말았다.

감옥 안에는 네 마리의 몬스터가 갇혀 있었는데, 문제는 그 모습에 있었다. 감옥 벽은 두께를 알 수 없을 정도로 두껍게 얼음이 얼어 있었는데 몬스터들은 머리만 남긴 채 나머지가 그 얼음 속에 파묻혀 있었던 것이다.

일반적인 경우라면 당연히 동사(凍死)했어야 했지만 무슨 이유에서인지 이 몬스터들은 죽지 않은 상태로 얼음 속에 갇혀 있었다. 게다가 얼음 속에 파묻혀 있는 그들의 육체는 가죽이 제거된 탓에 뼈와 혈관, 그리고 근육과 내장이 그대로 들여다보였다.

극한의 냉기 때문에 얼음 속 몬스터들의 육체는 얼어붙고, 터지고, 깨져 설사 하이 프리스트가 이 자리에 있다고 할지라도 도저히 치료가 불가능할 정도로 보였다.

갇혀 있는 몬스터들은 오크, 고블린, 놀 같은 소형 몬스터에서부터 오거, 트롤 같은 중형 몬스터까지 종류가 다양했다. 평소 같으면 소형 몬스터들에게 군침을 흘렸을 오거와 트롤이 고통에 신음을 흘리며 생명을 위협당하고 있는 것이었다.

다른 감옥들을 살피던 카렌과 철혈대주는 처음 보았던 감옥과 대동소이한 모습에 치를 떨어야만 했다. 무슨 목적으로 이 몬스터들을 감옥에 가두었는지는 모르지만 하나같이 가죽이 벗겨지고 얼음 속에서 얼어 터진 몸뚱이로 갇혀 있는 것은 모두 같았다.

뒤에 본 감옥의 특징이라면 찾아보기 힘든 몬스터와 덩치가 큰 몬스터가 갇혀 있다는 것뿐이었다. 가죽이 벗겨진 것은 물론 얼음 속에 갇혀 있는 것은 모두 같았다.

감옥마다 갇혀 있는 몬스터의 덩치가 클수록 그 수는 적었고, 그들의 몸을 속박하고 있는 얼음 속에는 뭔가가 열심히 돌아다니고 있다는 것이었다. 궁금증이 인 카렌이 다가가 살펴보니 꼭 거머리처럼 생긴 것이 열심히 얼음 속을 돌아다니며 얼어 터진 몬스터의 살과 내장을 뜯어 먹고 있었다. 그런 그들 가운데 일부는 몬스터의 혈관을 타고 온몸을 돌아다니고 있었는데, 그것들이—거머리처럼 생긴 것—지나간 곳은 무척이나 느린 속도이기는 했지만 서서히 검은색으로 물들어갔다.

거머리처럼 생긴 것이 주는 고통이 보통이 아닌지 그것들이 움직일 때마다 얼음에 갇혀 있던 몬스터들은 고통에 찬 울음을 터뜨렸다. 분명히 인간의 적인 몬스터임에도 불구하고 고통에 찬 신음을 터뜨리는 그들의 모습에 카렌은 가슴 한구석이 아파왔다.

물론 평소 같았으면 앞장서서 그들을 해치우는 데 일조를 했겠지만 지금 상황에서는 오직 가슴이 아플 뿐이다.

'라크렘.'

─무슨 일이냐?

'여기 감옥 안에 있는 몬스터들은 모두 죽일 수 있을까?

─충분히 가능하다.

'그렇다면 이들을 죽여줘.'

카렌의 말에 라크렘은 카렌의 마나를 이용해 라이덴들을 만들어내기 시작했다.

몸속의 마나가 급속하게 빠져나가는 것이 느껴졌지만 카렌은 왠지 이전만큼, 아니, 이전보다 더 큰 파괴력을 발휘할 수 있을 것 같은 느낌이 들었다.

─라이덴들은 카렌의 명령을 따르라.

라크렘의 묵직한 음성과 함께 40여 개의 빛덩이가 카렌의 몸에서 빠져나와 그의 몸 주위를 천천히 돌기 시작했다.

"라이덴들아, 감옥에서 비참한 삶을 유지하고 있는 저 몬스터들을 모두 죽여줘."

카렌의 조금은 침울한 음성에 빛덩이들은 늘어서 있는 감옥을 향해 줄지어 날아갔다.

그리고 잠시 후.

번쩍~ 번쩍~ 번쩍~

어둠에 잠겨 있던 감옥에 헤아릴 수도 없이 많은 섬광이 번쩍였고, 그때마다 얼음 속에 갇혀 있던 몬스터들은 먼지가 되어 사라져 갔다. 그 모습에 몬스터들이 이미 마계의 기운이 전신에 스며든 상태라는 것을 알 수 있었다.

무수한 섬광이 터지자 갇혀 있던 몬스터들은 먼지로 변해갔고, 얼마 지나지 않아 줄지어 있던 감옥은 텅 비게 되었다.

텅 빈 감옥을 보며 애써 마음을 추스른 카렌은 철혈대주와 함께 그 자리를 떠나려 했다. 하지만 통로 끝에서 들려오는 누군가의 발자국 소리 때문에 황급히 몸을 피해야 했다.

샤이닝 블레이드로 쇠창살을 잘라낸 후 두 사람은 감옥 안으로 몸을 피했다. 그리고 잠시 후 다가온 존재들을 발견하는 순간 카렌은 자신의 눈을 의심하지 않을 수 없었다. 도저히 함께 있을 수 없는 존재들이 대화를 나누며 걸어오고 있었기 때문이다.

오크와 엘프.

텅 빈 감옥의 변화를 아는지 모르는지 대화에 열중하던 둘 가운데 그래도 감옥 안의 변화를 먼저 깨달은 쪽은 엘프였다.

"라이트!"

칠흑 같은 어둠 속에서 빛이 생겨나며 주위를 환하게 밝혔다.

그제야 오크도 감옥 안의 변화를 깨달았는지 큰 소리로 울부짖었다.

"크아악! 어떤 놈이야! 어떤 놈이 이런 짓을 한 거야!"

오크의 분노에 찬 외침 소리가 금방이라도 동굴을 무너뜨릴 듯했다.

카렌은 오크의 외침 때문에 자신들의 잠입이 들킬까 봐 둘을 제거하기로 결심했다.

[연 대협, 아무래도 저 둘을 제거해야 할 것 같습니다. 내가 엘프를 맡을 테니까 연 대협은 오크를 맡아주십시오.]

[알겠습니다.]

하나하나 감옥을 살피며 다가오던 엘프와 오크가 몇 미터 앞으로 다가오는 순간 두 사람은 쏜살같이 뛰어나가며 각자의 무기를 휘둘렀다.

엘프가 재빨리 뒤로 물러서는 데 반해 오크는 확실히 행동이 굼떴다. 철혈대주의 검은 사정없이 오크의 목을 꿰뚫었고, 오크는 자신에게 일어난 일을 믿을 수 없는지 찢어질듯 눈을 부릅떴다.

오크가 격렬하게 몸을 떨며 생을 마감하는 동안 카렌은 자신의 공격을 간단히 피한 엘프의 존재를 믿을 수 없어하고 있었다. 비록 전력을 다한 공격은 아니었지만 그래도 소드 익스퍼트 최상급의 실력은 상회하고 있는데, 그럼에도 불구하고 저렇듯 물 흐르듯 피할 수 있다는 것은 엘프의 실력이 거의 소드 마스터에 육박했다는 것을 증명하는 것이었다.

생각은 짧았고, 행동은 더욱 빨랐다.

지면에 내려서는 순간 카렌이 그대로 박차고는 앞으로 몸을 날리자 엘프는 레이피어를 뽑아 샤이닝 블레이드를 막아냈다. 하지만 카렌의 무기는 하나가 아니었다. 오른쪽 어깨에 메고 있던 헬 블레이드가 다시 무서운 속도로 내려쳐졌고, 그 모습에 엘프는 깜짝 놀라면서도 재빨리 레이피어를 비틀어 헬 블레이드를 마주쳐 갔다.

챙!

하지만 일반 쇠로 만든 레이피어가 앙블렌저린으로 만든 헬 블레이드를 막아낼 수는 없었다. 가벼운 쇳소리와 함께 레이피어의 중간이 잘려 나갔다.

깜짝 놀란 엘프가 물러서며 손을 뻗었는데, 손 주위로 마나가 파동치는 것으로 보아 스펠을 캐스팅하는 것 같았다. 비록 카렌이 마법에 대해서 잘 알지는 못하지만 마법을 사용할 때 일어나는 현상에 대해서만큼은 잘 알고 있었다.

급했기 때문이었을까?

카렌은 자신도 모르게 평소처럼 익숙한 이름을 외쳤다.

"라이덴, 라이트닝 쇼크!"

　카렌의 외침과 동시에 그의 심장에서 작은 빛덩이 하나가 튀어나오더니 새하얀 백광을 토해냈다. 굽이쳐 흐르던 전류는 눈앞에 있던 엘프의 몸에 사정없이 작렬했다.

　지지지~직~

　요란스러운 소리와 함께 번개에 맞은 엘프는 허공으로 튀어 올랐고, 그 모습에 엘프를 죽이려던 카렌은 마음을 바꾸고는 헬 블레이드의 칼등으로 엘프의 뒷덜미를 내려쳤다.

　퍽!

　크지 않은 소음과 함께 엘프는 앞으로 꼬꾸라졌고, 카렌은 쓰러지는 엘프를 받아 들었다.

　카렌과 비교해 크게 차이가 나지 않은 키였음에도 불구하고 엘프의 몸무게는 가벼워도 너무나 가벼웠다. 오크가 재로 변하는 것을 보고서야 카렌 곁으로 다가온 철혈대주는 난생처음 보는 엘프의 모습에 신기함을 감출 수 없어했다.

　태어나서 한 번도 머리를 자르지 않았는지 허리 아래까지 자란 긴 머리에, 어둠 속을 환하게 밝힐 것 같은 아름다운 용모는 도저히 인간처럼 느껴지지 않았다. 특히 긴 머리카락 사이로 보이는 인간의 두세 배는 족히 되어 보이는 뾰족한 귀는 인상적이었다.

　"카렌님, 이것(?)이 엘프라고 불리는 이종족입니까?"

　엘프를 기절시킨 라이덴의 존재에 대해 생각하고 있던 카렌은 철혈대주의 말에 정신을 차렸다. 그리고는 마혈(痲穴)과 아혈(啞穴)에 해당되는 혈도를 누르고도 안심이 되지 않아 마나의 이동 통로로 생각되는 혈도를 제압했다.

　"그렇습니다."

"그런데 이 엘프는 왜 죽이지 않으신 겁니까?"

철혈대주의 질문에 카렌은 알리샤의 이야기를 그에게 해주어도 되는 것인지 쉽게 결정을 내릴 수 없었다. 하지만 철혈대주는 그동안 자신들과 함께 싸우고, 고생을 해온 동료가 아닌가? 자세한 내막을 설명할 수는 없겠지만 약간의 설명만 하는 것이라면 상관없을 것 같았다.

"알리샤가 과거에 불행한 일을 당한 적이 있었는데, 그때 그 일을 저지른 자가 바로 엘프였다고 합니다. 하지만 아는 것은 그런 짓을 한 존재가 엘프라는 것일 뿐, 누구인지는 모르기 때문에 정보를 얻기 위해서는 이 엘프를 함부로 죽일 수 없었던 겁니다. 어떻게든 알리샤가 직접 원수를 갚아야 하지 않겠습니까?"

"물론입니다. 원한이라는 것은 본인이 직접 갚지 않으면 의미가 없습니다. 하지만 알리샤님께 그런 일이 있었다니……."

고개를 끄덕이던 철혈대주는 진심으로 가슴이 아팠다. 그러면서도 저렇게 아름답게 생긴 존재가 왜 남에게 가슴 아픈 짓을 하는 것인지 도저히 이해가 되지 않았다. 그러는 사이 기절해 있던 엘프가 깨어났다.

자신을 바라보고 있는 두 사람의 모습에 깜짝 놀라 벌떡 일어서려고 했지만 전신의 근육들이 모조리 굳어버린 탓에 꼼짝도 할 수 없었다. 게다가 입 근육마저 굳어버렸는지 입을 벌릴 수도 없었다.

"지금 입 근육이 굳어져 말을 할 수 없을 거요. 내가 묻는 말에 대답을 하겠다면 눈을 깜빡이시오. 그렇다면 입 근육을 풀어주겠소."

카렌의 말에 엘프는 반항이라도 하듯 미동도 하지 않았다.

그 모습을 지켜보던 카렌은 반항하는 엘프를 어떻게 해야 좋을지 몰랐다. 죽일 수도 없고, 그렇다고 풀어줄 수도 없는 상황이었다.

[카렌님, 제가 조금 도와드려도 되겠습니까?]

[그게 무슨 말입니까?]

[잠시만 지켜보십시오. 그런데 저 엘프라는 종족도 인간들과 혈도가 같습니까?]

[방금 마혈과 아혈을 제압했는데 움직이지도, 말도 하지 못하는 것을 보면 우리가 알고 있는 혈도와 크게 다르지 않은 것 같습니다.]

[알겠습니다. 지금부터 혈도를 이용해 고문을 하려고 하니 잠시만 지켜봐 주십시오.]

카렌이 뒤로 물러서자 앞으로 나선 철혈대주는 묵묵히 엘프의 상체 몇 군데를 검지로 눌렀다. 철혈대주의 행동을 지켜보던 카렌은 그가 검지로 엘프의 상체를 꾹꾹 누를 때마다 손가락 끝에서 마나가 파동 치다 엘프의 상체, 그중에서도 혈도와 근육 사이로 스며드는 것을 보았다. 그런 행동이 의미하는 것은 금세 깨달을 수 있었다.

고집스럽게 무표정한 얼굴을 유지하고 있던 엘프의 얼굴이 철혈대주의 행동 이후 보기 안쓰러울 정도로 엉망으로 찌푸려졌기 때문이다. 온몸의 근육이 굳어졌기 때문에 몸을 움직일 수 없었던 엘프는 극심한 고통을 고스란히 감내할 수밖에 없었다.

철혈대주가 손을 쓴 후 생긴 변화는 혈관에서 느껴지는 통증이었다.

물론 처음에는 그저 혈관 속으로 뭔가가 기어다니는 듯한 기분 나쁜 느낌뿐이었다. 그리고 얼마 지나지 않아 엷은 통증이 느껴지더니 마치 수만 마리의 벌들이 쏘아대는 듯한 통증이 갑자기 찾아왔다. 그리고는 혈관이 터질 듯이 부푸는 느낌이 들었고, 역시 극심한, 아니, 극악한 통증이 느껴졌다.

엘프는 이미 비 오듯 땀을 흘리고 있었다. 하지만 고통의 시간은 그렇게 간단히 끝나지 않았다. 혈관에서 느껴진 통증이 사라지기도 전 찾아온 것은 근육의 수축이었다.

찢어질 듯이 당겨진 근육은 시간이 지나도 풀어지는 것은 고사하고 오히려 더 수축하고 있었다. 벌써 근육이 절반 이상이 찢어졌지만 그럼에도 불구하고 근육은 조금도 풀어질 줄 몰랐다.

혈관에서 느껴지는 통증과 근육이 찢어지는 고통을 어떻게 설명할 수 있겠는가?

온몸이 뒤틀릴 정도의 극악한 고통이었지만 몸을 움직일 수 없으니 어떻게 할 수 있는 방법이 없었다. 그저 땀을 흘리고, 이를 악무는 수밖에 없었다. 하지만 도저히 견딜 수 있는 고통이 아니었다.

어느 틈에 아혈이 풀린 것인지 엘프의 입에서는 저절로 가쁜 숨소리가 흘러나왔다.

"헉헉헉~"

"지금의 고통이 마음에 들지 않는다면 대답을 거부해도 좋다. 아직 시험할 수 있는 고문 방법은 무궁무진하니까."

이렇게 무감정한 철혈대주의 음성은 지금껏 한 번도 들어본 적이 없었다. 게다가 서늘한 온도 탓인지 동굴 안을 울리는 그의 음성은 소름이 끼칠 정도로 음산하게 들렸다. 철혈대를 이끌던 시절의 냉정하고도 결단력있는 모습이 보이는 듯했다.

잠시 철혈대주를 노려보던 엘프는 눈을 감았다. 그 모습에 재차 손을 쓰려던 철혈대주는 엘프가 천천히 입을 열려고 하자 금세 손을 멈췄다.

"물어봐라."

"우선 이곳에서 만드는 것이 키메라가 맞는가?"

카렌의 질문에 눈을 감고 있던 엘프는 깜짝 놀란 표정과 함께 눈을 번쩍 떴다.

"너흰 누구냐? 그리고 그 사실을 어떻게 알고 있는 것이냐?"

엘프의 말에서 자신의 짐작이 맞다는 것을 확인한 카렌은 다시 질문을 했다.

"그렇다면 알리샤란 여자를 아는가?"

"네가 어떻게 그 인간을 아는 것인가?"

"질문은 내가 한다. 넌 대답이나 해라."

"거의 10여 년 전 일로 기억한다."

카렌의 말에 엘프는 꽤나 무덤덤한 어투로 대답했다.

"당시 우리는 인간과 몬스터가 원래부터 가지고 있던 힘을 최대한 증폭시키는 방법을 찾기 위해 꽤나 많은 실험을 하고 있었다. 알리샤란 인간은 당시 그 실험을 유일하게 통과했던 존재라 우리는 많은 기대를 하고 있었다. 하지만 다른 인간들에게는 통하지 않아 결국에는 폐기되었다."

카렌은 별일 아니라는 듯 이야기하는 엘프의 존재가 너무 가증스러웠다.

지금까지 자신이 알고 있던 엘프들과는 너무 달랐다.

"조화의 종족이라는 엘프가 생명을 이렇게 함부로 해도 된단 말인가?"

"닥쳐라. 그렇다면 너희에게 다른 종족의 생사를 마음대로 결정할 권리가 있단 말이냐? 너희는 인간들에게 해를 끼칠 가능성이 있다는 말도 안 되는 이유를 들어 이종족을 살던 곳에서 쫓아내고, 잡아서 노예로 만들고, 또 몬스터들을 무자비하게 죽여왔다. 대체 누가 그럴 권

리를 너희에게 주었단 말이냐? 그 저주스러운 신이란 작자들이 너희에
게 주었느냐?"

　중오에 가득 찬 엘프의 말에 카렌은 그가 어떤 사연을 가지고 있음
을 깨달았다. 하지만 그렇다고 해도 다른 생명을 마음대로 할 권리는
그에게 없었다. 그렇다고 새삼스럽게 이 자리에서 죽일 권리 타령하면
서 저 엘프와 토론은 벌일 생각 또한 전혀 없었다.

　"마지막으로 하나만 묻지. 네가 알리샤를 그렇게 만들었나?"

　카렌의 질문에 엘프는 묵묵히 카렌의 얼굴을 바라보다 입을 열었다.

　"명령을 받아 그 여자를 개조하는 데 내가 참가한 것은 사실이다."

　"누가 명령을 내렸나?"

　"……."

　카렌의 연이은 질문에 엘프는 갑자기 입을 다물었다.

　상대의 갑작스러운 침묵에 카렌은 조바심을 느끼지 않을 수 없었다.
눈앞의 엘프가 만약 목숨을 버릴 생각으로 입을 열지 않는다면 지금
상황에서는 아무런 방법이 없기 때문이었다. 현재로서는 그저 기다리
는 수밖에 없었다.

　"다크 엘프 로드이신 토루젠님이시다."

　"토루젠? 다크 엘프 로드라고?"

　"그렇다. 그분은 모든 다크 엘프들의 지배자이시다."

　카렌은 자랑스러운 표정으로 당당하게 말하는 엘프의 모습에 어이
가 없으면서도 궁금함을 감출 수 없었다.

　지금껏 살아오면서 다크 엘프라는 종족이 있다는 말은 그 누구에게
서도 들어본 적이 없었기 때문이다.

　"다크 엘프란 종족이 정말 존재한단 말인가?"

“흥! 다크 엘프가 누구 때문에 생긴 종족인지 모른단 말이냐?”

적의에 찬 엘프의 말에 카렌은 어리둥절함을 감추지 못했다.

“그게 무슨 말이냐?”

“너희 인간들에게 사랑하는 이를 잃은 엘프들, 너희들에게 잡혀 비참한 노예 생활을 해야만 했던 엘프들, 너희들의 성 노리개가 되어야만 했던 불쌍한 여자 엘프들, 그리고 인간도, 엘프가 아닌 존재로 태어나 평생을 떠돌아다니며 살아야 했던 반쪽 엘프들 그 모두가 바로 다크 엘프다!”

엘프의 음성에 실린 것은 단순한 적의가 아니었다.

그것은 끝없는 저주였고, 한없는 원한이었으며, 극한에 다다른 증오였다. 그의 음성을 듣는 순간 카렌은 음습하고 악의에 가득 찬 기운 때문에 몸이 저절로 부르르 떨려왔다.

옳고 그름을 떠나 대체 무슨 일을 겪었기에 저렇게까지 인간들에게 증오와 원한을 가지고 있을까 하는 생각마저 들 정도였다. 그런 와중에도 알리샤를 인간이 아닌 존재로 만든 자가 다크 엘프들의 로드인 토루젠이란 사실을 알게 되어 다행이라는 생각이 들었다.

“카렌님, 약속 시간이 다 되어갑니다.”

“알겠습니다, 이만 가도록 하지요.”

“이 엘프는 어떻게 하실 겁니까?”

철혈대주의 말에 카렌은 고민하지 않을 수 없었다.

데리고 갈 수도, 그렇다고 이제 와서 죽이기도 솔직하게 내키지 않았다. 그런 카렌의 심정을 눈치 챘는지 철혈대주가 나섰다.

“카렌님, 제가 처리하겠습니다.”

물론 묻지 않아도 그가 어떻게 할 것인지는 충분히 짐작가는 일이었다. 언제부터인가 철혈대주는 일행들의 자질구레한 일을 도맡아 처리하고 있었다. 그런 철혈대주의 마음씀씀이가 너무 고마웠지만 언제까지 그에게 맡길 수는 없는 일이었다.

"아닙니다, 연 대협. 고맙지만 이번에는 제가 하겠습니다."

카렌의 말에 대꾸를 하려던 철혈대주는 입을 다물고 뒤로 물러섰다.

"미안하오. 그대를 살려둘 수는 없을 것 같소."

"흥! 내가 인간 따위에게 목숨을 구걸할 것 같으냐? 죽여라."

엘프는 정말 자신의 목숨에 미련이 없는지 눈을 질끈 감고는 꼼짝도 하지 않았다.

샤이닝 블레이드를 역수로 잡은 카렌은 그런 엘프를 잠시 바라보다 곧 심장을 찔렀다.

'만약 다음 생애가 있다면 불행하지 않은 삶을 살기를 바라겠소.'

심장을 찔린 엘프는 고통으로 잠시 인상을 쓰다 곧 샤이닝 블레이드에 실린 신성력 때문에 먼지가 되어 사라졌다. 엘프가 사라지자 마치 그의 생명을 나타내는 듯 동굴 안을 밝히고 있던 광원(光源)이 사라졌고, 동굴 안은 다시 어둠에 잠겼다.

"가죠."

카렌과 철혈대주는 동굴 입구로 향해갔고, 얼마 지나지 않아 알리샤와 러쎌을 만날 수 있었다. 그들 역시 무슨 일이 있었는지 얼굴이 딱딱하게 굳어 있었다.

"먼저 우리가 조사한 것부터 이야기할게. 우리가 조사한 곳은 인간들과 몬스터를 결합시키는 수술실이었다. 세 개의 커다란 수술실에서 동시에 서너 마리의 키메라를 수술하고 있었는데 그런 수술실이 몇 개 층이나 있었어. 그리고 다음에 발견한 곳은 납치된 인간들이 갇혀 있는 곳이었는데……."

설명을 하던 알리샤는 갑자기 말문을 닫았다. 그런 그녀의 얼굴은 금세라도 고드름이라도 매달릴 것처럼 싸늘하게 굳어 있었다. 카렌과 철혈대주는 영문을 몰라 했지만 러쎌은 그런 알리샤의 변화를 이해하는지 고개를 끄덕였다.

"내가 알리샤 대신 설명할게. 그곳에는 수십 개, 아니, 수백 개가 넘는 조잡한 감옥이 있었는데 그 안에 사람들이 갇혀 있었어. 그런데 그 사람들은 산 채로 얼굴만 내놓은 채 얼음 속에 갇혀 있었어. 그것도 온몸의 가죽이 모조리 벗겨진 채 말이야."

말을 하면서 주먹을 불끈 쥐는 것을 보면 당시의 충격이 적지 않은 듯 보였다.

"그들은 말을 못했는데 무슨 이유인지는 모르겠어. 하지만 그들이 왜 그곳에 갇혀 있는 것인지는 충분히 짐작이 가. 실험실에서 살아 있는 인간의 육체를 잘라 몬스터와 결합시키는 것을 보았거든. 결국 그들은 키메라를 만들기 위해 살아 있는 채 갇혀 있는 것 같았어. 해서 정보를 얻기 위해 감옥을 지키고 있던 오크를 잡아 몇 가지를 물어봤어. 그래서 알아낸 것은 이곳의 우두머리라고 할 수 있는 존재가 지금은 이곳에 없다는 것, 그리고 그 존재가 엘프라는 것, 이미 상당한 숫자의 키메라들이 어디론가로 이동했다는 것들이었어."

"어디로 이동한지는 알아내지는 못했어?"

"우리가 잡았던 오크는 아는 것이 많지 않았어. 하지만 토벌군 쪽으로 이동하지 않았겠어? 나나 알리샤는 그렇게 생각했거든."

"내가 생각해도 그럴 가능성이 클 것 같아."

카렌의 대답에도 러쎌의 얼굴은 밝아지지 않았다.

"하고 싶은 말이 있어."

"뭔데?"

"감옥에 갇힌 사람들을 구하고 싶은데 말이야, 그게 문제가 좀 있어."

"문제?"

"그래. 내가 보기엔 갇혀 있는 사람들은 이미 정상이 아닌 것 같아."

알리샤와 러셀의 말을 들으면서 카렌은 자신이 조금 전 보았던 몬스터들의 모습을 떠올렸다. 그렇게 강한 몬스터들도 마기에 감염된 채 갇혀 있었는데 몬스터보다 약한 인간들이 아무 이상 없이 갇혀 있을 리 만무했다.

"러셀, 우리가 보고 온 곳도 마찬가지였어. 한 가지 다른 것은 인간이 아닌 몬스터들이 갇혀 있다는 것이었지만 말이야. 그리고 수술실을 발견하지는 못했지만 너희들의 말을 듣고 보니 그곳에도 수술실이 있을 것 같아. 그런데 문제는 그곳에 갇혀 있던 몬스터들이 모두 마기에 감염되어 있었다는 점이야. 구할 수 있는 방법도 없지만 그냥 놔두면 틀림없이 키메라가 될 것이 분명하니 그냥 둘 수 없어."

"정말 구할 수 있는 방법이 없어?"

"그래. 감옥에 갇혀 있던 몬스터들은 이미 마기에 감염되었기 때문에 신성력에 노출되는 순간 재가 되어버렸어."

카렌의 말에도 러셀이나 알리샤의 얼굴에는 별 변화가 없었다.

그들도 납치된 사람들을 구하기 힘들 거라 이미 생각하고 있었기 때문이다.

"부탁이 있어, 카렌."

침울하게 느껴지는 알리샤의 말에 카렌은 그녀가 할 말이 무엇인지

대충 짐작이 갔다.

"말해봐, 알리샤."

"그들을 구할 수 없다면 최대한 고통을 느끼지 않도록 해서 그들의 영혼이라도 자유롭게 해줘."

"알았어."

'라크렘.'

─말해라.

'지금 알리샤가 말한 대로 해줄 수 있어?'

─잠시만 기다려라. 파괴의 파편이여, 내 아들이여, 내 너희에게 새로운 생명을 부여하노니 깨어나라.

라크렘의 말이 끝나자 카렌의 몸 주위로 모래알만큼이나 작은 빛덩이들이 생겨났다. 그리고는 카렌의 몸 주위를 빙글빙글 돌기 시작했다.

─너희들의 아버지이자 주인으로 명한다. 이곳에 있는 모든 종족의 위치를 알아내 오너라.

라크렘의 묵직한 음성이 울리자 작은 빛덩이, 즉 라이오너들은 금세 주먹만 하게 커지더니 곧 사라졌다.

철혈대주는 갑자기 카렌의 몸에서 반짝이는 무언가가 흘러나오더니 밝아졌다가 금세 사라지자 신기한 느낌을 감출 수 없었다. 그와 동시에 비록 빛이 사라지긴 했지만 헤아릴 수 없을 만큼 많은 작은 진기의 조각들이 사방으로 퍼져 가는 것을 곧 깨달을 수 있었다.

'라크렘.'

─말해라, 카렌.

'마물들이나 몬스터들의 수가 적지 않은 것 같은데 해치울 수 있겠어?'

─착각하지 마라. 날 너와 같은 인간이라고 착각하지 않았으면 좋겠다. 인간계에 묶여 있긴 하지만 난 정령왕이다. 더구나 너의 누나가 너의 몸에 주입한 신성력 덕분에 나의 파괴력에도 신성력이 스며들어 더욱 강력한 파괴력을 발휘할 수 있게 되었다. 나 스스로 신성력을 만들어낼 수는 없지만 네 몸에 스민 신성력 정도라면 어떤 마물이라도 해치울 수 있다.

라크렘의 말이 끝나는 순간 작은 마나의 조각들이 몰려드는 것이 느껴졌다.

─이 동굴 안에 존재하는 생명체 가운데 너희를 제외한 나머지 생명체들을 말살시키면 되는 것인가?

'그래. 부탁할게.'

─내 생명의 조각이여, 빛 속의 태어나는 파괴의 이름이여. 나 라크렘이 명하노니 라이덴, 모습을 드러내라.

라크렘의 말에 허공중에 거의 100개 가까운 빛덩이가 생겨났고, 그 빛덩이의 100배가 넘는 작은 빛덩이가 모습을 드러냈다.

─여기 있는 이들을 제외한 모든 살아 움직이는 것을 죽여라.

무덤덤한 라크렘의 명령에 좀 전처럼 빛덩이들이 사방으로 날아갔다.

얼마나 시간이 지났을까?

사방으로 흩어졌던 크고 작은 빛덩이들이 다시 돌아왔는데 처음 날아갈 때와는 달리 빛의 밝기가 상당히 줄어들어 있었다. 카렌 주위로 모여든 빛덩이들은 누가 먼저라고 할 것도 없이 카렌의 몸으로 스며들기 시작했고, 일행들이 있던 곳은 다시 어둠에 잠겨들었다.

"나가자."

"잠깐."

알리샤를 제지한 것은 카렌이었다.

"알리샤, 할 말이 있어."

"할 말? 뭔데?"

"너를 고통스럽게 만든 자 기억나?"

예상하지 못했던 카렌의 질문에 알리샤는 반문했다.

"그걸 왜 묻는 거지?"

"잘 생각해 봐. 뭔가 다른 사람들과 다른 특징 같은 것이 기억나지 않아?"

"잠깐만 기다려 봐. 글쎄… 상당히 아름다운 얼굴이었다는 것하고……."

말꼬리를 흐리는 알리샤의 태도에 카렌은 자신의 짐작이 맞는 것 같다는 생각이 들었다.

"혹시 귀가 크지 않았어? 머리도 상당히 길고 말이야. 살색이 검은 색이었을 수도 있어."

카렌의 말에 곰곰이 생각하던 알리샤는 고개를 들어 카렌을 쳐다봤다.

"카렌, 네가 그걸 어떻게 아는 거지?"

"내가 알아본 정보로는 다크 엘프들의 로드라는 다크 엘프일 거야. 토루젠이라고 하는데 그가 다크 엘프들에게 명령을 내려 알리샤의 몸을 개조한 거야. 아니, 알리샤뿐만이 아니라 수없이 많은 사람들을 실험했지. 하지만 성공을 한 것은 알리샤뿐인 것 같아."

"다크 엘프 로드 토루젠?"

무표정하던 알리샤의 얼굴에 표정이라고 말할 수 있는 것이 비로소 생겨났다.

"그가 날 키메라로 만들었다고?"

“자세한 것은 토루젠이란 자를 만나봐야 알 수 있을 것 같아.”

카렌과 알리샤가 대화를 나누는 동안 지면에 귀를 대고 지청술(地聽術)을 펼치던 철혈대주가 몸을 일으켰다.

“동굴 안에 있던 모든 존재들이 사라진 것 같습니다.”

“카렌, 이만 나가자.”

“그런데 어디로 가실 겁니까?”

“키메라들이 이동한 곳으로 가야 하지 않겠습니까?”

“갑시다.”

카렌의 말에 일행들은 동굴을 빠져나갔고, 동굴을 빠져나가자마자 알리샤는 자신에게 아픈 기억만 남겨준 동굴을 향해 다크문을 휘둘렀다.

“사령파천황(邪靈破天荒)!”

쾅!

쩌쩌쩌~쩍~

우르르~쾅~

다크문에서 쏟아진 항거할 수 없는 거력이 동굴의 입구 위쪽을 강타하는 순간 거대한 암반에 금이 가기 시작했고, 얼마 지나지 않아 요란한 소리와 함께 암석들이 무너져 내리기 시작했다.

동굴 위 하늘을 덮고 있던 먹구름들이 빠르게 흩어지기 시작했고, 잠시 그 모습을 지켜보던 일행들은 곧 그 자리를 떠났다. 그리고 그 뒤를 스콜피온 키메라 세 마리가 어슬렁거리며 쫓아왔다.

제10장
키메라 3

키메라 3

"총사령관 각하, 전쟁이 너무 길어지고 있어 걱정입니다."

"그러게 말입니다. 지금쯤이면 어떤 식으로든 결판이 날 거라고 예상을 했었는데……."

막사 안에 모였던 지휘관들과 데미안은 당면한 문제에 대해 고민하고 있었다.

그도 그럴 것이 이들은 이미 상당히 북쪽으로 진격해 있었다. 많은 몬스터와 마물들, 그리고 키메라들을 제거하며 북진했기에 결과만 보면 만족할 만했다. 하지만 당면한 문제는 바로 그 북쪽으로 진격했다는 사실에 있었다.

시기는 이제 10월 중순밖에 되지 않았지만 이곳의 날씨는 이미 아침저녁으로 얼음이 얼고 있었다. 낮에도 입김이 나올 정도로 온도가 내려갔는데, 문제는 병사들이 아직까지도 대부분 여름철 복장을 입고 있다는 것이었다.

총사령관인 데미안은 당연히 후방에 겨울철 옷을 지원해 주기를 요청했고, 각 제국과 왕국은 병사들에게 지급할 의복을 준비하기에 여념이 없었다. 하지만 예상보다 시간이 더 걸렸고, 이미 20일 이상이 지났지만 후방에서는 좀 더 기다려 달라는 말뿐이었다.

마물과 몬스터들의 공격이 상당히 줄어 지휘관들이 겨우 마음을 놓으려는 상황이었는데 이번엔 날씨가 토벌군들의 발목을 잡은 것이다. 게다가 며칠 사이에 기온이 뚝 떨어진 게, 당장 눈이 내린다 해도 이상할 것이 없는 날씨였다. 어쩔 수 없이 더 이상 전진을 포기한 채 병사들에게 대기를 지시해 놓은 상태였다.

"보급품이 언제나 도착할지 모르겠군요."

"얼마 전 보급 부대가 출발했다고 했으니 아마 며칠 안으로 도착할 거라 생각됩니다."

카렌의 대답에 고개를 끄덕이면서도 지휘관들은 앞으로의 상황을 걱정해야만 했다. 늦가을임에도 불구하고 이렇게 기온이 떨어지는데 정작 겨울로 들어서면 얼마나 더 기온이 떨어질지 걱정이 아닐 수 없었다.

방한복을 입은 상태에서는 아무래도 행동이 굼뜰 수밖에 없었다. 순간의 판단이 생사를 결정하는 전장에서 제대로 움직이지 못한다는 것은 자신의 목숨을 상대에게 내맡기는 것과 다를 바 없었다.

"일단은 현 상태에서 방어진을 구축하고 보급품이 올 때까지 기다리는 수밖에 없을 것 같습니다."

"총사령관 각하, 차라리 보병 부대는 이곳에 주둔시키고 기사들과 기병들로 부대를 구성해 전진시키는 것이 어떻겠습니까?"

"나도 라이포트 공작의 의견에 동의하오. 기사들이라면 마나를 사용할 줄 아니 날씨가 조금 추운 정도는 충분히 견딜 수 있을 거외다."

두 사령관의 의견에 고개를 끄덕이던 데미안은 자신을 보고 있는 워렌시아 공작과 체로크 공작에게 물었다.

"두 사령관께서는 어떻게 생각하십니까?"

"물론 나도 라이포트 공작과 같은 생각을 해보지 않은 것은 아니오. 하지만 문제는 기사들은 마나를 사용할 줄 알지만 기병들은 그저 남보다 말을 조금 잘 타는 보통 병사들이라는 것이 문제외다."

"그렇습니다. 더구나 마나를 사용할 줄 아는 기사들이라고 해도 마물들을 상대하기에는 문제가 많소이다. 그렇다고 무력이 부족한 프리스트를 기사들과 동행시키는 것도 문제라 하지 않을 수 없습니다."

두 공작의 의견에 데미안이 자신의 생각을 피력했다.

"저 역시 2군 사령관께서 말씀하신 의견을 생각해 보았습니다. 하지만 그 방법을 채택하지 않은 것은 1군과 3군 사령관께서 말씀하신 이유도 있지만 무엇보다 기사들의 수에 비해 전선이 너무 넓다는 점입니다. 기사들의 피해를 줄이려면 일정한 수를 묶어 전진시켜야 하는데 그럴 경우 적의 매복에 걸려 낭패를 보게 될지 모르는 일입니다. 설사 그렇지 않더라도 마물과 몬스터, 그리고 키메라들이 기사단을 우회해 토벌군의 본진을 공격한다면 일반 병사들의 피해가 너무 클 것입니다."

데미안의 말에 막사 안에 모여 있던 각 군 사령관 및 지휘관들은 고개를 끄덕이지 않을 수 없었다.

"만약 저희에게 마법사의 숫자가 좀 더 많았다면 저도 2군 사령관의 의견을 채택했을 겁니다. 하지만 현재는 그럴 수 있는 상황이 아니니

시간이 조금 걸리더라도 보급을 받아 토벌군 전체가 함께 움직이는 것이 좋을 것 같습니다. 그리고 이건 제 생각입니다만 적들의 본진이 그리 멀지 않은 것 같습니다.”

“그렇게 판단하는 근거가 뭡니까?”

“북쪽에서 느껴지는 마계의 기운이 이전보다는 훨씬 강하게 느껴집니다. 그리고 네로브가 최후의 싸움이 멀지 않았다는 아레네스님의 계시가 있었다고 하더군요.”

“아레네스님의 계시가 있었다면야…….”

데미안의 말에 라이포트 공작은 슬그머니 말꼬리를 흐렸다.

그럴 만도 한 것이 가끔 네로브가 아레네스의 계시라고 말한 적이 있는데 그런 경우에 그녀가 말한 내용은 놀랄 만큼 정확해 병사들의 피해를 많이 줄일 수 있었다. 애매모호하게 말하는 다른 ‘신의 음성’들과는 판이하게 달랐다.

하지만 데미안은 각 군 사령관들에게 아직까지 말하지 않은 것이 있었다.

계시를 받기 위해 너무 많은 힘을 쓴 탓인지 알 순 없었지만 언제부턴가 네로브는 침대에 누워서 지내는 시간이 길어져 갔다. 파리한 안색을 한 딸의 모습을 보는 데미안의 마음은 너무나 고통스러웠지만 네로브의 부탁 때문에 지금까지 다른 사람들에게는 그녀의 이야기를 한 적이 없었다. 하지만 잔뜩 피곤한 모습으로 잠들어 있는 딸의 모습을 볼 때마다 데미안은 주체할 수 없는 분노를 억누르기 위해 안간힘을 써야만 했다.

만약 몬스터들과의 싸움이 아니었다면, 아니, 몬스터들에게 화풀이를 해대지 않았다면 아마도 벌써 예전에 미쳐 버리고 말았을 것이다.

"결국은 보급품을 전달받아 지금까지처럼 정공법으로 적을 상대하는 수밖에 없겠구려."

"아무래도 그렇게 하는 것이 비록 시간은 걸리더라도 피해를 줄일 수 있는 유일한 방법 같습니다. 그러니 보급품이 전달될 때까지 병사들이 건강을 유지하는 데 만전을 기해주시기 바랍니다. 그리고 기사단으로 하여금 정찰조를 운영해 혹시 있을지 모르는 적의 공격에 대비해 주십시오."

"알겠습니다, 총사령관 각하."

"명심하겠소이다."

"그럼 우리는 이만……."

각 군 사령관들과 지휘관들이 각자 자신들의 진영으로 돌아가고서야 데미안은 자리에 털썩 주저앉았다.

"휴우~ 대체 이 전쟁이 언제 끝날지 모르겠군."

데미안의 입에서 긴 한숨이 흘러나왔다.

"으드득. 만약 네로브나 카렌이 조금이라도 잘못된다면…… 뮤란 대륙에 존재하는 모든 신들의 신전을 모조리 불태워 버릴 것이다. 더 이상의 희생은 용납할 수 없다."

어금니를 악문 데미안의 말에는 살기마저 실려 있었다.

＊　　　＊　　　＊

다각다각.

약 50여 기의 기마가 흙먼지를 일으키며 평원을 가로지르고 있었다.

풀 플레이트 메일을 걸친 기사들이었는데, 가장 앞쪽에 있던 두 명

의 기사 가운데 하나가 불을 내뿜고 있는 도마뱀이 수놓여 있는 깃발
을 들고 있었다. 그 옆에서 함께 달려가던 기사가 돌연 손을 번쩍 들었
다.

"정지!"

히히히힝~

기사단장의 신호에 기사들은 일제히 말고삐를 잡아당겼고, 전마들
은 거의 동시에 앞발을 쳐들고 일제히 멈춰 섰다. 자욱하게 흙먼지가
일었다가 곧 바람에 날려갔고, 앞쪽에서 기사들에게 정지를 명령했던
기사단장은 주위를 둘러보았다. 하지만 보이는 것은 오직 누런 흙바닥
뿐이었다.

"오늘은 여기서 야영을 하고 내일 동쪽을 정찰한 다음 본대로 복귀
한다."

"1소대와 2소대는 식사 준비를 하고 3, 4, 5조는 방어 진지를 구축
해라."

부단장의 말에 기사들은 신속하게 움직이기 시작했고, 열 개가 넘는
막사가 순식간에 세워졌다.

얼마 지나지 않아 주위는 완전히 어두워졌고, 찬바람이 불기 시작했
다.

북쪽에서 불어오는 바람은 이미 소드 익스퍼트에 들어선 기사들도
한기를 느낄 정도로 차가웠다. 평원 지역에선 모닥불빛이 몇 킬로미터
밖에서도 확연하게 구별되기 때문에 불을 피울 수도 없는 상황이었다.

기사들은 어쩔 수 없이 잠을 청하다 일어나서 몸을 풀고, 체온이 올
라가면 다시 잠을 청하기를 반복해야만 했다. 그렇게 새벽이 되었을
땐 모두들 제대로 잠을 이루지 못해 신경이 극도로 곤두서고 몸은 극

도의 피곤을 느끼고 있었다. 다만 기사단장만이 그래도 소드 익스퍼트 최상급의 실력자라 별로 추위를 느끼지 못해 편하게 잠을 이룰 수 있었을 뿐이다.

이들은 바이샤르 제국의 속국인 칼더렌 왕국의 2대 기사단 가운데 하나인 살라멘더 기사단이었다. 기사단 소속 기사들은 주로 귀족가의 자제들이 많아 귀족 기사단이라고도 불리고 있었는데, 이름과는 달리 단원들의 실력은 그리 뛰어나지 않았다.

새벽녘 모든 기사들이 잠에 취해 있을 때 불침번을 서던 두 명의 기사는 뭐가 마음에 들지 않는 것이 있는지 입이 툭 튀어나와 있었다.

"우리가 왜 이런 황무지까지 와서 고생을 해야 하는 거지?"

"그러게나 말이야. 제대로 쉬지도 못하고, 먹지도 못하고 추위에 덜 덜 떨면서 말이야. 평민 놈들은 따스한 집 안에서 편히 쉬고 있는데 왜 우리가 이런 고생을 해야 하는 거냐 말이야."

"본국에 있었으면 따스한 방에서 평민 계집들을 데리고 놀면서 시간을 보낼 수 있었을 텐데…… 이젠 이런 생활도 지겨워."

"나도 마찬가지야. 우리를 혹시 아직도 훈련생이라고 착각들하고 있는 거 아니야? 왜 그렇게 하지 말라는 게 그렇게 많아? 우리가 앞으로 귀족이 될 사람들이란 걸 혹시 잊어버린 것 아니야?"

열심히 불만을 터뜨려 대던 두 기사 가운데 하나가 갑자기 말문을 닫았다. 그런 행동에 곁에 있던 친구가 고개를 갸웃거렸다.

"왜 그래?"

"저기 좀 봐. 뭔가가 움직인 것 같지 않아?"

"뭐가? 내 눈에는 아무것도 안 보이는데?"

"자세히 봐. 저기 뭔가 검은 물체가 움직이는 것 같지 않아?"

"어딜 말하는 거야? 아무것도 안 보여."

아무것도 보이지 않는다는 친구의 말에 처음 말을 꺼냈던 기사는 혹시 자신이 뭔가를 잘못 본 게 아닐까 하는 생각을 했다.

"부단장님께 보고할까?"

"아니야. 좀 더 확인해 보고 난 뒤에 보고하자. 잠든 지 얼마 되지 않았는데 괜히 깨웠다가 무슨 소릴 들으려고 그래? 잠깐만 기다려 봐. 내가 알아보고 올게."

"조심해. 무슨 일 있으면 날 불러."

동료의 곁을 떠난 기사는 조용히 롱 소드를 뽑아 든 채 어둠 속으로 천천히 발걸음을 떼었다. 금방이라도 터질 것처럼 심장이 두근거렸지만 침을 몇 번 삼키며 자신이 조금 전 본 것을 확인하기 위해 조금씩 앞으로 나아갔다.

마침내 자신이 뭔가를 목격한 곳에 도착했을 때 그가 발견한 것은 아무것도 없었다.

스스스스~

그에 막 돌아서려고 할 때 그의 귓가에 희미한 소리가 들려왔다. 마치 작은 뱀이 풀밭 위를 미끄러져 갈 때나 들릴 법한 소리였다. 아마도 이렇게 늦은 밤이 아니었다면 들을 수 없었을 것이다.

눈물이 날 만큼 크게 눈을 부릅뜨고 주변을 둘러보았지만 역시 보이는 것은 아무것도 없었다. 갑자기 불안해진 기사는 발작적으로 롱 소드를 휘둘렀지만 걸리는 것은 없었다.

서둘러 돌아가려고 기사가 막 돌아서는 순간,

퍽!

어둠을 가르며 뭔가가 날아와 기사의 목과 심장을 동시에 꿰뚫어 버렸다.

철판으로 만든 브레스트 메일을 뚫고 자신의 심장을 꿰뚫은 것을 발견하는 순간 기사는 입을 크게 벌렸지만 이미 성대가 파괴된 후였기에 아무런 말도 할 수 없었다. 기사가 고개를 떨어뜨리는 순간 그의 몸을 꿰뚫었던 그 뭔가는 선혈을 사정없이 빨아들이기 시작했고, 기사를 금세 미라로 만들어 버렸다.

기사를 미라로 만든 존재는 사방으로 뻗은 촉수를 꿈틀거리며 살라멘더 기사단의 야영지를 향해 기어갔다.

시간이 지나도 친구가 돌아올 생각을 하지 않자 남아 있던 기사는 불안함을 감추지 못하고 이리저리 서성이고 있었다. 그러다 작고 가벼운 물체가 풀밭에 비벼지는 듯한 소리를 들었다. 흠칫 놀란 기사가 뒤를 돌아보는 순간 지금까지 한 번도 본 적이 없는 괴상하게 생긴 것들이 야영지로 몰려드는 것을 발견할 수 있었다.

거북이의 등 껍질처럼 생긴 것이 몸체 위를 덮고 있었고, 몸체를 받치고 있는 것은 수십 개는 넘어 보이는 거대한 촉수였다. 기사가 조금 전 들었던 뭔가가 비벼지는 소리는 바로 촉수들이 번갈아 지면을 밀어내면서 전진하는 소리였다.

만약 그가 바닷가 근처에서 살았다면 다가오고 있는 것이 터틀옥토퍼스라고 불리는 몬스터라는 것을 금세 알아볼 수 있었을 것이다. 하지만 불행하게도 칼더렌 왕국은 산악에 위치한 왕국이라 기사는 다가오는 것이 무엇인지 전혀 알지 못했다.

더구나 바닷가를 떠나서는 살 수 없는 몬스터기에 더더욱 짐작하기 어려웠을 것이다.

그가 잠시 망설이는 순간 서너 마리의 터틀옥토퍼스가 촉수를 뻗어
왔고, 기사는 그 자리에서 꼼짝도 하지 못한 채 목숨을 잃어야만 했다.
그리고 그때부터 몬스터들의 일방적인 학살이 시작되었다.

막사 안에서 잠을 자고 있던 기사들은 변변한 반항 한 번 해보지 못
한 채 속절없이 목숨을 잃어야만 했다.

신경을 자극하는 소리에 눈을 뜬 기사단장은 황급히 일어나 무기를
뽑아 든 채 막사 밖으로 나갔다. 그런 그가 발견한 것은 터틀옥토퍼스
에게 피를 모조리 빼앗긴 채 지면에 나뒹굴고 있는 부하들의 모습이었
다.

부하들이 목숨을 잃고 있을 때 자신은 아무것도 모르고 그저 잠만
자고 있었다니…….

"이 빌어먹을 놈들아! 내 부하들을 살려내라. 차앗!"

사정없이 롱 소드를 휘두르며 달려나간 기사단장의 롱 소드가 지면
에 나뒹군 것은 태양이 떠오르기도 전이었다. 그렇게 칼더렌 왕국의
살라멘더 기사단은 전멸해 버렸다.

*   *   *

"총사령관 각하."

"무슨 일인가?"

"각 군에서 정찰조로 운영하던 기사단들이 전멸했다는 보고가 들어
왔습니다."

"전멸이라고?"

부관의 보고에 데미안은 기가 막히다는 표정을 짓지 않을 수 없었다.

"좀 더 자세하게 보고해 보게."

"예, 총사령관 각하. 각 군에서는 이틀 전 총사령관 각하의 지시에 따라 100여 개의 정찰조를 절반씩 교대로 운영하고 있었습니다."

"그럼 네 개 군이니 모두 200개의 정찰조가 활동하고 있었단 말인가?"

"그렇습니다, 총사령관 각하."

"계속 보고해 보게."

"그런데 오늘 돌아오기로 되어 있던 정찰조 가운데 90개 정도가 돌아오지 않았다고 합니다."

"정찰조가 전멸한 원인은 조사했나?"

"급히 조사단을 파견했지만 발견한 것은 몬스터로 짐작되는 흔적과 선혈을 모조리 빼앗긴 시신뿐이었다고 합니다."

"몬스터의 짓이 확실한가? 혹시 마물이나 키메라의 짓은 아닌가?"

"확실한 것은 알 수 없습니다만, 동행한 프리스트들이 마계의 기운은 느끼지 못했다고 하니 마물이나 키메라의 짓은 아니라고 추정할 뿐입니다."

"피해 규모는?"

"각 정찰조마다 차이가 있긴 하지만 대략 50명에서 100명씩으로 구성되어 있으니 최소 5,000에서 최대 10,000명의 기사들이 목숨을 잃었을 것으로 추정됩니다."

부관의 보고에 데미안은 기가 막혔다.

그렇게 많은 수의 기사들이 목숨을 잃었는데도 무엇이 그들의 목숨을 빼앗은 것인지 알지 못한다니…… 토벌군에 소속된 기사와 병사들의 생명을 책임지고 있는 데미안에게는 너무나 황당한 일이 아닐 수

없었다. 게다가 그렇게 많은 기사 가운데 몬스터의 공격을 피해 자신
들이 공격받은 사실을 알린 기사들이 단 한 명도 없다는 사실을 받아
들이기 힘들었다.

물론 제국의 기사단과 왕국의 기사단의 실력이 똑같을 수는 없겠지
만 어떻게 단 한 명의 생존자도 없을 수 있는지 이해할 수가 없었다.
혹시 적의 수가 저항조차 제대로 할 수 없을 정도로 엄청나게 많았던
것은 아닐까 하는 생각이 들기도 했다.

데미안이 그런 고민을 하고 있을 때 밖에서 막사를 지키고 있던 병
사의 음성이 들렸다.

"총사령관 각하, 네로브님이 찾아오셨습니다."

"네로브가? 들여보내게."

파리한 안색을 한 네로브가 두 명의 여성 프리스트들의 부축을 받으
며 천천히 막사 안으로 들어섰다.

"무슨 일이냐? 안색이 좋지 않은데 쉬지 않고."

"아레네스님의 계시가… 있어서 왔어요."

네로브는 힘이 드는지 잠시 쉬다가 말을 이어갔다.

그런 모습을 지켜보는 데미안의 얼굴은 금세 싸늘해졌다. 무공이 이
미 신화경(神化境) 달한 데미안은 네로브의 생명력이 극도로 약해진 것
을 직감적으로 느낄 수 있었다.

마치 한계까지 힘을 쓴 사람처럼 기진맥진해 있는 것을 보면 그녀의
상태가 무척이나 좋지 않음을 누구든 쉽게 알 수 있을 정도였다. 더구
나 프리스트들이 근처에 있음에도 상태가 이렇다는 것은 그들의 능력
으로도 치유가 불가능한 일이란 말 아닌가.

"으드득."

이를 가는 데미안의 전신에서는 금방이라도 피를 부를 것 같은 살벌한 기운이 쏟아져 나왔다.

네로브의 상태를 주시하고 있던 여성 프리스트들은 막사 안을 서늘하게 만드는 데미안의 살기에 몸을 부르르 떨었다. 그녀들로서는 단 한 번도 경험해 보지 못한 그야말로 무지막한 살기였다.

"아버지, 살기를 거둬주세요."

네로브의 힘없는 말에 데미안은 눈 깜짝할 사이에 살기를 거둬들였다.

"괜찮은 거냐?"

"전 괜찮으니까 걱정하지 않으셔도 돼요."

"몸도 성하지 않으면서 왜 이곳까지 온 거냐? 할 말이 있다고 사람을 보냈으면 내가 네 막사로 갔을 텐데 말이다."

"급한 일이에요. 더 이상 정찰조를 운영해서는 안 돼요."

"네로브님, 그게 무슨 말씀이십니까? 적의 공격이 언제 있을지 모르는데 피해를 줄이려면 정찰조 운영은 필수적입니다."

네로브의 말에 부관은 그녀가 군대의 운용에 대해 아무것도 모르기 때문에 그런 말을 하는 것이라 생각했기에 자세하게 설명하려 했다. 하지만 그런 그의 의도는 데미안이 손을 드는 순간 멈춰야만 했다.

"그걸 몰라서 저 아이가 말하는 것이 아닐 걸세. 일단 들어보세. 계속 말해보거라."

"정찰조가 극심한 피해를 입은 것은 비행 몬스터와 마물들 때문이에요. 비행 몬스터들이 먼저 정찰조의 위치를 확인한 다음 대항할 수 없을 정도로 많은 수의 몬스터들이 정찰조를 포위해 몰살시키는 방법을 썼기 때문에 피해가 클 수밖에 없었던 거예요. 정찰조를 다시 보낸다

고 해도 비행 몬스터들을 없애지 않는 이상 피해는 계속 생길 수밖에
없어요."

네로브의 말에 부관의 얼굴은 금세 벌겋게 변했다.

"하지만 언제까지 이 자리에 주둔하고 있을 수만은 없지 않느냐?"

"앞으로 5일 안으로 보급 부대가 도착할 거예요."

"설사 보급 부대가 도착한다고 하더라도 모든 부대가 보급을 마치려
면 족히 10일 이상이 소요될 거다."

"토벌군 전체에 보급이 완료되고 한 달 정도가 지난 다음 이번 전쟁
의 향방을 좌우하는 최후의 결전이 벌어지게 될 거예요."

"최후의 결전……."

솔직한 심정을 말하자면 한 달 뒤에 있을 싸움의 결과가 어떻게 될
지보다는 네로브가 당장 기운을 차리고 완쾌되는 것이 더 중요했다.

허공을 노려보는 데미안의 눈길은 이글거리고 있었다.

"언제까지 당신들의 뒤치다꺼리를 맡길 셈인가? 난 내 가족을 세상
그 무엇보다 소중하게 여기는 사람이다. 만약 네로브에게 불행한 일이
생긴다면 뮤란 대륙에 존재하는 모든 신전을 불태워 버릴 것이다."

데미안의 갑작스러운 말에 네로브 곁에 있던 두 여성 프리스트는 물
론 부관까지 잠시 어리둥절한 표정을 짓지 않을 수 없었다. 대체 누구
에게 하는 말인가?

데미안이 한 말의 속뜻을 짐작하는 이는 네로브뿐이었다.

'아버지. 전 당신이 제 아버지라는 사실이 너무나 자랑스럽습니다.
하지만 저에게는 아레네스님의 말씀을 세상 사람들에게 전해야 하는
사명이 있답니다. 그 일은 저만이, 그리고 저의 남은 생을 바쳐서라도
반드시 해야 될 사명이란 걸 이제는 아버님도 받아들여 주시길 저는

바란답니다. 당신의 한없는 사랑이 저를 지켜주시는 한 저는 쓰러지지 않아요. 아버지, 당신을 사랑합니다. 그러니 너무 신들을 미워하지 마세요, 아버지.'

눈을 감은 네로브의 얼굴은 비록 초췌해 보였지만 모든 것을 포용하고 감싸 안는 거룩하고 신성한 기운이 어려 있었다.

*   *   *

카렌과 일행들이 몬스터의 흔적을 따라간 지도 벌써 3일이 지났다.

설원을 지나 다시 평원 지역을 만나게 되었는데, 새하얀 색만을 보아오다가 누런 흙바닥을 보니 너무나 반가웠다. 특히 흙바닥에서 중형 이상의 대형 몬스터들이 꽤나 되는지 이동한 흔적을 찾는 것은 그리 어려운 일이 아니었다. 아니, 너무 쉬워 신경 쓸 필요도 없었다.

일행들을 걱정시킨 것은 남겨진 흔적들이 너무나 다양하다는 것이었고, 특히 그 수가 많아도 너무 많다는 것이었다. 도저히 얼마나 되는지 짐작조차 하기 힘들었다.

비상 식량으로 준비한 육포는 충분했지만 몇 달 동안 육포만 먹었더니 이제는 육포를 먹는 것인지 아니면 나뭇조각을 씹는 것인지 구별을 하기 힘들 정도였다. 그리고 군식구가 되어버린 스콜피온 키메라들은 일행들을 무서워하면서도 알리샤 곁을 떠나려 하지 않았다.

좀 더 정확하게 말하자면 알리샤보단 그녀가 가지고 있는 다크문을 따라다닌다고 보아야 할 것이다. 키메라들의 근원을 이루는 것이 마계의 기운이기 때문인지 마치 먹이를 따라 이리저리 움직이는 강아지처럼 알리샤의 뒤만 졸졸 쫓아다니는 모습은 정말 안쓰러워 보였다. 그래도 키메라들의 먹이를 따로 구하지 않아도 된다는 것은 일행들로서는 정말 다행스러운 일이 아닐 수 없었다.

문제는 몬스터들의 흔적을 쫓아 이동한 지 다시 4일이 지났을 때 일어났다.

왕립 아카데미에서 배운 추적술을 최대한 활용해 일행들을 인솔하던 카렌은 어느 순간 걸음을 멈추고 주위를 두리번거렸다. 카렌의 행동에 일행들도 주위에 흩어져 몬스터들의 흔적을 찾았지만 그 어디에도 몬스터들의 흔적은 보이지 않았다.

마치 이 근처에서 모조리 대규모 이동 마법진을 이용해 이동이라도 한 듯 감쪽같이 사라져 버린 것이었다. 일행들로서는 정말 힘이 빠지는 일이 아닐 수 없었다.

"일단은 이곳에서 쉬면서 상황을 정리해 보자."

카렌의 말에 일행들은 흙바닥에 털썩 주저앉았다.

둘러앉은 일행들을 보며 카렌이 먼저 말을 꺼냈다.

"몬스터들의 이동한 흔적을 쫓아 여기까지 왔는데 너희들도 본 것처럼 이곳에서 감쪽같이 흔적이 사라졌어. 어떻게 된 일이라고 생각해?"

"혹시 마법이 사용된 것은 아닐까? 그렇지 않고서야 이렇게 감쪽같이 사라질 수는 없는 거잖아."

"물론 그럴 수도 있지만 그렇게 많은 몬스터를 모두 이동시키려면 마법사들이 엄청나게 필요할 텐데 그렇게 많은 마법사들이 저들에게 있었다면 여태까지 전투에 참가하지 않을 이유가 없잖아. 그보다는 혹시 몽땅 날아간 것은 아닐까?"

"하지만 그렇게 많은 몬스터들이 모두 비행 몬스터라면 여기까지 걸어왔어야 할 이유가 없지 않습니까?"

철혈대주의 지적에 러쎌과 알리샤는 고개를 끄덕거리긴 했지만 몬스터가 어떤 방법으로 이곳에서 사라질 수 있었던 것인지 너무나 궁금했다.

"물론 몬스터들이 사라진 것도 중요한 문제긴 하지만 더 중요한 것은 과연 사라진 몬스터들이 지금은 어디에 있느냐는 것이야."

카렌의 말에 일행들은 이리저리 생각을 해봐도 결론은 결국 하나일 수밖에 없었다.

"아마 토벌군을 공격하기 위해 이동한 것 같은데 이제부터 어떻게 하지?"

"휴우~ 예전에 아버지가 마법을 익히라고 했을 때 익혔다면 이럴 때 간단하게 적을 찾을 수 있었을 텐데… 정말 아쉽군."

안타까운 마음에 카렌은 긴 한숨을 내쉬었다.

"카렌님, 방법이 없을 때는 잠시 휴식을 취하는 것도 좋습니다. 지금까지 제대로 쉬어본 적도 없지 않습니까? 차라리 쉬면서 앞으로의 일을 생각하는 게 어떻겠습니까?"

"그럴까요? 그럼 잠시만 쉽시다."

말을 한 카렌은 흙바닥을 개의치 않고 드러누워 새파란 하늘을 바라보았다.

겨울철이기 때문인지 아니면 원래 이 지역의 특성인지 파란 하늘에는 구름 한 점 없었다. 검을 들어 쿡 찌르면 금방이라도 파란색의 물이 쏟아질 것처럼 보였다.

잠시 동안 멍하니 하늘을 쳐다보던 카렌은 얼마 전 라크렘이 선보였던 기가 라이트닝 필드를 떠올렸다. 다른 사람도 라크렘이 보였던 무시무시한 능력에 놀랐겠지만 카렌 역시 놀라기는 마찬가지였다.

일반적으로 정령계가 아닌 중간계에서는 정령왕이 가진 능력의 상당 부분을 제약받아 위력이 약해진다고 한다. 그럼에도 불구하고 그렇게 무시무시한 파괴력을 보일 정도라면 본래의 능력은 어느 정도란 말인가? 정령왕이란 존재에 대해 다시 한 번 생각하게 되는 순간이었다.

'라크렘, 거기 있어?'

—말해라.

'혹시 라이오너들에게 주위를 정찰시킬 수 있어?'

—가능하다.

너무나 담담한 라크렘의 말에 카렌은 가벼운 배신감마저 들었다.

지금까지 정찰을 하느라 얼마나 고생했는데 왜 그런 사실을 이제야 말한단 말인가?

—라이오너가 정령이라는 사실을 잊어버린 것 아닌가? 당연히 소환자가 부탁(?)하면 정찰 정도는 충분히 할 수 있다. 하지만 네가 생각하는 것처럼 그렇게 간단한 것은 아니다. 라이오너는 번개의 정령. 중간계의 어떤 정령보다 빠르게 움직일 수 있지만 모습을 감추지는 못한다. 더구나 얼마 전부터는 아레네스의 신성력마저 지니게 되어 마계의 기운을 가진 마물들은 더욱 민감하게 라이오너의 존재를 느끼게 되었다. 난 네가 그 사실을 알고 있었기 때문에 라이오너를 소환하지 않은 줄 알았다.

덤덤한 어조로 말하는 라크렘의 태도를 얄밉다고 해야 할지 아니면 무심하다고 해야 할지 선뜻 판단을 내릴 수 없었다. 어떨 때는 정말 자신의 생명마저 맡길 수 있을 정도로 듬직하게 생각했다가도 지금 같은 경우에는 그저 황당할 뿐이었다.

'그럼 얼마나 먼 곳까지 정찰할 수 있지?'

―내가 소환해서 명령을 내리는 것과 아닌 것은 많은 차이가 있다. 내가 라이오너에게 명령을 내리면 수백 킬로미터는 충분히 정찰할 수 있다.

'우리가 왜 이곳에 있는지 그 이유를 아나?

―그 동굴 속에 있었던 몬스터와 키메라들의 행방을 찾는 것 아닌가?

'그렇다.'

―그럼 일단 나를 소환해라.

"라크렘!"

카렌의 외침에 카렌의 단전 부근에서 작은 빛덩이 하나가 빠져나오더니 순식간에 수박만큼 커졌다. 그리고 그 빛 속에서 다시 손톱만 한 작은 빛덩이 수십 개가 빠져나와 사방으로 번개처럼 날아갔다.

영문을 모르는 일행들은 그저 카렌의 얼굴을 바라볼 뿐이었다.

카렌이 왜 갑자기 라크렘을 소환한 것인지 그 이유를 알 수 없었기 때문이다.

손을 들어 질문을 던지려는 일행들을 제지한 카렌은 허공에 떠 있는 라크렘을 쳐다봤다.

잠시의 시간이 지난 뒤 작은 빛덩이들이 라크렘의 몸으로 스며들고 난 후 라크렘이 다시 카렌의 몸으로 들어가고 난 다음에야 카렌이 설명했다

"라크렘에게 물었더니 라이오너에게 정찰할 수 있는 능력이 있다고 해서 조금 전 라크렘에게 부탁을 했어. 라크렘의 말에 의하면 100킬로미터 안에는 단 한 명의 인간도, 단 한 마리의 몬스터도 없다더군."

"그래? 정령이 그런 것도 할 수 있는 줄은 몰랐어. 앞으로 정찰은 라

크렘에게 부탁하면 되겠군."

"그건 그런데…… 문제는 몬스터나 키메라들의 행방은 여전히 알 수 없다는 게 문제야. 잠깐만 기다려 봐."

'라크렘, 물어볼 것이 있어.'

—뭐냐?

'라이오너들이 수백 킬로미터를 정찰할 수 있다면 라이덴이라면 더 먼 거리를 정찰할 수 있지 않아?'

—물론 그렇기는 하지만 네 몸속의 라이트닝 포스를 이용해야만 한다.

'난 상관없으니까 최대한 먼 곳까지 가서 인간을 제외한 생명체들의 존재를 확인해 줘.'

—알았다. 다시 한 번 나를 소환해라.

"라크렘."

카렌은 라크렘을 소환하자 카렌의 단전에서 빠져나온 라크렘이 다시 허공에 모습을 드러냈다.

지금까지 꽤 여러 가지 경험을 했지만 카렌이 라크렘을 하루에 두 번이나 소환했던 적은 한 번도 없었다. 일행들이 숨을 죽이며 카렌을 바라보는 사이 밝은 빛덩이—라크렘—에서 주먹만 한 빛덩이 10여 개가 모습을 드러냈고, 일행들이 그것을 인식하는 순간 빛덩이들은 사방을 향해 날아갔다.

카렌은 가부좌를 튼 채 운공에 열중하고 있었는데 평소 같았으면 벌써 단전에 마나가 가득 찼어야 함에도 불구하고 지금은 계속 일정량의 마나가 체외로 빠져나가고 있었다. 때문에 카렌은 계속해서 운공을 할 수밖에 없었고, 그가 운공을 멈춘 것은 라크렘으로부터 뇌리를 울리는 음성을 듣고 난 후였다.

운공을 했음에도 불구하고 카렌은 상쾌함은 전혀 느낄 수 없었다. 오히려 상당한 피곤함을 느껴야 했다.

'라크렘, 어때?'

—조금만 더 기다려라. 라이덴들이 상당히 먼 곳까지 정찰을 나간 것 같다.

'그럼 아직까지 아무것도 발견하지 못한 거야?'

—…….

카렌의 질문에 라크렘은 아무 말도 하지 않았다.

라이덴이 라크렘으로 진화한 후 생긴 가장 큰 변화는 바로 지금과 같은 경우였다.

과거 라이덴은 어떤 식으로든 답변을 했었는데 라크렘은 질문에 대한 대꾸가 전혀 없었다. 답답한 마음에 몇 번이나 물어도 답변을 얻은 적보다는 얻지 못한 적이 더 많았다.

다시 한 번 라크렘에게 물으려다 억지로 답답한 마음을 참은 카렌은 무뚝뚝하기 이를 데 없는 라크렘의 사념이 전해지기만을 기다렸다. 일행들과 함께 기다리던 카렌이 라크렘의 사념을 들은 것은 한참의 시간이 흐른 뒤였다.

—찾았다.

'어디? 어디야?'

—인간들의 거리로 서쪽으로 400킬로미터 정도 떨어진 곳에 상당한 숫자의 몬스터와 마물, 그리고 키메라들이 집결해 있는 것을 발견했다.

'그럼 인간들은 얼마나 떨어져 있는 거지?'

—라이덴이 확인한 것에 의하면 약 250킬로미터 정도 떨어졌다.

'숫자는 얼마나 되는 거지?'

―네가 직접 확인해 봐라.

귀찮다는 듯한 라크렘의 대꾸에 카렌이 어리둥절해할 때 카렌의 뇌리에 잔뜩 모여 있는 몬스터들의 모습이 떠올랐다. 언뜻 보아도 거의 500은 족히 되는 숫자였다.

―또 350킬로미터쯤 되는 곳에 비슷한 숫자의 키메라들이 모여 있고, 그곳에서 다시 300킬로미터쯤 떨어진 곳에 비교도 안 될 정도로 많은 몬스터와 키메라, 마물들이 모여 있다.

카렌은 라크렘의 사념에서 그 무리가 적들의 주공(主攻)임을 읽을 수 있었다. 하지만 단 네 명으로는 적들에게 심각한 타격을 입힌다는 것은 현실적으로 불가능했다.

카렌은 라크렘이 보여준 영상과 사념을 일행들에게 자세히 설명한 후 일행들의 의견을 구했다.

"잠깐 내 말을 들어봐. 라크렘의 도움을 받아 겨우 적이 있는 곳은 알게 되었어. 하지만 우리는 겨우 넷에 불과해. 어떻게 하는 게 좋을 것 같아?"

카렌의 말에 일행들은 나름대로 생각을 해보았지만 아무리 생각해 봐도 단 넷이서 그렇게 많은 수의 몬스터와 키메라들을 상대하는 것은 무리였다.

"카렌님, 제 생각을 말씀드리겠습니다."

"말해보십시오, 연 대협."

"일단 적의 본거지로 의심되는 곳은 정령왕의 도움을 받아 손쉽게 파괴할 수 있었습니다. 물론 몬스터와 키메라 대부분이 빠져나갔기 때문이지만 어찌 되었든 더 이상의 적은 만들어지지 않을 테니 후방에 대한 걱정은 없어 꼭 저희가 불리한 것만은 아닙니다. 그리고 저희들의 임무는 몬스터나 키메라를 상대하는 것이 아니지 않습니까?"

철혈대주의 말에 세 사람은 고개를 끄덕였다.

"적의 수괴를 찾아 그들을 제거하는 것, 그리고 불안정한 봉인을 완성시키는 것, 이 두 가지를 무엇보다 선결적으로 해결해야 한다는 것을 잊지 마십시오."

"고맙습니다, 연 대협. 하마터면 가장 중요한 사실을 잊을 뻔했습니다."

"아닙니다. 하면 이제 어떻게 하시겠습니까, 카렌님."

"잘못을 지적받았는데도 그대로 행동할 수는 없는 일. 일단 몬스터와 키메라들은 토벌군에게 맡기고 우리는 적의 우두머리를 찾도록 하겠습니다. 하지만 적과의 거리가 굉장히 멀리 떨어져 있으니 전력으로 달린다고 해도 며칠은 꼬박 달려야 할 겁니다."

"얼마나 떨어져 있는데?"

"직선 거리로는 약 900킬로미터. 하지만 중간중간에 있는 몬스터들과 키메라들을 피해서 가려면 조금은 돌아가야 하니 조금 더 멀어지겠지."

"그럼 쉴 만큼 쉬었으니 그만 출발하자."

"배우기만 하고 별로 써보지 못한 경공을 드디어 써보겠군."

알리샤의 말에 일행들은 고개를 끄덕였다.

그도 그럴 것이 그동안 적들의 흔적을 뒤쫓느라 될 수 있으면 경공을 사용하지 않고 그저 걷는 것보다 조금 빠른 속도로 이동했기 때문이었다. 이제 900킬로미터가 넘는 거리를 이동하는 데 경공을 사용하지 않는다면 시간이 얼마나 걸릴지 상상할 수도 없었다.

"전력을 다해 경공을 발휘한다면 아마 토벌군이 몬스터들과 결전을 벌이기 전에 우리의 임무를 마칠 수 있을 거야. 병사들의 피해를 줄이려면 우리가 하루라도 빨리 임무를 마치고 토벌군에 합류해야 돼. 그리고 경공을 발휘해 간다고 해도 며칠이나 걸릴지 장담할 수 없으니 일단 전력을 다해야 해."

카렌의 말에 고개를 끄덕인 일행들은 그때부터 전력을 다해 카렌의 뒤를 따라 경공을 펼쳐 달리기 시작했는데 정말 놀라운 속도로 평원을 가로지르기 시작했다. 경공으로 달려가던 일행들은 키메라들의 존재를 그제야 기억해 냈고, 키메라들이 자신들의 속도를 따라오지 못할 것이라 예상했다. 하지만 스콜피온 키메라들은 일행들의 우려와는 달리 여섯 개의 다리를 맹렬하게 움직여 일행들의 뒤를 그리 어렵지 않게 뒤쫓아오고 있었다. 일행들의 뒤를 쫓는 것이 아니라 정확히는 다크문의 마기를 쫓아가는 것이었다.

그렇게 네 명의 인간과 세 마리의 키메라는 맹렬한 속도로 서쪽으로 이동해 갔다.

처음 서너 개의 몬스터 무리를 피하는 것은 별문제가 없었다. 하지만 3일째 되던 날 일행들은 하늘을 나는 비행 몬스터에게 발각이 되었고, 상당한 숫자의 몬스터들과 싸움을 벌여야만 했다.

카렌 일행이 싸움을 벌인 몬스터는 약 200여 마리의 트롤이었다.

평소 같으면 철혈대주 혼자서도 상대할 수 있을 정도의 몬스터였지만 지금 그들이 상대하는 트롤은 일반적인 트롤과 달라도 너무 달랐다. 오러에 싸인 검에도 상처를 잘 안 입는 것은 물론 설사 상처를 입는다 하더라고 믿을 수 없이 빠른 속도로 상처가 아물어 마치 영원히 죽지 않는 리치나 불사의 존재와 같았다.

여유를 가지고 싸운 사람은 카렌과 마검 다크문을 가지고 있는 알리샤였다.

특히 다크문은 자신이 마계의 물건임을 증명이라도 하듯 단단하기 이를 데 없는 트롤 키메라의 몸을 손쉽게 꿰뚫어 버렸다. 그리고는 생명력과 피, 그리고 마기를 사정없이 빨아들였다.

거의 3미터에 이르는 트롤 키메라의 몸뚱이가 순식간에 말라 버렸고, 다크문을 뽑는 충격에 트롤 키메라의 사체는 먼지가 되어 날아갔다. 또한 다크문에게 입은 상처는 절대 아물지 않았다.

비록 시간이 좀 걸리기는 했지만 카렌 일행은 결국 트롤 키메라 떼를 모조리 해치울 수 있었다.

아이러니한 것은 트롤 키메라들과 동료라고 할 수 있는 스콜피온 키메라들에게 죽임을 당한 트롤 키메라들도 상당하다는 것이었다. 스콜피온 키메라들의 집게발은 트롤 키메라들을 두 동강 낼 정도로 강했고, 꼬리의 독침은 변형 트롤의 재생력을 무효로 만들어 버리며 털이든 가죽이든 단숨에 녹여 버렸다.

트롤 키메라들을 모두 해치운 것을 확인하고서야 지저분한 바닥에 털썩 주저앉은 철혈대주는 지긋지긋하다는 표정을 지었다.

"세상에, 이런 괴물이 있을 줄은 상상도 못했습니다."

"트롤이라는 몬스터입니다. 아마도 마계의 기운 때문에 재생력이 비정상적으로 늘어난 듯합니다."

"그럼 트롤이란 몬스터는 원래 재생력을 가지고 있단 말입니까?"

"그렇습니다. 상처가 육안으로 식별할 수 있을 정도로 빨리 아무는 조금은 특이한 몬스터입니다."

"휴우~ 제가 만약 환골탈태를 경험하지 못했다면 오늘 목숨을 잃는 것은 아마도 저였을 겁니다."

"후후후. 연 대협, 그렇지는 않았을 겁니다. 연 대협에게는 우리들에게 없는 다양한 대전 경험이 있지 않습니까. 조금 힘들었을지는 몰라도 트롤 정도가 연 대협을 위험하게 만들 수는 없었을 겁니다."

카렌의 말에 철혈대주는 얼굴을 붉혔다.

자신이 닮고 싶은 존재가 자신을 칭찬하는데 어찌 기쁘지 않을 수 있겠는가?

"이 몬스터들은 다행히도 쉽게 해치울 수 있었지만 저희가 하늘을 나는 몬스터의 눈을 피하지 못하는 이상 앞으로도 계속 문제가 되지 않겠습니까?"

"가능할지는 모르겠지만 일단 시도를 해봐야 알 것 같소. 라이덴!"

카렌의 소환에 주먹만 한 빛덩이가 카렌의 몸에서 빠져나왔다.

자신의 눈앞에 둥둥 떠 있는 라이덴을 향해 마치 사람에게 말하듯 말을 건넸다.

"라이덴, 하늘에서 우리를 감시하는 몬스터를 발견하면 공격해 줄 수 있겠어?"

—할 수 있다.

"그 몬스터를 꼭 죽일 필요는 없어. 다만 날지만 못하도록 만들면 되는데…… 그렇게 할 수 있겠어?

—충분히 가능하다.

대답을 한 라이덴은 눈 깜빡할 사이에 창공으로 날아올랐는데 얼마나 빠른지 카렌도 제대로 식별하기 힘들 정도였다. 또 얼마나 높이 올라간 것인지 육안으로 식별할 수 없었다.

비록 정령왕인 라크렘에 비교할 정도는 아니지만 라이덴 역시 어느 정도의 마나를 지속적으로 소모시키고 있었다. 막상 라이덴이 공격을 퍼부으면 얼마나 마나가 소모될지 모르지만 이 정도면 충분히 견딜 수 있을 것 같았다.

"이제 하늘은 라이덴이 지켜줄 테니 우리는 신속하게 이동하도록 합시다."

카렌의 말에 일행들은 일어섰고, 다크문에서 마기를 흠뻑 빨아들인 스콜피온 키메라들은 날듯이 가벼운 발걸음으로 일행들의 뒤를 따랐다.

적의 본진이 있는 곳까지의 거리는 900킬로미터.

네 사람이 전력을 다해 달린다면 5, 6일이면 도착할 거리였지만 일행들은 두 배가 넘는 시간이 지났어도 아직 적의 본진에 도착하지 못하고 있었다. 물론 일행들의 앞길을 가로막는 몬스터나 키메라들이 없었다면 당연히 본진에 도착하고도 남을 시간이었지만, 적의 본진에 가까워질수록 몬스터나 키메라들을 피해 갈 수 있는 길은 점점 줄어들고 있었다.

오늘만 해도 육체 능력이 엄청나게 강화된 고블린들과의 교전이 있었다.

몬스터 가운데 가장 약한 몬스터라고 해도 과언이 아닐 정도로 겁이 많고 허약한 고블린들에게 대체 무슨 짓을 한 것인지 거의 소드 익스퍼트 중급 정도 되는 몸놀림을 보였다. 더구나 20센티미터 이상 긴 손톱은 웬만한 대거보다 훨씬 날카로웠다.

무엇보다 일행들을 질리게 만든 것은 죽이고 죽여도 몰려드는 고블린들의 인해전술이었다. 그런 고블린들의 공격에 가장 먼저 당한 것은 일행들의 뒤를 따라온 스콜피온 키메라들이었다.

스콜피온 키메라들이 가진 막강한 힘도 개미 떼처럼 달려드는 고블린들에게는 전혀 통하지 않았다. 시간이 지날수록 스콜피온 키메라들은 차츰 다리가 잘리고 꼬리가 잘려 결국에는 완전히 해체를 당했다.

스콜피온 키메라를 이기자 고블린들은 더욱 광분하며 일행들에게 달려들었다.

적진이 가까웠기 때문에 함부로 라크렘을 소환할 수도 없었다.

"차앗!"

"얍!"

오러를 끌어올려 고블린들을 도륙하던 카렌은 이 지긋지긋한 상황이 어서 끝나기만을 간절히 기원했다. 나중에는 자신이 무기를 휘두르는 것인지, 무기가 자신을 휘두르는지도 모를 정도가 되었다.

아마 평소 같았으면 고블린들은 벌써 후퇴했을 것이다. 하지만 마계의 기운에 감염이 된 탓인지 오로지 전진을 할 뿐이었다. 일행들을 살펴보니 그들도 거의 무의식적으로 무기를 휘두르고 있었다.

사방은 고블린들로 가득해 어디에도 피할 곳이 보이지 않았다.

"내 주위로 모여. 디바이드 셀프!"

쿠로얀으로 약간 마나를 보내자 카렌의 몸은 네 개로 분열했다.

생각지도 못했던 변화에 달려들던 고블린들이 잠시 움찔하는 순간 네 명의 카렌은 여덟 자루의 도를 휘두르며 그대로 앞으로 내달렸다. 그리고 그 뒤를 일행들이 고블린들의 접근을 막으며 뒤따랐다.

그렇게 얼마를 달렸을까?

마침내 고블린들의 모습이 보이지 않자 그제야 일행들은 지면에 그대로 나뒹굴었다.

“헉헉헉! 지독한 놈들…….”

“헉헉, 뭐 저런 놈들이 다 있습니까? 헉헉헉!”

일행들은 가쁜 숨을 몰아쉬면서도 고블린들의 지독한 공격에 몸서리를 쳤다.

육체적으로 힘든 것보다는 자신의 무기에 죽어가는 고블린들의 모습이 뇌리에서 사라지지 않아 저절로 몸이 움츠러들 정도였다.

본성마저 억누르게 만드는 마계의 기운에 카렌은 분노를 느끼지 않을 수 없었다. 아니, 아무것도 모르는 몬스터들로 하여금 인간을 공격하도록 만든 자가 너무나 증오스러웠다.

일행들은 우선 운공을 해서 소모된 마나부터 보충했다. 알리샤와 러셀, 철혈대주가 먼저 운공에 들어갔고, 그사이 카렌은 라이덴을 소환해 주위를 살피게 했다. 그러면서 샤이닝 블레이드와 헬 블레이드가 가진 신성력을 이용해 적의 본거지를 찾기 시작했다. 두 무기에 실린 신성력은 비록 먼 거리의 적, 특히 마기에는 반응하지 못했지만 가까운 거리의 적은 진동으로 대략적이나마 그 위치를 알 수 있었다.

일행들이 운공을 마치는 것을 보고 이번엔 카렌이 운공에 들어갔다. 소주천으로 간단히 운공을 마친 카렌은 일행들에게 자신이 알아낸 사실을 이야기해 줬다.

“우리가 고블린을 피해 몸을 피한 곳이 본거지에서 남쪽이었나 봐.”

“그럼 다시 북쪽으로 가야 하는 거야?”

반문하는 러셀은 찜찜한 마음을 떨칠 수 없었다.

“고블린들하고 다시 싸우는 것도 그렇지만, 다시 한 번 그렇게 싸운다면 우리의 위치가 완전히 노출될 거야. 피하는 게 좋을 것 같은데…… 카렌, 네 생각은 어때?”

"여기서 볼 때 동쪽이나 남쪽에는 우리 때문에 경계가 강화되었을 테니까 차라리 빙 돌아서 북쪽으로 잠입하는 게 어때?"

"차라리 그게 좋겠다. 그렇게 하자."

일행들은 그때부터 적의 본진을 크게 우회해 북쪽으로 향했다.

그들은 미처 모르고 있었지만 토벌군의 총격이 시작된 것도 바로 그때였다.

제11장
혈전

혈전

"전군 진격!"

통신 구슬을 통한 데미안의 공격 명령에 장장 수천 킬로미터에 달하는 지역에 주둔하고 있던 토벌군 전체가 진격하기 시작했다. 지금까지처럼 한 지역에서만의 진격이 아닌 뮤란 대륙을 가로지르는 엄청난 숫자의 인간들이 일제히 대륙의 북단을 향해 밀려갔다.

중장보병이 가장 앞쪽에 섰고, 창병, 방패병, 궁수, 기병, 그리고 마지막으로 기사단이 늘어선 채 일제히 이동하는 모습은 그야말로 장관이 아닐 수 없었다.

월동 장비를 보급 받고, 또 며칠 동안 충분히 쉰 탓인지 토벌군들의 발걸음은 힘찼고, 하루에 80킬로미터에 이르는 기록적인 진군 속도를 보이며 진격해 갔다. 물론 곳곳에서 몬스터와 키메라들과의 교전이 벌어졌지만 워낙 압도적인 숫자 앞에서 몬스터나 키메라들도 맥없이 무너질 수밖에 없었다.

*   *   *

"이 멍청한 놈, 이 모든 게 다 네놈 탓이다."

화려한 장포를 걸친 중년의 사내가 탁자 건너편에 앉아 있던 장발의 사내에게 맹렬히 비난을 퍼부었다. 하지만 장발사내는 들은 척도 하지 않았다. 그런 상대의 반응이 마음에 들지 않는지 장포사내는 벌떡 일어서더니 허리에 차고 있던 검을 힘껏 뽑아 들었다.

스르릉.

묵직한 쇳소리를 내며 검이 뽑혔건만 장발사내는 고개조차 돌리지 않았다.

"검을 거둬라, 죽고 싶지 않으면."

싸늘한 상대의 반응에 장포사내는 순간적으로 움찔했지만 그런 사실이 더욱 마음에 들지 않아 검을 상대에게 겨누었다.

"네깟 놈이 날 죽이겠다고? 정말 죽고 싶어 환장했구나. 어디 죽여봐라!"

"플레임 더스트!"

장포사내의 말에 장발사내가 시동어를 외치며 자리에서 일어섰다. 그 순간 장발이 흔들리며 인간보다 훨씬 큰 귀가 잠시 모습을 드러냈다 곧 사라졌다.

깨어진 유리 조각처럼 반짝이는 작은 뭔가가 그들이 있는 회의실을 순식간에 채웠다.

"흥! 어리석게도 그깟 마법 나부랭이로 어떻게 할 수 있다고 믿는 거냐?"

"익스플로젼!"

장발사내, 엘프의 손짓에 반짝이던 빛무리가 장포사내에게로 빠르게 날아가서는 그대로 폭발을 일으켰다.

"백목천살(百目千殺)!"

쾅쾅쾅~

요란한 폭음과 충격파로 회의실은 금방이라도 무너질 것처럼 흙 부스러기들이 떨어져 내렸다. 회의실을 온통 가렸던 자욱한 흙먼지가 가라앉자 두 사람은 조금 전과는 다른 모습을 보이고 있었다.

먼저 장포사내는 장포가 어디로 날아갔는지 상체를 완전히 드러낸 상태였는데 그 거센 폭발 속에서도 몸엔 상처 하나 없었다. 그런 반면 맞은편 엘프의 앞에는 푸른색의 반투명한 막이 있었는데 아마도 실드로 폭발을 막은 것 같았다. 그럼에도 불구하고 엘프의 옷 곳곳은 손가락 크기만 하게 탄 자국이 곳곳에 보였는데 열 몇 군데나 되었다.

"보았느냐? 네놈의 마법 따위로는 본 존자의 존체에 털끝만큼도 통하지 않는단 말이다. 크하하하!"

큰 웃음을 터뜨리는 사내를 바라보던 엘프는 아랫입술을 깨물며 치미는 분노를 억눌러야만 했다.

둘이 만난 것은 불과 6개월도 되지 않았지만 그동안 둘이 싸운 횟수는 헤아릴 수도 없을 정도였다.

다크 엘프의 최고 연장자이자 로드인 토루젠의 입장에서는 갑자기 나타난 저 흑신교단의 교주란 작자는 굴러온 돌에 불과했다. 다만 지하르트를 따르고, 또 많은 수의 교도들을 이끌고 왔기에 받아들인 것인데 이제는 아예 자신이 이곳의 주인 행사를 하려고 하는 것이었다.

지금만 해도 그렇다.

엄청난 토벌군을 맞아 몬스터와 키메라, 그리고 마물들을 적재적소에 투입해 막는 것만 해도 정신을 차릴 수 없을 정도로 버거운 일이었다. 그런 상황에서 도움을 주기는커녕 잘못한 것만 계속 지적하는데 어찌 싸우지 않을 수 있겠는가?

그렇지만 그런 상황은 장포사내, 백목존자도 마찬가지였다.

소멸당할 뻔한 극한의 상황에서 겨우 살아나 흑신교단을 만들고, 교도들을 포섭하고, 교세를 확장시키는 데 최선을 다했다. 그러다 마계로부터 계시를 받았는데 뜻밖에도 뮤란 대륙으로 이동해 세력을 키우고 있는 토루젠과 힘을 합쳐 뮤란 대륙의 점령해 마계에 바치라는 것이었다.

그런 이유 때문에 온 것인데 대체 사람인지 아닌지도 모르는 것이 그렇게 우수한 병력들을 쓸데없이 소모시키고 있는 것을 보고 어찌 한 소리를 하지 않을 수 있겠는가?

지금 자신이 데리고 있는 사두용인이 120만이었는데, 아쉬운 것은 과거 주인으로 모시고 있던 무한존자처럼 특별한 전투 능력을 가진 존재를 만들 능력이 자신에겐 없다는 것이었다. 만약 그런 능력만 있었다면 뛰어난 실력을 가진 부하들을 많이 만들었을 것이다.

만약 그랬다면 이런 빌어먹을 인간도 아닌 것과는 같이 있지 않을 수 있었을 것이다. 게다가 이 인간도 아닌 것의 능력은 괴상한 것들을 만들어내는 것뿐이었다.

부하들의 수를 늘리기 위해 인간들을 납치해 달라고 몇 번이나 부탁을 했었다. 그리고 마침내 납치한 인간들을 봤을 때 백목존자는 토루젠이 자신에게 그 인간들을 넘겨줄 줄 알았다. 하지만 토루젠이 한 짓은 그 인간들 가운데 일부를 실험 재료로 쓰고 나머지는 모두 몬스터들의 식량으로 사용했을 뿐이었다. 그 인간들로 사두용인들을 만들었으면 자신들을 지키는 검과 방패가 되었을 텐데도, 그럼에도 불구하고 아무런 값어치도 없이 몬스터들의 먹이로 사용하다니…….

사두용인들을 만드는 방법이 복잡하냐 하면 그렇지도 않았다. 그저 자신의 피 한 방울만 인간들에게 복용시키고 빛이 들지 않는 곳에서 열흘만 지내면 사두용인으로 다시 태어나는 것이다. 그럼에도 불구하고 그걸 거절하더니 결국 인간들에게 힘없이 밀리고 있지 않은가?

자신이 이렇게 화를 내는 것은 당연한 일이었다. 게다가 결정적인 것은 자신의 무력이 그보다 앞선다는 것이었다. 힘이 약한 자가 강한 자의 말을 듣는 것은 순리이자 진리라 할 수 있다. 그럼에도 불구하고 자신에게 꼬박꼬박 반항하는 토루젠이 좋게 보일 리 만무했다.

한참 동안 백목존자를 노려보던 토루젠은 더 이상 그를 상대하기 싫어 워프를 사용해 자신의 방으로 향했다.

"크아악!"

와장창!

치미는 분노를 이기지 못한 토루젠은 잡히는 물건을 집어 던지며 방 안을 난장판으로 만들었다. 한동안 발광을 하던 토루젠은 갑자기 정색을 하고는 문을 향해 소리쳤다.

"루카!"

토루젠의 부름에 젊은 엘프 하나가 뛰어들어 왔다.

“부르셨습니까, 로드.”

엉망이 된 방의 모습을 보고도 젊은 엘프는 신경도 쓰지 않았다. 이미 한두 번이 아니었기 때문이다. 토루젠이 백목존자와 만나고 올 때마다 벌어지는 일이라 이제는 으레 그러려니 했다.

“아직 전장에 투입하지 않은 키메라들이 얼마나 되느냐?”

“완전체가 10만에, 변신체가 15만 정도 됩니다.”

“전장에 투입한 키메라들은?”

“완전체 20만에 변신체가 10만 정도 됩니다만 이미 상당한 피해를 입은 상태입니다.”

“음~”

루카의 대답에 토루젠의 입에서 깊은 신음이 흘러나왔다.

인간들이 이렇게 신속하게 토벌군을 결성해 진격해 올 줄은 전혀 예상하지 못했다. 게다가 자신들이 만든 키메라들을 상대할 수 있는 강자, 소드 마스터와 소드 익스퍼트 최상급의 실력자들이 그렇게 많을 줄도 상상 못했다.

그런 탓에 토벌군에게 입은 피해는 막대하기 이를 데 없었다. 더욱기가 막힌 것은 전력의 절반 이상을 투입하고도 토벌군에게 밀리고 있다는 사실이었다.

토루젠이 백목존자에게 분노를 느끼는 부분도 바로 그것이었다. 몬스터와 키메라들을 대규모로 투입하고도 밀리는 지금 상황에서도 백목존자는 사두용인들을 투입하지 않고 있었기 때문이다. 만약 조금 더 일찍 사두용인들을 투입했다면 이렇게까지 일방적으로 밀리지는 않았을 것이다.

비록 지하르트를 신봉하고, 그를 위해 뮤란 대륙을 정복할 생각까지

한 토루젠이지만 백목존자의 방자하고 제멋대로인 행동만큼은 도저히 참을 수 없었다.

마음에 맞지 않는 자와 함께하느니 차라리 혼자서 적을 상대하는 게 훨씬 낫겠다는 생각에 결단을 내렸다. 그럴 만도 한 것이 천만에 가까운 몬스터가 자신에게 있었기 때문이다. 물론 어중이떠중이까지 모조리 합친 숫자이지만 천만이라는 숫자는 누구라도 자신감을 갖게 하기에 충분한 숫자였다.

"루카."

"하명하십시오, 로드."

"지금 즉시 휘하의 다크 엘프와 키메라, 몬스터를 모두 모아 카니엘 협곡으로 이동해라. 그곳에서 전투에 참가했던 키메라, 몬스터들과 합류해 인간들을 공격해라."

"맡겨주십시오. 반드시 승전보를 가지고 오겠습니다."

"좋다. 루카, 널 믿겠다."

"제 목숨을 걸고 승리하겠습니다."

자신만만한 표정으로 대답한 루카가 방을 나간 후 잠시 어지러운 방 안을 둘러본 토루젠은 고개를 흔들며 밖으로 향했다.

"빌어먹을, 그 자식만 만나고 나면 방이 엉망이 되는군."

방을 빠져나갈 때 토루젠은 예전의 근엄하고 무게있는 모습으로 돌아갈 수 있었다.

*　　　　*　　　　*

"헉! 무슨 괴물들이 저렇게 많습니까?'

　바위 뒤에서 몬스터와 키메라들이 이동하는 모습을 본 철혈대주는
벌린 입을 다물 수 없었다. 그렇기는 다른 세 명도 마찬가지였다.

　끝도 없이 길게 늘어서 이동하는 것이 아니라 드넓은 들판 전체가
움직이는 듯한 모습에 놀라지 않을 도리가 없었다.

　"저게 대체 얼마나 되는 거야?"

　평소 말을 아끼는 러쎌이 자신도 모르게 말을 했을 정도니 철혈대주
의 놀라움은 말할 필요도 없었다. 카렌은 이동하는 몬스터 무리 곳곳
에 보이는 엘프들을 눈여겨보고 있었다. 얼마 전에 만났던 엘프처럼
그들에게서 왠지 어두운 기운이 느껴지는 것은 카렌이 그렇게 보았기
때문이 아닐까 하는 생각이 들었다.

　이동하는 몬스터들의 후미를 보니 산세가 꽤나 험한 듯한 산까지 이
어져 있었다.

　"저 산에 본거지가 있는 것 같은데?"

　카렌의 말에 알리샤는 몸을 부르르 떨었다. 드디어 복수의 시간이
왔음을 직감했기 때문이다. 주체할 수 없는 분노가 치밀어 올랐지만
표정에는 털끝만큼의 변화도 없었다.

　"알리샤, 누가 원수인지 알겠어?"

　"이름은 기억나지 않지만 얼굴만은 똑똑하게 기억하고 있어."

　"토벌군과 전투를 벌이기 위해 저만한 수의 몬스터들이 출동했다면
아마도 본거지는 거의 비었을 거야. 알리샤가 다크 엘프 로드에게 복
수를 하는 동안 우리는 흑신교단의 교주를 찾아 제거를 해야 해. 몬스
터들이 어느 정도 이동을 마쳤을 때 본거지에 잠입하자."

　카렌의 말에 일행들은 고개를 끄덕였다.

　최대한 몸을 낮춰 이동한 지 거의 한 시간이 지나서야 일행들은 목

표로 했던 산에 도착할 수 있었다. 그렇게 많은 몬스터들이 빠져나갔음에도 불구하고 아직도 상당히 많은 몬스터들이 산 주위를 어슬렁거리고 있었다. 아마 경계 병력인 것 같았다. 하지만 고블린과 놀이 전부인 것을 보면 전투력보다는 숫자가 많기 때문에 경계를 맡긴 게 아닌가 생각되었다.

어슬렁거리는 고블린이나 놀들의 움직임이 워낙 불규칙하다 보니 본거지로 의심되는 동굴로 접근하기가 쉽지 않았다.

앞장선 카렌은 나무와 암석들을 이용해 지그재그로 전진한 후 일행들에게 손짓을 했다. 아직 어떤 몬스터나 키메라들이 있을지 모르기 때문에 최대한 주의하는 수밖에 없었다.

동굴까지는 이제 10미터밖에 남지 않았다. 그런데 문제가 생겼다.

마치 문지기라도 되는 양 동굴 입구 앞에 오거 한 마리가 떡하니 버티고 서서 움직일 생각을 하지 않고 있는 것이었다. 게다가 동굴 입구는 공터와 연결되어 있어 오거를 감쪽같이 처치하기가 쉽지 않을 듯했다.

잠시 고민하던 카렌은 자신이 오거를 맡기로 결심했다.

[내가 오거를 다른 곳으로 유인할 테니까 그 틈을 타서 너희들은 잠입하도록 해. 내가 금세 뒤쫓아갈 테니까 다크 엘프 로드와 알리샤의 원수를 찾도록 해.]

전음을 마치자마자 카렌은 근처에 있던 작은 돌멩이를 집어서는 오거에게 던졌다.

돌멩이의 크기가 작았기 때문에 오거에게 심각한 타격을 줄 수는 없었지만 오거의 관심을 끌기에는 충분했다. 움직일 것 같지 않던 오거가 카렌이 숨은 곳으로 다가왔다.

일행들에게 동굴 안으로 잠입할 틈을 주기 위해 카렌은 오거가 다가오자 뒤로 재빨리 물러서서 한 번 쳐다본 다음 오거가 쫓아올 수 있을 만한 속도로 유인하기 시작했다.

좀처럼 좁혀지지 않는 거리를 유지한 채 오거는 카렌을 쫓아왔는데 그 속도가 일반적인 오거보다는 월등히 빨랐다. 그런 외중에도 일행들이 무사히 동굴 안으로 잠입하는 것을 확인한 카렌은 주위에 다른 몬스터들이 없음을 확인하고서야 발걸음을 멈췄다.

자신의 키나 덩치와 비교하면 절반도 되지 않으면서 도발적인 자세를 취하고 있는 먹이(?)를 보고 오거는 생각할 것도 없이 달려들었다. 그리고는 무쇠 같은 팔을 힘껏 휘둘렀다.

쾅!

지면에 주먹이 거의 절반이나 박히며 엄청난 흙먼지를 피워 올렸지만 카렌은 이미 몇 미터 밖으로 피한 후였다.

"혈뢰삼인(血雷三刃)!"

지금까지 샤이닝 블레이드나 헬 블레이드만 사용해 시전했던 것과는 달리 두 자루를 동시에 사용하자 지옥이도류 가운데 제1초인 혈뢰삼인의 파괴력이 이전과는 비교도 할 수 없을 정도로 증폭되었다.

두 자루의 도가 서로 교차하는 순간 세 줄기의 붉은 번개가 무서운 속도로 굽이치며 오거를 향해 날아갔다. 번개를 발견하는 순간 오거는 잔뜩 웅크린 채 몸을 돌렸고, 번개는 사정없이 오거의 등에 작렬했다. 하지만 카렌이 원했던 소리는 들리지 않았다.

퍼퍼퍽!

둔탁한 소리와 함께 붉은 번개는 사라졌고, 오거는 멀쩡한 모습으로 돌아섰다. 그리고는 그런 자신의 모습을 과시라도 하듯 가슴을 치며 크게 포효를 터뜨렸다.

크아앙!

오러를 튕겨내다니…… 일반 오거라면 절대 있을 수 없는 일이었다.

일반 공격으로도 간단히 죽일 수 있는 오거를 마나가 잔뜩 실린 지옥이도류의 공격으로도 죽일 수 없다니…… 게다가 건방지게 자신의 건재함을 자랑이라도 하듯 포효하는 모습은 카렌의 자존심을 건드렸다.

"혈뢰십방참!"

샤이닝 블레이드와 헬 블레이드가 허공에서 교차하는 순간 이번에는 열 줄기의 번개가 포효를 터뜨리던 오거를 향해 날아갔다. 그 모습에 깜짝 놀란 오거는 황급히 돌아서려고 했지만 핏빛 번개는 이미 오거의 전신에 작렬한 후였다.

퍼퍼퍽!

크아앙~

여유만만한 모습을 보이던 조금 전과는 달리 오거의 상처에서는 검붉은 피와 검은색의 기류가 뿜어져 나오고 있었다. 그러나 첫 공격에 비하면 거의 두 배 이상 강해진 공격에 속수무책으로 당하고도 쓰러지지 않는 오거의 모습에 카렌은 대체 오거에게 무슨 짓을 했기에 저런 괴물로 만든 것인지 궁금하지 않을 수 없었다. 하지만 이미 일행들이 동굴로 잠입한 후이기에 쫓아가야만 했다.

"혈뢰멸궁(血雷滅穹)!"

지옥이도류의 초식 가운데 대인공격 초식으로는 가장 최강의 초식인 제4초 혈뢰멸궁을 펼치는 순간 카렌은 자신이 가지고 있던 마나와 연환상충폭뢰기의 기운 가운데 상당한 양이 빠져나가는 것을 느꼈다.

동시에 20여 미터 상공에서 마나가 무섭게 파동 치는 것을 느낄 수 있었다.

번쩍!

짜짜짜짝~

요란한 소리와 함께 붉은색 번개가 오거의 몸을 관통했고, 번개가 사라진 순간 오거는 검은색 재가 되어 바람에 날려갔다. 붉은색 번개가 오거에게 작렬하는 순간 카렌은 이미 동굴을 향해 몸을 날리고 있었다.

다행히도 오거가 사라진 것이 아직 발각되지 않았는지 주위는 조용하기만 했다.

카렌이 동굴 안으로 사라지자마자 카렌이 오거를 공격할 때의 소리를 들은 고블린들과 놀들이 몰려들기 시작했지만 그들이 발견한 것은 여기저기 패어진 크고 작은 웅덩이뿐이었다.

동굴 안으로 들어선 카렌은 일행들의 흔적을 뒤쫓아 빠르게 움직였다.

아래로 내려갔으리라 생각했던 카렌의 판단과는 달리 일행들은 위로 향하고 있었다.

고개를 갸웃거리며 이동하던 카렌은 바닥에 쓰러져 있는 다크 엘프의 시체를 발견하고는 더욱 빠르게 이동해 갔다.

챙챙챙~

바로 곁에서 들리는 듯한 금속성 소리에 카렌은 즉시 헬 블레이드를 뽑아 들고는 달려갔다. 동굴이 워낙 조용한 탓인지 동굴을 한참 이리저리 돌아 도착한 곳은 조금 큰 동공을 이루고 있는 곳이었는데 그곳에서 러쎌과 알리샤, 그리고 철혈대주가 10여 명의 다크 엘프와 혈전을 벌이고 있었다.

세 사람과 직접적으로 검을 마주 대하고 있는 다크 엘프는 모두 여덟 명, 그리고 조금 떨어진 곳에서 마법과 화살로 간간이 공격을 지원하고 있는 다크 엘프가 또 다섯 명이 있었다.

카렌은 우선 일행들에게 가장 위협이 되는 궁사들을 먼저 제거하기로 했다.

쉐도우 스텝으로 소리없이 접근한 카렌은 궁사들의 목덜미를 향해 사정없이 헬 블레이드를 휘둘렀다. 두 다크 엘프의 머리가 치솟았을 때 카렌은 이미 근처에 있던 마법사들에게로 접근하고 있었다.

소리도 없이 자신들을 향해 접근하는 카렌을 발견한 마법사들은 서둘러 스펠을 캐스팅하려고 했지만 마음만 앞설 뿐 마법은 발현되지 않았다. 게다가 헬 블레이드를 피하기에는 그들의 행동이 너무나 굼떴다.

결국 다섯 명의 다크 엘프가 모두 희생되고서야 일행들을 공격하던 다크 엘프들은 동료들이 희생되었다는 것을 깨닫고는 당황하기 시작했다. 후방 지원을 하던 다크 엘프만 없었다면 러쎌들이 눈앞의 다크 엘프들을 물리치지 못할 이유가 없었다.

후방 지원이 사라지자 러쎌들의 행동은 당장 강력해지기 시작했다.

먼저 러쎌이 강력한 일격을 날려 공격하던 다크 엘프들을 물러서게 했다.

"혈광낙지!"

콰콰콰—쾅~

폭음과 함께 다크 엘프들이 어쩔 수 없이 뒤로 물러서자 당장 알리샤와 철혈대주가 앞으로 뛰어나갔다. 알리샤는 바닥에서 일어난 먼지

속으로 모습을 감추었고, 철혈대주는 저돌적인 모습으로 물러서던 다
크 엘프를 향해 몸을 날렸다.

　먼지를 꿰뚫고 나타난 인간이 무섭게 검을 휘두르자 공격을 받은 다
크 엘프는 너무나 놀란 나머지 허둥거리다 맥없이 심장을 내주는 수밖
에 없었다. 공격이 성공하는가 싶더니 어느새 뽑혀진 검은 매끄러운
동작으로 허공에서 궤도를 틀며 다른 다크 엘프의 옆구리로 파고들었
다.

　"컥!"

　두 다크 엘프의 입에서 비명이 터져 나왔지만 들린 비명 소리는 오
직 하나뿐이었다.

　아직 가라앉지 않는 먼지 속에서 들린 비명 소리에 살아남은 다크
엘프들은 전전긍긍했지만 그들은 이미 알리샤의 영역에 들어간 후였
다.

　주위가 갑자기 조용해졌고, 살아남은 다크 엘프들은 잔뜩 긴장한 채
조심스럽게 주위를 두리번거렸다. 확실하게 확인할 수는 없지만 전체
적인 윤곽이 다크 엘프인 것 같아 다크 엘프 하나가 그의 어깨를 살짝
건드렸다.

　"이봐, 자네. 본 것이 있나?"

　"……."

　"아무것도 못 봤나?"

　상대가 아무런 답변도 하지 않자 말을 건넨 다크 엘프가 조금은 신
경질적으로 동료의 등을 쳤다. 그럼에도 불구하고 아무런 대꾸를 하지
않던 다크 엘프의 고개가 조금 이상하게 꺾인다고 느끼는 순간 그 머
리가 지면에 떨어져 뒹굴었다.

데구루루.

지면을 뒹굴던 물체가 자신의 발길에 부딪치는 것을 발견하고서도 동료는 그것이 무엇인지 금세 알아차릴 수 없었다. 그리고 마침내 그것이 무엇인가를 깨달았을쯤엔 자신의 목을 파고드는 차가운 금속의 존재를 느껴야만 했다. 타는 듯한 고통을 느꼈을 때 그 역시 동료처럼 머리가 떨어져 나가고 있었다.

최초 카렌이 개입한 후 후방에서 동료들을 지원하던 다크 엘프들이 무너지고, 러쎌이 핸드 엑스를 휘두르며 앞으로 나서고, 알리샤와 철혈대주가 나서고 마지막 다크 엘프가 지면에 쓰러질 때까지는 불과 1분도 걸리지 않았다. 너무나 자연스럽게, 또한 매끄럽게 이어진 공격은 아이러니하게도 너무나 아름다운 곡선과 직선을 그리고 있었다.

그러한 사실은 공격한 사람도, 또한 공격당한 다크 엘프도 모두 공통적으로 느끼고 있던 사항이었다. 황홀한 적의 공격에 반해 자신의 목숨이 사라지는 순간에도 감탄을 지우지 못했다.

“멈춰라!”

그때 들려온 누군가의 호통 소리에 일행들이 고개를 돌리고 보니 다시 10여 명의 다크 엘프가 모습을 드러내고 있었다. 그들이 모습을 드러내자마자 쏜살처럼 알리샤가 달려나갔다.

“알리샤!”

카렌이 깜짝 놀라 불렀지만 듣지 못한 것인지 알리샤는 그대로 달려나가며 다크문을 휘둘렀다.

한데 분명히 알리샤가 검을 휘두르며 달려드는 모습을 보고서도 다크 엘프들은 그 자리에서 꼼짝도 하지 않았다. 그저 손을 들어 올렸을 뿐이다.

“실드!”

푸른색의 반투명한 반월형의 방어구(防禦球)가 다크 엘프들 앞에 생겨났고, 다크문은 방어구에 막혀 힘없이 튕겨져 나왔다. 그러나 순순히 물러날 알리샤가 아니었다.

반탄력을 이용해 허공으로 튀어 오른 알리샤는 재빨리 몸을 뒤집고는 그대로 다크문을 휘둘렀다.

“사령월락(邪靈月落)!”

허공 속에 피어난 새하얀 달은 무서운 속도로 방어구를 향해 날아갔고, 상대의 공세가 심상치 않음을 깨달은 다크 엘프들 가운데 하나가 공격 마법을 퍼부었다.

“파이어 버스터!”

주먹만 한 불꽃들이 끊임없이 폭발을 일으키며 알리샤를 향해 날아갔다.

물론 다크 엘프의 공격을 피할 시간은 충분했지만 그건 자신의 공격을 포기했을 때의 일이었다. 하지만 자신은 절대 공격을 포기할 생각이 없었다. 끌어올린 내공을 왼손에 주입한 알리샤는 날아오는 불꽃을 향해 그대로 손을 뻗었다.

“사령옥수(邪靈玉手)!”

쾅쾅!

두 번의 폭음이 연이어 들려왔다.

“크윽~”

“컥!”

뒤로 날아오는 알리샤를 받아 든 카렌은 우선 그녀의 상세부터 살폈다.

큰 충격을 받긴 했지만 다행히도 상처를 입은 것 같지는 않았다.

"괜찮아?"

"그 자식은? 그 자식은 어디 있어?"

"누구?"

"날 키메라로 만들었던 다크 엘프 놈 말이야. 어디 있어?"

잔뜩 흥분한 알리샤의 말에 카렌은 그제야 그녀가 왜 이렇게 성급한 행동을 한 것인지 이해할 수 있었다. 하지만 10여 명의 다크 엘프 가운데 누굴 말하는 것인지 알 수 없었다.

마치 그런 카렌의 궁금함을 알기라도 하듯 다크 엘프들 가운데 중앙에 서 있던 근엄한 표정의 다크 엘프를 가리켰다.

"저기 저 자식, 가운데 서서 근엄한 척하고 있는 저 자식 말이야."

만약 카렌이 잡지 않았다면 벌써 뛰어나갔을 것이다.

자신을 향해 연신 손가락질을 하는 알리샤의 모습을 묵묵히 바라보던 토루젠은 그 인간 여자가 상당히 눈에 익다는 것을 그제야 깨닫고는 고개를 갸웃거렸다. 그리고 오래지 않아 그녀의 정체를 기억해 낼 수 있었다.

"넌 그때 실험실에서 만들어냈던 키메라구나."

"누가 키메라라는 것이냐?"

불같이 화를 내며 외친 사람은 카렌이었다.

카렌의 아래위를 잠시 훑어보던 토루젠은 곧 흥미를 잃었는지 다시 알리샤에게 고개를 돌렸다. 그도 그럴 것이 너무나 잦은 실패 때문에 폐기한 키메란데 어떻게 지금까지 살아 있을 수 있는 것인지 정말 의문이 아닐 수 없었다. 또 어떻게 했기에 자신들이 심어놓았던 마기를 제거하고 다시 인간의 몸으로 되돌아갈 수 있었던 것인지, 지금 당장이라도 해부를 해보고 싶은 마음을 감출 수 없었다.

"키메라여, 어서 나에게 오너라. 내 너의 몸을 살펴보고 싶구나."

"……"

치미는 분노를 참지 못해 부르르 몸을 떨고 있는 알리샤의 모습을 자신에 대한 두려움 때문이라고 생각한 토루젠은 한결 부드러운 음성으로 다시 말했다.

"날 두려워할 필요 없다. 난 너의 창조주가 아니냐? 그저 너의 몸이 어떻게 다시 인간의 몸으로 되돌아갈 수 있었던 것인지 그것을 알아내려고 할 뿐이란다. 그러니 어서 너의 주인이자 창조주인 나에게……."

"닥쳐라! 누가 내 주인이며, 창조주란 말이냐?"

휘리리리~

알리샤의 몸에서 폭발적으로 뿜어져 나온 한기가 공동의 기온을 한겨울의 날씨로 떨어뜨렸다. 갑작스러운 기온 변화에 다크 엘프들이 당황하는 사이 미처 말릴 사이도 없이 알리샤는 그들을 향해 몸을 날리고 있었다.

"사령음령살! 사령옥수!"

알리샤가 공격하는 모습을 지켜보던 토루젠은 그녀 주위의 기온이 상상할 수 없을 정도로 낮아진 것을 금세 확인할 수 있었다. 마법은 아닌 것 같은데 무슨 방법으로 갑작스럽게 온도를 바꿀 수 있는 것인지 신기한 생각도 들긴 했지만 그보다는 알리샤의 몸이 어떻게 바뀐 것인지 그것이 더 궁금했다. 그런 탓에 그녀의 공격은 신경도 쓰지 않았다.

"실드!"

조금 전 곁에 있던 다크 엘프들이 만든 실드보다 더욱 강력해 보이는 실드가 토루젠 앞에 생겨났다. 토루젠이 만든 실드보다 약한 실드도 파괴하지 못하고 튕겨 나갔던 알리샤였기에 이번에도 공격이 실패하리라 믿어 의심치 않았다. 하지만 알리샤는 실드를 보고도 공격을 멈추지 않았다. 다만 공격의 선후를 바꾸었을 뿐이다.

쾅쾅쾅!

사령옥수와 부딪친 실드는 맥없이 부서져 내렸고, 그 틈을 헤집고 다크문이 휘둘러졌다.

"큭!"

토루젠이 미처 몸을 피할 사이도 없이 다크문은 그의 가슴에 깊은 상처를 남겼다. 다만 무의식중에 어깨를 비튼 탓에 심장이 두 조각나는 것만은 면했다는 것이 천만다행이었다.

다크문이 강력한 흡입력으로 생명력과 피를 빨아들였지만 토루젠도 마계의 기운을 받아들인 존재였기에 죽임을 당하는 것만은 피할 수 있었다.

"크윽!"

"마, 막아라!"

다크문에 당한 상처에서 느껴지는 지독한 고통에 토루젠이 비틀거리며 뒤로 물러서자 곁에 있던 다크 엘프들이 서둘러 토루젠의 앞을 가로막았다. 하지만 토루젠이 비틀거리는 모습을 발견한 알리샤는 조금도 물러설 생각을 하지 않은 채 다크문을 휘두르며 달려들었다.

"워프!"

"파이어 월!"

"윈드 커터!"

"아이스 미사일!"

"스피어 오브 랜드!"

십여 가지 공격 마법이 마치 방벽처럼 알리샤의 앞을 가로막았지만 이미 그녀의 모습은 감쪽같이 사라지고 없었다. 그 모습을 바라보고 있던 애꿎은 일행들에게 마법이 쏟아졌지만 그런 공격에 당할 사람은 아무도 없었다.

재빨리 공격을 피한 일행들은 순식간에 다크 엘프들 사이로 파고들었다.

알리샤와 동시에 시작된 일행들의 공격에 10여 명의 다크 엘프가 쓰러지는 것은 순식간의 일이었다. 당연히 토루젠을 쫓아가리라 생각했던 알리샤가 조금은 실망한 표정으로 그냥 서 있는 모습에 일행들은 그녀가 왜 그러는지 의아했다. 하지만 그녀가 너무 실망한 표정을 짓고 있어 이유를 물을 수 없었다.

"그 자식이 도망쳤어, 마법으로."

"이제 어떻게 할까?"

카렌이 재빨리 화제를 돌리려 하자 러셀이 맞장구를 쳤다.

"아까 보았던 몬스터와 키메라들이 이동하는 곳을 따라가는 것이 어떨까? 그 정도 숫자라면 아마도 적의 주공(主攻) 같은데 부상당한 그 다크 엘프도 그곳으로 이동하지 않았을까?"

"내가 생각하기에도 그럴 가능성이 큰 것 같아. 따라서 우리가 토벌군과 함께 싸운다면 그 다크 엘프 로드란 자를 만날 수 있을 것 같은데…… 알리샤, 네 생각은 어때?"

"설사 그 자식을 다시 만나지 못한다고 하더라도 그 자식의 가슴에 영원히 지울 수 없는 상처를 남겼으니 그것으로 만족할 수 있을 것 같아. 그러니 내 걱정은 하지 않아도 돼."

대답을 하는 알리샤는 묵은 감정을 떨쳐 낸 듯 정말 후련한 얼굴이었다. 그런 그녀의 반응에 일행들은 그제야 마음을 놓을 수 없었다.

"그럼 우리도 남쪽으로 이동하자."

"어찌 되었든 이곳을 그냥 두면 나중에 살아남은 다크 엘프들이 이곳을 이용할 수도 있지 않을까요?"

"그러니까 연 대협은 이곳을 파괴하자는 것이오?"

"나중을 위해서도 그러는 것이 좋을 것 같습니다. 그리고 이 주위를 지키는 몬스터들도 모두 해치워 버리는 것이 좋지 않을까 합니다."

철혈대주의 말에 일행들은 고개를 끄덕였다. 확실히 끝맺음을 하지 않아 지금과 같은 일이 발생했다는 것을 알고 있으면서도 같은 실수를 또 반복할 뻔한 것이었다.

"고맙소. 다시는 이런 일이 발생하지 않도록 이곳을 완전히 파괴하도록 합시다."

일행들은 간단히 운공을 해 소모된 마나를 어느 정도 보충한 후 동굴을 빠져나갔다. 그러자 동굴 주위를 지키던 고블린들과 놀들이 일행들에게 달려들기 시작했다.

네 사람의 전투력을 고블린들과 놀들이 감당하기란 애초부터 불가능한 일이었다.

잠시 후 고블린과 놀들은 일행들의 손에 전멸을 당했다.

비록 다크 엘프들의 부하가 되기는 했지만 많은 수의 고블린과 놀들을 몰살시킨 일행들의 기분이 좋을 리 없었다. 마지막으로 카렌이 라이덴 셋을 소환해 동굴을 완전히 무너뜨린 후에 일행들은 토벌군이 있는 남쪽을 향해 발걸음을 옮겼다.

제12장
대단원(大團圓)

대단원(大團圓)

"전군은 중앙에 집결해 포위 섬멸 진형을 유지하라."

데미안이 통신용 마법 구슬을 통해 내린 명령에 토벌군들은 서서히 카렌이 있는 3군으로 집결하기 시작했다. 네로브가 받은 신탁대로 병력을 이동시켜 토벌군 전체를 중앙으로 집결시킨 것이다. 병력들 간의 폭을 좁히고 종심(縱心)을 두텁게 진형을 짜서는 진형을 유지한 채 그대로 전진시켜 갔다.

그렇게 이동한 지 3일째.

드디어 벌판을 새까맣게 뒤덮고 있는 몬스터 대군과 마주치게 되었다.

잠시 서로를 노려보던 두 무리는 누가 먼저라고 할 것도 없이 적을 향해 달려들었다.

몬스터 대군은 종의 분류에 관계없이 가까운 곳의 인간을 향해 달려든 데 반해 토벌군은 우선 궁병들의 일제 사격을 한 후 수만 명의 기사들이 달려나갔다. 몬스터들을 향해 일직선으로 달려든 기사들은 몬스터를 짓뭉개거나 베거나 혹은 짓밟거나 하며 전진했고, 그 뒤로 중무장한 중장갑병들이 따랐다. 창병들과 방패병, 그리고 궁병들은 자리를 잡고 연신 화살을 날리며 다가오는 몬스터들을 효율적으로 상대하고 있었다.

가끔 등장하는 중, 대형 몬스터들과 키메라들은 중앙에 집결시킨 소드 마스터들이 하이 프리스트들의 도움을 받아 차근차근 제거해 갔다.

데미안은 연신 통신용 마법 구슬을 통해 각 군 사령관들에게 지시를 내렸고, 각 군 사령관들은 다시 휘하의 지휘관들에게 재빠르게 지시를 내렸다.

전황이 팽팽한 균형을 이루자 데미안은 1차 임무를 마치고 복귀한 기사단들에게 재차 출동 명령을 내렸다. 이미 상당한 피해를 입은 기사단이었지만 더욱 큰 피해를 막기 위해서는 어쩔 수 없는 일이었다.

동시에 자신은 토벌군의 머리 위로 워프를 한 다음 자신이 알고 있던 공격 마법 가운데 가장 강력한 마법인 미티어 록 파이어의 스펠을 캐스팅하기 시작했다.

이 마법은 8클래스의 미티어 레인이나 헬 파이어, 그리고 9클래스의 메테오의 파괴력에는 비할 수 없는 공격 마법이지만 데미안이 얼마 전 펼쳤던 어검술에서 힌트를 얻어 만들어낸 거의 8클래스 급에 해당되는 공격 마법이었다.

유성을 소환하는 대신 시전자 근처에 있는 거대한 바위를 지상 수백 미터 높이로 텔레포트시킨 후 파이어 버스터로 파괴함과 동시에 지상의 적을 공격하는 방법이었다. 불길에 싸인 거대한 암석은 엄청난 파

괴력으로 지상의 적을 휩쓸게 되는데 아직까지는 데미안의 머릿속에만
존재하는 마법이었다.

"미티어 록 파이어!"

데미안이 전력을 다한 탓인지 하나가 아닌 거대한 바위 셋이 허공
수백 미터로 텔레포트되었고, 잠시 후 폭발을 일으키기 무섭게 지상으
로 떨어져 내리기 시작했다. 물론 데미안이 최대한 폭발을 제어해 몬
스터들의 후방에 떨어뜨리려고 했지만 완벽한 제어는 쉬운 일이 아니
었다.

콰콰콰—쾅!

케에엑!

끼익!

지상으로 떨어져 내린 바위들은 지면과 충돌하며 거대한 구덩이를
만들어냈고, 떨어진 바위 근처의 몬스터들은 뼛조각도 찾기 힘들 정도
로 박살이 나 사방으로 날아갔다. 일순간에 40여 개의 크고 작은 구덩
이가 생기며 몬스터들을 휩쓸었다.

"총사령관 각하이신 싸일렉스 공작님이시다. 와~"

"승리는 우리의 것이다. 와~"

전쟁의 광기 탓인지 싸우던 인간과 몬스터들은 극도로 단순해져 있
었다.

방금 무시무시한 마법을 펼친 이가 바로 자신들 편이란 사실에 인간
들은 극도로 흥분하며 각자의 무기를 휘둘렀고, 반대로 몬스터들은 그
마법사가 적이란 사실에 두려워하며 인간들을 상대해야만 했다.

정반대의 기분과 전의로 적을 베고 또 막으면서도 전황은 금방 변하
지 않았다.

그럴 만도 한 것이 워낙 많은 숫자의 인간과 몬스터가 혈전을 벌이는 상황이니 조금 밀린다 해도 뒤에서 쏟아지는 적들을 모두 베기에는 힘이 달릴 수밖에 없었다. 지친 병사가 뒤로 물러서려다 몬스터가 휘두른 손톱에 목숨을 잃거나, 방심하다 몬스터에게 목을 물리는 경우도 허다하게 발생할 수밖에 없었다.

플라이 마법으로 전황을 살피던 데미안은 안타까운 마음이 들었지만 그래도 어쩔 수 없었다. 한 병사를 구하려다 전선이 무너지기라도 한다면 천추의 한을 남긴다는 사실을 너무나 잘 알고 있었기 때문이다.

데미안이 마음을 놓지 못한 채 전황을 주시하는 동안 토벌군들은 서서히 몬스터들을 포위하고 있었다. 워낙 넓은 지역에서 벌어지고 있는 일이었기에 아직 몬스터 대군 측에서는 눈치를 채지 못하고 있는 듯했다.

일반 병사와 기사들이 몬스터들을 상대하는 동안 소드 마스터들은 키메라들을 상대하고 있었다. 월등히 앞선다고는 할 수 없지만 그래도 조금씩의 우세를 유지하고 있었다. 그리고 소드 마스터 중급 이상 되는 자들은 공중에서 토벌군을 공격하기 위해 호시탐탐 기회를 노리는 비행 몬스터들을 견제하고 있었다.

데미안 역시 맹렬한 속도로 마나를 보충하며 비행 몬스터들에게 큰 타격을 줄 기회만 노리고 있었다.

서서히 날이 저물고 있었지만 피를 부르는 혈전은 조금도 멈춰지지 않고 있었다.

토벌군들에게 유리하게 돌아가던 전황이 밤이 되기 시작하면서부터 몬스터 쪽으로 유리하게 진행되기 시작했다. 기본적인 체력에서 월등히 앞선 탓도 있었지만 시야적인 제약이나 극도의 피로를 극복하기엔 병사들의 전투력이 너무나 떨어졌다.

후방의 부대를 진격시키며 전방의 병력들과 교대를 시도하려 했지만 생각처럼 쉬운 일이 아니었다. 서로의 꼬리를 물고 물리고를 반복하며 한참의 시간이 지나서야 겨우 교대할 수 있었지만 피해는 생각보다 클 수밖에 없었다.

날이 밝아올 때도, 또 태양이 다시 천공의 한가운데 올 때까지도 전투는 계속되었다. 교대를 하며 휴식을 취했다고는 하지만 잠시도 자지 못한 채 전투를 지속하는 병사들은 극도의 피로로 인해 제대로 검도 휘두르지 못하고 있었다. 또한 그런 사정은 기사들 역시 마찬가지였다.

그들이 비록 마나를 이용해 싸울 줄은 안다고 하더라도 그것이야 힘을 바탕으로 한 파괴력을 증가시킨 것에 불과하기에 지치는 것은 병사들과 마찬가지였다. 아니, 육중하기 이를 데 없는 갑옷을 걸친 상태에서 싸우고 있기 때문에 더욱 지칠 수밖에 없었다.

인간들의 지친 모습을 본 몬스터들은 광기에 휩싸여 발작적으로 인간들을 공격했다.

전황에 변화가 생긴 것은 바로 그때였다.

몬스터 대군과 토벌군의 좌측이 혼란스러워지더니 마치 바다를 가르며 배가 나아가듯 네 곳에서 몬스터들이 갈라지기 시작했다. 특히 한 곳에서 시작된 빛의 폭풍은 주위를 완전히 휩쓸어 버렸는데 그 폭풍에 휩쓸린 몬스터들은 재가 되어 사방으로 날려갔다.

데미안이 시력을 돋워 그 존재들을 알아보려 했지만 중대형 몬스터들에게 가려 도저히 정체를 살필 수 없었다. 데미안이 답답한 마음을 감추지 못하고 있을 때 어느새 나타났는지 네로브가 여자 프리스트들의 도움을 받아 데미안에게 말을 건넸다.

"아버지, 카렌과 그 친구들이에요."

"카렌과 그 친구들?"

네로브의 말에 더욱 신경을 써 변화가 일어난 곳의 마나를 느껴보니 친숙하고 익숙하게 느껴지는 마나의 파동을 느낄 수 있었다. 비록 겉으로 표시를 내려 하지는 않았지만 반가운 마음을 완전히 숨길 수는 없었다.

"자매님들, 마지막 순간이 다가온 것 같아요. 저를 도와주세요."

"하지만 지금 네로브님의 몸 상태로는 견디지 못하실 겁니다. 그러니……."

"아니에요. 이 일은 제가 할 일이에요. 그러니 절 도와주세요. 여러분이 절 빨리 도와주셔야 지금 이 순간에도 목숨을 잃고 있는 병사들을 구할 수 있어요."

말을 마친 네로브는 그 자리에 무릎을 꿇고 앉아 기도를 하기 시작했다. 그 모습에 프리스트들은 어쩔 수 없이 함께 무릎을 꿇고 기도를 올리기 시작했고, 세 여자가 기도한 지 얼마 지나지 않아 그들에게서 뿜어져 나온 신성력은 주위로 퍼지기 시작했다.

그 기운을 접한 프리스트들은 종파를 가리지 않고 기도를 하기 시작했고, 신성력은 무서운 속도로 주위로 퍼지며 지친 병사와 기사들을 회복시켰고, 또한 그들의 상처를 치유하기 시작했다. 뿐만 아니라 마기를 가지고 있던 키메라들의 몸을 약화시켰다.

무섭게 몬스터들을 도륙하고 있던 카렌은 육체의 피로가 급격하게 사라지는 것을 확인하고는 라크렘을 소환했다.

'라크렘.'

─무슨 일인가.

'네 도움이 필요해. 인간을 공격하는 몬스터들을 처치해 줘.'

─알았다. 네 일행들에게 뒤로 물러나라고 해라.

'알았어.'

[라크렘의 공격이 있을 거야. 그러니 즉시 뒤로 물러서.]

카렌의 전음에 세 사람은 즉시 후방으로 물러섰고, 자신들을 무자비하게 도륙해 오던 세 사람이 갑자기 뒤로 물러서자 잠시 동안 어리둥절해하다가는 곧 다시 토벌군을 향해 달려들었다. 몬스터 대군을 포위하고 있던 4군 소속 토벌군의 병사와 기사들은 알리샤와 러쎌, 철혈대주가 물러서라고 외치는 소리에 영문도 모르고 뒤로 물러섰다.

잠시 몬스터 대군과 4군 소속 토벌군 사이에 약간의 공백이 생기는 순간 다시 한 번 빛의 폭풍이 몬스터들을 휩쓸었다.

"라이트닝 스톰!"

라크렘의 외침이 들리는 순간 몬스터들은 속절없이 빛의 폭풍 속으로 빨려 들어가 먼지가 되어버렸다. 설사 빛으로 이루어진 회오리를 피했다고 하더라도 사방으로 굽이치며 광란의 춤사위를 뽐내는 번개의 손아귀에서 온전히 목숨을 부지하기란 불가능한 일이었다.

단 한 번의 공격에 토벌군들과 접전을 벌이던 몬스터 대군은 엄청난 피해를 입을 수밖에 없었다. 살아남은 몬스터들은 기뻐할 사이도 없이 다시 한 번 라크렘의 공격을 받아야 했다.

"기가 라이트닝 필드!"

조금 전에는 빛이 회오리바람의 형태를 띠고 있었다면 지금의 공격은 하늘의 분노를 보는 것 같았다. 몰려든 먹구름은 금세 하늘을 뒤덮었고, 귀청을 찢을 듯한 천둥소리와 함께 수천, 수만 줄기의 섬광이 지상으로 내리꽂히기 시작했다.

콰콰콰~쾅~

흡사 세상의 종말이라도 찾아온 것 같았다.

섬광이 지상에 내리꽂힐 때마다 지축이 흔들렸고, 새하얀 백광은 도저히 눈을 뜨고 있을 수 없게 만들었다. 단 한 줄기의 섬광도 피하기 힘든 상황에서 수천, 수만 줄기의 섬광을 어떻게 피할 수 있겠는가. 더더욱 눈도 뜰 수 없는 상황에서 말이다.

얼마나 많은 수의 몬스터와 키메라들이 재가 되었는지 확인조차 불가능했다.

다만 천둥소리와 먹구름이 사라진 후 4군 소속 병사들이 처음 발견한 것은 자신들의 눈앞이 뻥 뚫렸다는 사실이었다. 헤아릴 수조차 없을 정도로 많았던 몬스터들이 대체 어디로 사라진 것인지 병사와 기사, 그리고 지휘관들은 자신들의 눈을 의심하지 않을 수 없었다.

보이는 것이라고는 크고 작게 패인 구덩이들로 뒤덮인 벌판뿐이었다.

그때 카렌은 친구들의 보호 아래 운공을 하고 있었다. 그런 그들을 향해 급하게 말을 몰아오는 사람이 있었다. 전신을 풀 플레이트 메일을 걸치고 있는 기사였는데, 가슴에 특이하게도 트라이포드가 교차되어 있는 문장이 새겨져 있었다.

"방금 몬스터들을 해치운 게 그대들이오?"

투구의 안면 덮개를 연 사내는 50대 초반쯤으로 보이는 사내였다.

혹시 카렌에게 있을지 모르는 사태를 예방하고자 러쎌이 앞으로 나섰고, 그 양편으로 알리샤와 철혈대주가 자리했다. 비록 적의는 아니었지만 자신을 경계하는 것이 역력해 보이는 세 사람의 태도에 오히려 사내가 당황해했다.

"오해하지 마시오. 난 4군 사령관이신 워렌시아 공작 각하를 모시고 있는 부관 디젠턴 백작이오."

비록 큰 공을 세웠다고는 하지만 일반 병사들과 비슷한 복장을 하고 있는 카렌 일행에게 디젠턴 백작은 말을 놓지 않았다. 상대의 호의를 무조건 의심하는 것도 예의가 아니기에 러쎌이 대답을 해주었다.

"저희는 트레디날 제국 사람들입니다. 그리고 방금 질문하신 몬스터들을 해치운 것은 저희들의 동료입니다."

"그럼 누가 몬스터들을······?"

"지금 앉아 있는 저 친구가 몬스터들을 해치운 장본인입니다."

"혹시 몬스터들에게 다치기라도 한 것이오?"

걱정이 섞인 상대에 반응에 러쎌은 그러면 안 된다는 것을 알면서 웃지 않을 수 없었다.

"일순간에 수만 마리의 몬스터를 해치운 친구가 몬스터 따위에게 상처를 입을 리 있겠습니까? 그저 몬스터들을 해치우느라 많은 힘을 소모했기에 잠시 쉬면서 마나를 보충하고 있는 겁니다."

"휴우~ 정말 다행이구려. 허허허, 그리고 보니 정말 어리석은 걱정을 했구려. 이해해 주길 바라오. 워낙 충격적인 광경이었던지라 잠시 말이 헛나온 것 같소."

러쎌의 대답에 고개를 끄덕이면서도 자신이 잠시 어리석은 생각을 한 것이 부끄러운지 얼굴이 빨갛게 변했다.

"그런데 무슨 일로 저희를 찾으신 것인지 여쭤봐도 되겠습니까?"

"이런, 내 정신 좀 봐. 다름이 아니라 누가 몬스터들을 해치운 것인지 알아보라는 사령관님의 지시가 있었기 때문이오. 그리고 찾는 대로 사령관님께 데려오라는 명령을 받았소이다. 아마도 큰 상을 내리실 거외다.”

디젠턴 백작의 말에 러쎌은 가만히 고개를 흔들었다.

자신이 보기엔 평민들 같은데 감히 귀족의 말에 고개만 흔들다니…… 아무리 공을 세웠다고 해도 당장 목을 잘릴 정도의 큰 죄였다. 그럼에도 불구하고 디젠턴 백작이 보고만 있었던 것은 러쎌에게서 느껴지는 위압감과 감당하기 힘들 정도로 뿜어져 나오는 예기 때문이었다.

특히 카렌에게서 간혹 느껴지는 거대한 힘을 생각하면 저절로 몸이 움츠러들 정도였다.

“죄송하지만 저희는 이 친구를 지켜야만 합니다. 그리고 저희는 어떤 보상을 바라고 이 일을 한 것이 아닙니다. 말씀은 고맙습니다만 저희는 이 친구가 힘을 되찾는 대로 다른 곳의 몬스터를 상대하러 떠날 겁니다. 그리고 한 가지 더 말씀을 드리자면 이 친구는 토벌군 총사령관이신 데미안 폰 싸일렉스 공작 각하의 아들입니다.”

말을 마친 러쎌과 두 사람은 카렌의 세 방향으로 흩어져 경계를 서기 시작했다.

잠시 멍한 표정으로 일행들의 모습을 바라보던 디젠턴 백작은 곧 정신을 차리고는 워렌시아 공작이 있는 곳을 향해 전력으로 말을 몰았다. 디젠턴 백작이 어디로 달려가든 말든 러쎌들은 카렌을 지키는 것에 전념하고 있을 뿐이었다.

카렌이 깨어난 것은 잠시 후였는데 깨어난 후에도 완전히 피로를 떨치지 못한 모습이었다. 그 모습에 철혈대주가 조금은 걱정스러운 표정을 지었다.

"아직 완전히 회복이 안 되신 겁니까?"

"첫 번째 공격할 때는 위력에 비해 마나와 뇌전지기가 별로 소모되지 않아 안심하고 있었는데 두 번째 공격 때 남아 있던 마나와 뇌전지기가 완전히 바닥나 버렸습니다. 해서 약간 충격을 받은 것뿐이니 그렇게 걱정할 필요는 없습니다."

"조금 전 4군 사령관인 워렌시아 공작의 부관이 다녀갔어. 우리의 정체 때문에 온 것 같아 알려줬어."

"그래?"

"여기 오래 있으면 골치 아픈 일이 생길 것 같은데 떠나는 것이 어때?"

"그렇게 하는 게 좋겠다."

카렌이 찬성하자 일행들은 별다른 이견 없이 이동할 준비를 했다. 그들의 그런 모습에 근처에 있던 기사들과 병사들은 어쩔 줄 몰라 했다. 그도 그럴 것이 그들은 조금 전 디젠턴 백작에게서 무조건 카렌 일행들을 붙잡아두라는 명령을 받았기 때문이다. 하지만 그들의 능력으로 카렌 일행을 제지하기란 불가능한 일이었다. 때문에 기사들이나 병사들은 그저 멀어져 가는 카렌 일행을 쳐다보는 수밖에 없었다.

토벌군 전체를 통제하던 데미안은 전반적인 전황이 토벌군에게 유리하게 돌아가는 것을 직감적으로 깨달을 수 있었다.

물론 그렇게 된 동기는 갑자기 나타나 10여 만에 달하는 몬스터와 키메라를 전멸시킨 카렌과 그 일행 덕분이었지만 그보다 중요한 것은 더 이상 몬스터나 키메라들이 보충되지 않는다는 것이었다.

해서 토벌군의 가장 좌우측에 위치한 1군과 4군을 좀 더 전진시켜 완전히 몬스터 대군을 중앙에 두고 포위망을 완성하려고 했다. 포위망만 완성되면 몬스터들을 몰살시키는 것은 큰 문제가 안 될 것 같다고 판단했기 때문이다.

데미안이 그런 생각에 빠져 있는 동안에도 몬스터와의 혈전은 계속되고 있었다.

4군 관할 지역을 떠난 카렌 일행은 몬스터 대군의 후방 지역 근처에 도착해 있었다.

물론 몬스터들과는 상당한 거리를 두고 있었지만 들판을 새까맣게 뒤덮고 있는 몬스터를 발견하지 못할 리 없었다. 잠시 시간을 두고 몬스터 무리를 살피던 카렌 일행은 무질서하게 서 있는 몬스터 무리들 가운데 조금은 특이한 무리를 발견할 수 있었다.

놀랍게도 그들은 인간이었다.

그럼에도 불구하고 몬스터 무리가 오히려 인간들을 피해 비칠거리며 뒤로 물러서고 있었다. 특히 한 존재는 뮤란 대륙에서는 볼 수 없는 특이한 것—연(輦)이었다—위에 올라타고 있었는데, 아마도 그가 인간들 무리의 우두머리로 보였다.

"이스턴 대륙 인간들입니다. 그리고 제가 잘못 보지 않았다면……흑신교단의 신도들이 틀림없습니다."

"그렇다면 저 이상한 것에 타고 있는 자가 흑신교단의 교주일 가능성이 크겠구려."

"틀림없을 겁니다."

철혈대주의 말에 카렌은 문득 그동안 자신이 하고 있던 일, 해야만 했던 일이 드디어 오늘 그 결말을 맺는다는 생각이 들었다. 알리샤도 그런 생각이 들었는지 그들을 유심히 바라보고 있었다.

일행들이 그렇게 인간 무리와 몬스터들을 살피고 있을 때 갑자기 인간 무리들이 일제히 앞으로 달려나갔는데, 일행들이 파악한 숫자보다 훨씬 많은 수였다.

마침내 인간들이 모두 사라지고 몬스터 대군도 일부만을 남기고 모두 앞으로 달려나간 것을 확인한 카렌 일행들은 드디어 자신들이 기다리던 기회가 왔음을 직감했다. 조심스럽게 흑신교단의 교주, 백목존자에게 접근하던 일행들은 10여 명의 엘프가 백목존자에게 다가가는 것을 발견할 수 있었다. 그리고 그들 가운데 얼마 전 도주했던 토루젠의 모습도 보였다.

토루젠을 발견한 알리샤는 당장 뛰어가려 했지만 카렌이 서둘러 그녀를 제지했다.

알리샤가 영문을 몰라 카렌의 얼굴을 보는 순간 카렌은 손을 들어 토루젠이 있는 곳을 가리켰다. 고개를 돌려 살펴보니 그곳의 마나가 요동치는 것이 희미하게 느껴졌다. 그리고는 곧 누군가가 모습을 드러냈다

데미안과 네로브를 비롯한 20여 명의 사내였다.

사내들은 모습을 드러내자마자 엘프들과 백목존자를 호위하고 있던 사두용인들을 공격해 갔다. 쌍방 간의 치열한 교전은 데미안과 같이 온 소드 마스터들의 실력이 월등히 뛰어나 불과 20분도 안 되어 소드 마스터들의 일방적인 승리로 끝이 났다.

엘프들과 사두용인들을 모두 해치운 소드 마스터들은 이 전쟁의 진정한 원흉이라고 할 수 있는 존재, 백목존자를 해치우기 위해 지면을 박차며 몸을 날렸다. 하지만 소드 마스터들은 미처 지면에 발을 딛기

도 전에 자신들을 덮치는 잿빛 광선을 발견하고는 깜짝 놀라 몸을 비틀어 피하려 했다. 그러나 잿빛 광선은 소드 마스터인 그들보다 훨씬 빠르게 궤도를 바꾸며 소드 마스터들을 덮쳤다.

허공에서 몸을 날리던 모습 그대로 소드 마스터들은 한 줌의 재로 변해 지면에 흩어졌다.

그 광경을 멀리서 지켜보던 카렌 일행이 깜짝 놀란 것은 물론 소드 마스터들의 승리를 믿어 의심치 않았던 데미안의 놀라움도 상당했다.

재빨리 앞으로 나선 데미안은 네로브의 앞을 가로막았고, 네로브는 선 채 조용히 기도문을 읊고 있었다.

"이 허접한 것들을 데려온 놈이 바로 네놈인가 보구나. 흥! 이깟 놈들로 날 어쩔 수 있을 거라 생각했단 말이냐? 멍청한 놈. 크하하하!"

호탕하게 웃음을 터뜨리는 백목존자 곁에는 파리한 안색을 한 토루젠이 조금은 불안한 표정을 짓고 있었다. 얼마 전 알리샤를 우습게보았다가 다크문에 큰 상처를 입었다. 평소 같았으면 그가 가진 마력으로 단번에 치료를 했겠지만 다크문은 마계의 물건인지라 상당한 마력을 소모해 치료했지만 상처는 좀처럼 낫지 않았다. 그뿐만 아니라 토루젠의 생명력과 마기까지 엉망으로 만들었는데 자칫 잘못했으면 심장 주위의 서클이 완전히 파괴되어 마법사로서의 생명까지 끝날 뻔했다.

다행히 서클이 흐트러진 것은 두 개뿐이라 5클래스의 마법은 사용할 수 있는 상태였다. 또 흐트러진 서클도 시간이 지나면 자연 복구가 되긴 하겠지만 그때까지는 어쩔 수 없이 죽기보다 더 싫지만 백목존자에게 보호를 받을 수밖에 없는 상황이었다.

느닷없이 워프해 온 인간들 때문에 잠시 놀라긴 했지만 육체의 능력을 강화시킨 자신의 부하들이 충분히 막아내리라 생각했다. 하지만 적들의 능력은 놀랍기 그지없어 자신과 백목존자의 부하들을 단숨에 해치운 것이다.

그 광경에 공격 마법을 준비하려던 토루젠은 백목존자가 앞으로 나서자 미심쩍은 표정을 지우지 못한 채 뒤로 물러섰다. 그러면서도 공격 마법을 준비하는 것을 잊지 않았다.

소드 마스터들이 자신들을 향해 몸을 날리는 것을 보고도 백목존자는 그 자리에서 꼼짝도 하지 않았다. 그런 백목존자의 행동에 토루젠이 의아심을 가질 때 백목존자의 가슴에서 수십 줄기의 잿빛 광선이 소드 마스터들을 향해 쏟아졌다. 그러자 믿을 수 없게도 소드 마스터들이 한 줌의 재로 변해 버린 것이다.

거들먹거리는 행동은 눈꼴시었지만 가끔씩 보여주는 살인광선—물론 백목존자는 이상한 이름으로 부르고 있었지만—의 그 파괴력만큼은 정말 탐나는 것이었다.

웬 중년 사내가 앞으로 나서긴 했지만 조금 전 소드 마스터들의 경우처럼 간단히 처리될 것을 믿어 의심치 않았다. 그러나 결과는 전혀 뜻밖이었다.

백목존자의 가슴에서 10여 줄기의 잿빛 광선이 쏟아지자 중년 사내는 오히려 앞으로 나서며 손을 뻗었다. 동시에 중년 사내 뒤에 서 있던 여자가 조용히 중얼거리더니 중년 사내의 어깨에 손을 올렸다. 그러자 보라색의 반투명한 막(膜)이 두 사람 앞에 생겨났고, 다시 그 앞에 푸른색의 반구형(半球形) 실드가 나타났다.

콰콰콰—쾅~

폭음과 함께 잿빛 광선은 데미안이 만든 실드에 작렬해 실드를 파괴하는 것에는 성공했지만 그 위세는 이미 상당히 약해져 있었다. 네로브가 신성력으로 만든 방어막에 부딪친 잿빛 광선은 맥없이 사라져 버렸다.

그 모습에 토루젠은 물론 백목존자도 놀라지 않을 수 없었다.

토루젠이 놀란 이유는 별 볼일 없이 생긴 중년 사내가 거의 마도사급 마법사란 사실에 놀란 것이고, 백목존자는 자신의 공격이 맥없이 사라졌다는 사실을 믿을 수 없어했다. 7클래스 마법 실력을 가진 토루젠도 자신의 공격을 제대로 막아내지 못한 것을 보면 눈앞에 있는 저 사내의 마법 실력이 다크 엘프 로드인 토루젠보다 앞선다는 말 아닌가?

믿기 힘든 일이긴 했지만 불가능하지는 않을 거라는 생각이 들자 백목존자는 정말 오랜만에 자신의 상대가 나타났다는 것을 직감하고는 돌연 입고 있던 옷을 벗기 시작했다.

갑작스런 백목존자의 행동에 토루젠이나 데미안과 네로브는 황당함을 감출 수 없었다.

"토루젠!"

어디에선가 들려온 날카로운 음성에 고개를 돌리던 토루젠은 조금 떨어진 곳에서 자신을 노려보고 있는 카렌 일행을 발견하고는 깜짝 놀랐다.

"네놈들이 여기는 어떻게?!"

"흥! 내 손아귀에서 빠져날 수 있을 거라 생각했느냐!"

알리샤의 조금은 앙칼진 말에 토루젠은 기가 막힘을 느껴야 했다.

자신이 조금 방심해 부상을 입었다고 이제는 실험 재료에 불과했던 벌레 같은 것이 자신에게 함부로 이빨을 드러내는 것이었다.

"네가 죽고 싶어 환장을 했구나. 매직 미사일!"

"사령마벽(邪靈魔壁)!"

수십 발의 매직 미사일이 날아가는 순간 알리샤의 손에서 뻗어 나온 뿌연 색의 기류가 순식간에 벽을 만들었다.

콰콰콰—쾅~

폭음과 함께 매직 미사일과 벽이 동시에 사라졌다. 토루젠이 잠시 놀라는 사이 알리샤는 그대로 지면을 박차고 앞으로 달려나갔다. 알리샤의 행동이 자신의 생각보다 훨씬 빠른 것을 직감한 토루젠은 서둘러 더블 스펠을 캐스팅했다.

"실드! 체인 라이트닝!"

쾅!

알리샤는 갑자기 나타난 실드를 피하지 못하고 부딪치고 말았다. 충격을 견디지 못하고 뒤로 날아가는 그녀를 향해 하얀색 번개가 굽이치며 쏟아져 갔다. 알리샤는 뒤로 날아가는 동안에도 토루젠의 공격이 이어지는 것을 확인하고는 필사적으로 몸을 뒤틀어 지면에 내려서자마자 그대로 허공으로 뛰어오르며 다크문을 휘둘렀다.

"사령월락!"

허공에 생겨난 새하얀 달이 무서운 속도로 토루젠에게 떨어졌다. 동시에 주위의 온도가 급격히 낮아졌다. 그 광경에 토루젠은 상대의 전투력이 자신의 예상을 상회한다는 것을 인정해야만 했다.

자신이 알고 있는 5클래스의 공격 마법 가운데 가장 파괴력이 큰 플레임 버스터를 캐스팅하고는 다시 눈속임용으로 실드를 준비했다. 그러면서 아침에 플레임 버스터를 미리 메모라이즈해 두기를 정말 잘했다고 생각했다.

"실드!"

쾅쾅쾅!

폭음과 함께 토루젠의 몸이 맥없이 뒤로 튕겨져 나갔다. 대비를 했음에도 불구하고 폭발력은 예상을 훨씬 웃도는 것이었다. 잠시 동안 당황하기는 했지만 그런 자신을 보고 달려드는 알리샤를 보고 회심의 미소를 지을 수 있었다.

"플레임 버스터!"

토루젠이 손을 내젓는 순간 먼지만큼이나 작은 빛의 조각들이 알리샤에게로 날아갔다.

물론 알리샤도 그것을 발견하지 못한 것은 아니지만 지금은 그것보단 토루젠의 목숨을 빼앗는 것이 더 중요하기에 일단은 공격에 치중했다. 그녀의 몸에 빛의 조각들이 부딪치면서 작은 폭발이 연쇄적으로 일어났다. 작은 폭발은 곧 큰 폭발로 이어졌고, 종내에는 알리샤가 있던 곳을 중심으로 거의 20미터 정도가 동시에 거대한 폭발을 일으키며 주위를 온통 불바다로 만들어 버렸다.

토루젠이 자신의 공격이 성공했음에 회심의 미소를 짓고 있을 때 불길을 뚫고 나타나는 이가 있었으니 바로 알리샤였다. 비록 머리가 절반 이상 그슬리고, 입고 있던 옷도 상당히 타버려 화상을 입은 곳도 적지 않았지만 토루젠을 노려보는 차가운 눈만큼은 조금 전과 조금도 변화가 없었다.

당황한 토루젠이 서둘러 스펠을 캐스팅하려고 했지만 당황한 탓인지 스펠은 더욱 꼬여만 갔다.

푹!

이 고통을 뭐라 표현할 수 있을까?

뜨거운 번개가 심장으로부터 온몸으로 퍼지는 듯한 느낌이라고 할까?

아니면 불로 심장을 지지는 듯한 고통이라고 할까?

그것도 아니라면 숨통을 조이는 듯한 괴로움이라고 할까?

게다가 다크문에게 생명력과 마력을 빨리는 이 고통엔 영혼을 뒤흔드는 충격을 느끼지 않을 도리가 없었다.

다크문을 잡고 있는 알리샤의 손등은 온통 물집이 잡혀 있었지만 알리샤는 눈 한 번 깜박이지 않은 채 점점 말라가는 토루젠의 모습을 지켜보고 있었다. 마침내 토루젠의 몸이 말라비틀어지자 알리샤는 다크문을 거칠게 뽑았고, 그 충격으로 토루젠은 먼지가 되어 그 자리에 떨어져 내렸다.

털썩.

"헉헉헉."

토루젠이 먼지가 되는 모습에 알리샤는 그제야 전신에서 이는 고통을 느낀 듯 그 자리에 주저앉아 거친 숨을 토해냈다.

비록 알리샤가 지치고 화상을 입긴 했지만 위험하지는 않겠다는 판단이 들자 카렌과 일행들은 데미안에게로 달려갔다.

알리샤가 토루젠을 상대하는 동안 상의를 완전히 벗은 백목존자의 상체는 혐오스럽기 그지없었다. 적당히 살집이 오른 백목존자의 상체에는 징그럽게도 수십 개의 눈이 달려 있었다. 크기도 제각각이었지만 갖가지 생물들의 눈인 듯 생긴 것도 달랐고 색도 모두 달랐다.

한 가지 공통적인 것은 수십 개의 눈이 데미안과 알리샤, 그리고 카렌들을 매섭게 노려보고 있다는 것이었다.

비록 네로브에게 백목존자에 대한 이야기를 들은 데미안이었지만 직접 본 백목존자의 정체는 혐오스럽기만 했다. 그렇기는 카렌 일행들도 마찬가지였다.

"가소로운 네놈들에게 본좌의 능력을 똑똑히 보여주마. 백목백살(百

目百殺)!"

　백목존자의 외침과 함께 그의 상체에 있던 백 개의 눈이 일제히 데미안과 네로브를 쏘아보는 순간 눈들로부터 잿빛 광선이 뿜어져 나오더니 데미안에게로 날아갔다. 그 모습에 네로브는 서둘러 방어막을 만들었고, 상황이 조금 전보다 안 좋은 것을 직감한 데미안은 순식간에 세 개의 실드를 만들어 자신과 네로브를 보호했다.

　콰콰콰—쾅~

　데미안이 뒤로 밀리지 않기 위해 안간힘을 써야 할 정도로 폭발의 충격은 컸다. 하지만 무엇보다 네로브를 보호하는 것이 우선이었다.

　아버지가 누나를 보호하느라 제대로 된 공격을 못하는 것을 본 카렌은 신형을 날리며 지옥이도류를 펼쳤다.

　"혈뢰십방살!"

　열 줄기의 붉은 번개가 자신을 덮쳤지만 눈이 백 개나 되는 백목존자가 그것을 발견하지 못했을 리 만무했다.

　"흥! 본좌에게 기습 따위가 통할 것이라 생각했느냐? 백목혈폭(百目血暴)!"

　지금까지와는 달리 백목존자의 가슴에서는 핏빛 광선이 쏟아졌고, 카렌의 공세와 부딪쳐 허공에서 사라졌다. 서로의 공격은 상쇄되어 사라졌지만 그 충격파는 고스란히 주위를 휩쓸어갔다.

　카렌의 공격이 실패로 돌아간 것을 확인한 러쎌과 철혈대주는 양편으로 나눠 백목존자를 급습했다. 하지만 백목존자는 충격파로 피어난 흙먼지 때문에 두 사람의 공격을 보지 못한 것인지 아니면 그들의 공격이 자신에게는 통하지 않는다고 생각했는지 카렌을 공격하는 데 여념이 없을 뿐이었다.

"차앗!"

파파파팟~

러쎌의 핸드 엑스와 철혈대주의 검이 작렬한 백목존자의 상체는 거의 40여 개의 눈이 파괴되었다. 하지만 러쎌과 철혈대주가 뒤로 물러서는 그 짧은 시간에 눈들은 빠르게 재생되었다.

"크하하하! 그따위 공격으로 본좌의 마안(魔眼)을 파괴할 수 있을 거라 생각했단 말이냐? 버러지 같은 네놈들에게 본좌가 은총을 베풀어 마안의 비밀을 가르쳐 주마. 본좌의 마안들은 동시에 파괴하지 않으면 영원히 재생을 계속한다. 너희들의 능력으로 본좌의 눈을 단번에 모두 파괴하는 것도 불가능하지만 무엇보다 너희들이 파괴해야 할 본좌의 마안은 모두 아흔아홉 개. 게다가 마지막 한 개의 위치는 너희들이 상상도 하지 못한 곳에 있으니 너희들은 그저 불가능에 도전하려는 것뿐이다. 그러니 곱게 본좌의 손에 죽어라. 백목혈전(百目血戰)!"

백목존자의 외침과 동시에 각각의 눈들은 붉은 화살을 쏘았고, 화살들은 각각의 곡선을 그리며 일행들에게 날아갔다.

100개 가까운 붉은 화살 가운데 절반에 가까운 50여 개의 화살이 카렌에게로 날아갔다는 사실이었다. 조금 전 직접 겨뤄본 탓도 있었지만 카렌이 뽑아 들고 있는 무기에서 기분 나쁜 느낌이 들었기 때문이다.

"불침철벽(不侵鐵壁)!"

아마도 지옥이도류에 있는 유일한 방어 초식일 것이다.

물론 지옥마제가 만든 초식 가운데 방어 초식 따위가 있을 리 만무했다. 단지 이 초식은 카렌이 지옥이도류의 여섯 가지 공격 초식을 익히는 동안 지옥마제가 만든 방어 초식으로, 당연히 카렌이 적, 혹은 적들과 교전을 벌일 때 그가 안전하기를 바라는 마음에서 고심에 고심을 거듭해 만든 것이었다. 그러면서도 카렌에게는 이 초식을 쓸 일이 거의 없을 거라고 장담을 했었다.

카렌 앞에 마나로 이루어진 거무스름한 벽이 나타났고, 곧 붉은 화살들이 작렬했다.

콰콰콰—쾅~

폭음이 들리고 거센 충격파가 주위로 전해졌지만 카렌은 무사할 수 있었다.

백목존자의 공격을 받은 사람들은 피하거나 자신만의 방어 방법으로 공격을 막았다. 하지만 결과는 그리 좋지 못했다. 데미안은 두세 겹의 실드를 쳐서 붉은 화살을 막아냈고, 러셀은 적의 공격을 발견하자마자 재빨리 뒤로 물러나는 것으로 피할 수 있었다. 하지만 철혈대주는 갑작스러운 백목존자의 공격을 피하지 못한 채 검을 휘둘러 막을 수밖에 없었다.

오러를 검에 잔뜩 주입했기 때문에 충격은 받더라도 막아낼 수 있을 거라 생각했다. 하지만 붉은 화살이 철검과 부딪치는 순간 엄청난 폭발이 일어나며 철검은 산산조각이 났다.

피할 사이도 없이 조각난 철검은 철혈대주의 신형 곳곳에 박혔고, 그런 철혈대주를 전장에서 끌어낸 사람은 조금 떨어진 곳에서 결전을 지켜보고 있던 네로브였다. 건장한 체구의 철혈대주를 끌어내느라 옷 곳곳은 피로 물들었지만 네로브는 개의치 않고 철검 조각들을 빼내고 상처를 치료하기에 여념이 없었다.

"라이트닝 버스터!"

데미안의 외침이 벌판에 울려 퍼지는 순간 미스릴 롱 소드에서 뿜어져 나온 수십, 수백 줄기의 붉은 번개가 백목존자의 상체에 작렬했다.

짜짜짜—짝~

백목존자의 신형이 데미안의 공격에 거의 20여 미터나 날아갔다. 게다가 마안들도 수십 개나 타고 또 터졌지만 그뿐이었다. 조금 전 백목존자의 장담처럼 눈들은 빠르게 재생되었고, 데미안 일행들을 향해 붉은 화살을 쏘아댔다.

우뚝 선 채 수백 발의 화살을 마구 쏘아대는 백목존자는 마치 영원히 죽지 않는 불사신처럼 보였다. 라이트닝 버스터로 백목존자에게 타격을 줄 수 있으리라 생각했던 데미안은 너무나도 멀쩡한 백목존자의 모습에 할 말을 잃었다. 그러면서 공간의 검 미디아가 지금 자신의 손에 없다는 것이 너무 아쉬웠다.

이후에도 상황은 마찬가지였다.

데미안과 카렌, 러쎌, 그리고 어느 정도 상처를 회복하고 돌아온 알리샤, 이렇게 넷이 백목존자의 틈을 찾아 공격을 퍼부어댔지만 백목존자는 난공불락의 철옹성처럼 버티고 서서 오히려 일행들을 몰아붙이고 있었다.

"블러드 레인!"

"혈뢰멸궁!"

"청염폭우!"

"사령월락!"

네 사람은 거의 동시에 백목존자를 공격했지만 일부의 공세는 백목존자의 백목혈전에 허공에서 사라졌고, 일부는 그의 회피 동작에 엉뚱한 곳으로 날아가 버려 실제 그의 몸에 작렬한 공세는 얼마 되지 않았다.

[아버지.]

[왜 그러느냐?]

[잠시 동안 저자를 움직이지 못하도록 할 수 있을까요?]

[잠시 동안만이라면 가능할 것 같기도 하다만…….]

[그럼 부탁을 드리겠습니다.]

'라크렘, 아까 저자가 한 말을 들었지?'

─들었다.

'조금 있다 내가 널 소환하면 곧바로 저자의 눈들을 공격해 줘.'

─알았다.

[모두들 조금 있다 자신이 알고 있는 가장 강력한 공격을 퍼부어줘.]

카렌의 말에 사람들은 그에게 백목존자를 처치할 수 있는 어떤 방법이 있음을 직감하고는 고개를 끄덕였다.

공격은 데미안부터 시작되었다.

과거 공간의 검 미디아를 얻었을 때 알게 된 두 가지 판이하게 다른 공격 방법을 신중하게 연구를 했던 적이 있었다. 조금 전에 선보인 라이트닝 버스터도 그렇지만 지금 사용하려고 하는 초식도 그렇게 해서 얻은 것이었다.

카렌에게 눈짓을 보낸 데미안은 롱 소드에 한껏 마나를 주입하고는 백목존자를 향해 힘차게 휘둘렀다.

"프리징 버스터!"

지금까지의 공격처럼 막아내려던 백목존자는 자신 주위의 온도가 급격히 낮아지는 것을 깨달았다. 하지만 마안은 눈을 뜨기만 하면 언제든 공격이 가능하기 때문에 데미안의 공격은 허사로 돌아갈 것이라 생각했다.

그런 생각을 하던 백목존자는 어느 순간 자신의 몸이 꼼짝도 하지 않는 것을 깨닫고는 당황해했다. 게다가 그 순간 거의 동시에 세 사람의 공격이 쏟아져 온 것이다.

"사령파천황!"

"독존만리!"

"혈뢰삼폭뢰!"

세 사람의 공격이 심상치 않음을 깨달은 백목존자는 황급히 몸을 웅크려 피해를 최소화하려고 했지만 데미안의 공격이 만들어낸 괴상한 힘은 자신의 몸을 사방에서 짓눌러 꼼짝도 할 수 없게 만들었다.

퍼퍼퍼퍽~

세 사람의 공세는 고스란히 백목존자의 상체에 작렬했다.

"크아악!"

이 싸움이 시작된 후 백목존자의 입에서 처음으로 처절한 비명 소리가 터져 나왔다.

이유는 바로 카렌이 집어 던진 두 자루의 도가, 샤이닝 블레이드는 정수리에, 헬 블레이드는 백목존자의 심장에 정확히 틀어박혔기 때문이다. 러쎌의 핸드 엑스는 등에, 마지막으로 알리샤의 다크문은 단전에 틀어박혀 사정없이 백목존자의 생명력과 마기를 빨아들이고 있었다. 네 자루의 무기가 틀어박힌 채 꼼짝도 못하고 있는 백목존자.

바로 카렌이 바라던 순간이었다.

"라크렘!"

"기가 라이트닝 필드!"

라크렘은 소환되자마자 범위를 엄청나게 축소시킨 기가 라이트닝 필드를 펼쳤다.

백목존자 한 사람에게로 집결된 기가 라이트닝 필드의 파괴력은 주위의 대지를 물처럼 녹여 버렸다. 범위를 축소시킨 탓인지 번개는 한참 동안 백목존자와 지상에 작렬했다. 더구나 백목존자의 몸에 박힌 네 자루의 무기는 번개를 빨아들여 그에게 충격을 전해주는 데 톡톡히 한몫을 하고 있었다. 또한 무기에 스며 있는 신성력은 느린 속도지만 계속해서 백목존자의 몸을 붕괴시키고 있었다.

백목존자가 말한 마지막 마안은 바로 정수리에 숨어 있었는데 우연찮게 카렌이 던진 샤이닝 블레이드에 꿰뚫리고 말았다. 모든 마안이 파괴된 것은 물론 몸속에 박힌 무기에서 끝없이 흘러나오는 신성력 때문에 백목존자는 일어설 수조차 없었다.

파괴된 마안에서 흘러나오는 검은색 기류는 떠나기 싫은 듯 잠시 백목존자의 몸 주위를 돌다가 곧 허공 속으로 흩어졌다.

그들은 미처 모르고 있었지만 처음 토루젠이 쓰러졌을 때 그와 다크 엘프들에게 개조당한 키메라들이 제일 먼저 쓰러졌고, 다음은 몬스터들이 경련을 일으키면 지면 위를 뒹굴었다. 또 그제야 정신을 차린 몬스터들은 중무장을 한 채 자신들을 노려보고 있는 토벌군을 발견하고는 비명을 지르며 사방으로 도망을 쳤다. 물론 개중에 덩치가 큰 몬스터들은 토벌군에게 덤비기도 했지만 상대가 될 리 없었다.

인간들에게 검을 휘두르며 대항하던 다크 엘프들도 키메라들의 상황과 거의 비슷했다. 갑자기 비명을 지르며 쓰러지더니 격렬한 경련을 일으킨 후 한 줌의 검은 재로 변해 버렸다.

그 모습에 토벌군들은 영문을 몰라 했지만 경계심을 풀지는 않았다. 하지만 상황은 그것으로 끝난 것이 아니었다.

뱀의 머리에 몸에 비늘이 돋은 괴상한 존재, 사두용인들 역시 조금 시간이 지나자 바닥을 뒹굴며 괴로워하다가 하나둘 목숨을 잃어갔다.

그 모습을 지켜보던 3군 사령관인 체로크 공작과 각 군 사령관들은 고개를 끄덕였다.

틀림없이 이 상황이 총사령관이 사라진 것과 연관이 있을 것이란 생각을 모두들 하고 있었던 것이다.

"어서 무사히 돌아와 주시오, 싸일렉스 공작. 그대와 함께 승리를 만끽하고 싶구려. 우리 모두가 기다리고 있다는 것을 잊지 마시오."

백목존자가 한줄기 연기가 되어 사라지자 일행들은 다리가 풀려 그 자리에 털썩 주저앉았다. 드디어 길고도 험난했던 여정이 모두 끝났다고 생각했기 때문이다.

"이제 모두 끝난 것인가?"

데미안의 혼잣말에 모두가 고개를 끄덕일 때 한 사람 네로브만이 고개를 흔들었다.

"아니에요. 반드시 해야만 될 일이 아직 한 가지가 남았어요."

"봉인을 말하는 것이냐?"

"그래요, 아버지. 하지만 그 일은 제가 해야 할 일이에요."

말을 마친 네로브는 카렌에게 손을 내밀었고, 카렌은 쿠로얀을 뽑아 네로브에게 건넸다.

"지금부터 절대로 절 건드리지 마시고 그냥 지켜보기만 하세요."

그 말에 일행들은 찜찜한 생각이 들었지만 일단은 지켜보기로 했다.

그 자리에서 무릎을 꿇고 앉은 네로브는 기도를 올리기 시작했고, 조금 시간이 지나자 그녀의 몸에서 보라색의 기류가 흘러나오기 시작했다. 보라색 기류는 주위로 퍼지지 않은 채 네로브의 몸 주위에 쌓여 갔다.

기도를 올리기 시작한 지도 벌써 한 시간, 그녀의 몸에서 새어 나온 보라색 기류는 여전히 흩어지지 않고 계속 쌓여 마침내 그녀의 모습이 보라색 기류에 온전히 덮여 전혀 보이지 않게 되었다. 일행들이 불안한 심정으로 자신을 보고 있다는 사실을 아는지 모르는지 네로브는 여전히 기도를 올리고 있을 뿐이었다.

"어피어 엡솔루트 실!"

네로브의 외침이 들리는 순간 그녀의 몸 주위에 쌓였던 보라색 기류가 하얀색으로 변하더니 눈부신 백광이 허공으로 쏟아져 갔다. 마치 거대한 빛줄기가 지상과 천공을 연결하는 것처럼 보였다. 그리고 그 빛의 끝에는 다섯 가지 각기 다른 물건이 거대한 오망성(五芒星)을 이루고 있었다.

오망성을 이루는 다섯 가지 물건을 순간 데미안은 오래전 지하르트를 봉인하는 데 사용했던 신의 무기들임을 직감할 수 있었다.

"실 컴플리션! 엡솔루트 실!"

연이어 네로브의 음성이 터져 나오자 그녀의 손바닥 위에 있던 쿠로얀이 허공으로 떠올라 오망성의 한자리를 차지하며 육망성(六芒星)을 이루더니 눈부신 빛을 사방으로 뿌리기 시작했다.

그 빛은 대륙의 북쪽으로 몰려든 토벌군도, 대륙 중부의 트레디날 제국이나 루벤트 제국에서도, 또한 대륙 최남단의 가이샤 제국에서도 똑똑히 볼 수 있을 정도였다.

모든 사람들이 평화롭고 포근한 그 빛을 주목하고 있을 때 오직 한 사람, 데미안만은 여전히 그 빛 속에 무릎을 꿇고 있는 네로브의 안위를 걱정하고 있었다.

거의 30분 이상 지상으로 빛을 뿌리던 육망성은 천천히 천공으로 올라갔고, 결국은 완전히 사라졌다. 빛이 사라지자마자 데미안은 잔뜩 지친 표정을 짓고 있는 네로브에게로 황급히 달려갔다. 그것은 카렌 일행도 마찬가지였다.

"괜찮은 거냐?"

"전 괜찮아요, 아버지. 아마존에서 1년 정도만 쉰다면 예전의 건강을 되찾을 수 있을 거예요."

비록 힘은 없지만 유난히 밝게 느껴지는 네로브의 음성에 데미안과 카렌 일행은 마음을 놓을 수 없었다.

"이제 드디어 모두 끝난 것인가?"

"아레네스께서 모두 끝났다고 하셨어요. 그리고 이 일에 참가한 모든 사람들에게 신의 축복이 함께할 것이라고 말씀하셨어요."

신의 축복이라는 말에 다른 사람들의 얼굴에 슬그머니 미소가 지어진 반면 데미안의 입꼬리가 미미하게 비틀어졌다.

"인간의 일은 인간이 해결한다. 인간이 신의 일까지 떠맡을 필요는 없다. 이번뿐이다. 한 번만 더 우리에게 이런 일을 맡긴다면……."

데미안은 말꼬리를 흐렸다.

자신의 신에 대한 감정을 네로브나 카렌에게 밝히고 싶지 않았기 때문이다.

네로브를 품에 안은 데미안은 천천히 일어섰다. 그리고 자신을 바라보고 있는 카렌 일행에게 한마디를 던졌다.

"집으로 가자."

천천히 돌아서는 데미안의 뒤를 따라 카렌과 알리샤, 그리고 철혈대주를 등에 업은 러셀이 천천히 걸음을 옮겼다.

카렌의 손을 잡은 알리샤.

"카렌, 전에 내가 말했던 것 생각해 봤어?"

"내가 여행갈 때 함께 가자고 한 거 말이야?"

"그래. 네 생각은 어때?"

"일단 집에 들러서 어머님과 할아버지, 할머님께 인사부터 드려야 해. 벌써 몇 년 동안 인사를 드리지 못했거든. 집에 들러 잠시 쉬면서 그동안 뵙지 못했던 분들께 인사를 드린 다음 여행을 하자. 나도 좀 쉬면서 여행을 하고 싶었거든."

"난 좋아."

알리샤는 카렌의 잡은 손에 힘을 주었다.

〈大團圓〉